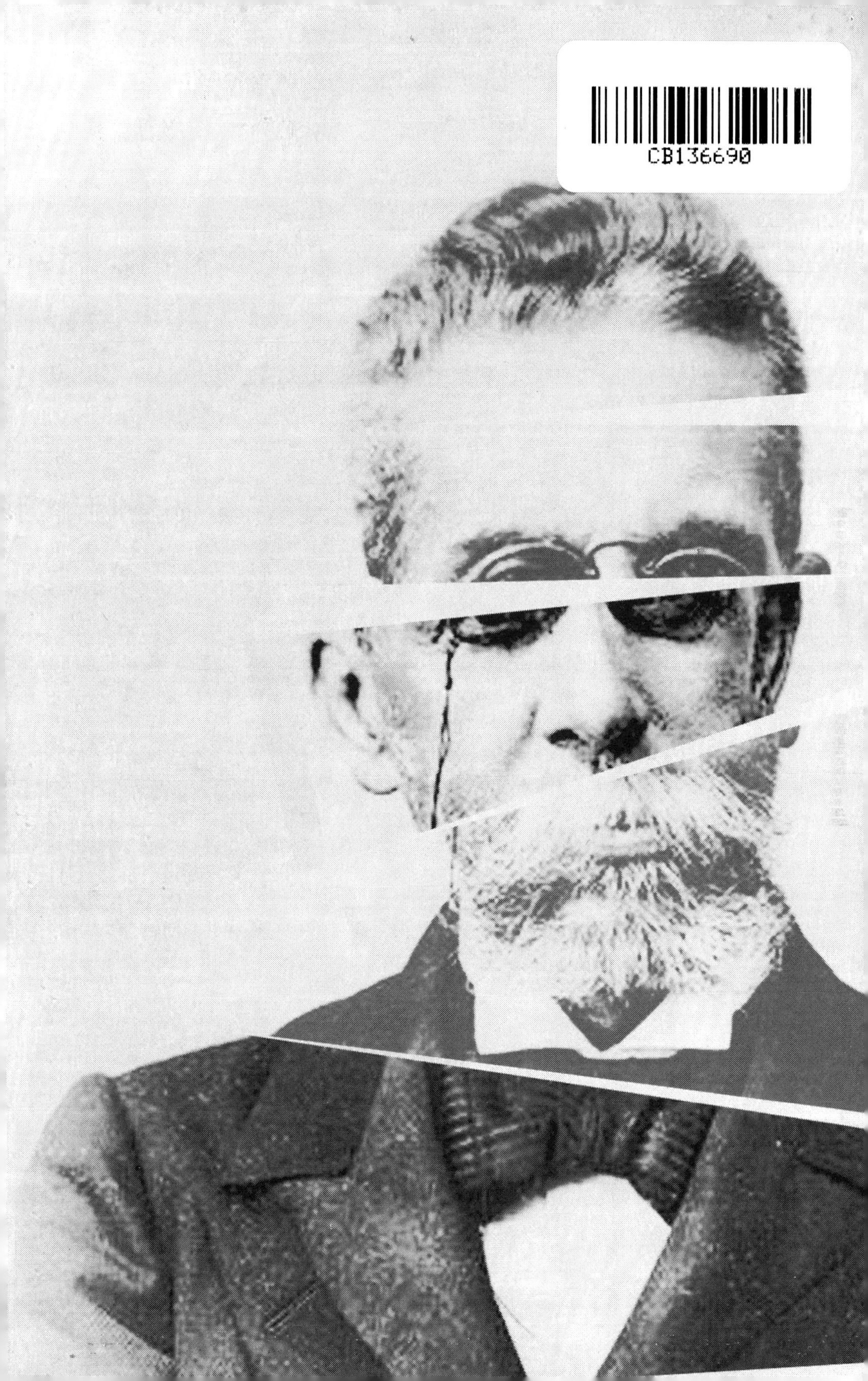

KOTTER EDITORIAL

Linhares Filho

# MACHADO DE ASSIS: LATÊNCIA SENSUAL CONSCIENTE

COORDENADOR EDITORIAL
Sálvio Nienkötter

EDITOR EXECUTIVO
Claudecir de Oliveira Rocha

EDITOR ADJUNTO
Daniel Osiecki

CAPA
Paula Villa Nova

PROJETO GRÁFICO
Andre Luiz C. Mendes

PRODUÇÃO
Cristiane Luiza Nienkötter

DADOS INTERNACIONAIS DE CATALOGAÇÃO NA PUBLICAÇÃO (CIP)
Angélica Ilacqua – CRB-8/7057

Linhares Filho

Machado de Assis : latência sensual consciente/ Linhares Filho. — Curitiba : Kotter Editorial, 2022.

250p.

ISBN 978-65-5361-077-4

1. Assis, Machado de, 1839-1908 – Crítica e interpretação I. Título

22-1953 CDD B869.939

KOTTER EDITORIAL

Rua das Cerejeiras, 194
82700-510 | Curitiba/PR
+55 41 3585-5161 | www.kotter.com.br | contato@kotter.com.br

1ª Edição | 2022

# SUMÁRIO GERAL

# EXPLICAÇÃO

Resolvo, depois de mais de quarenta anos da publicação de *A Metáfora do Mar no Dom Casmurro* (1978), reeditar esse livro junto com o outro que escrevi sobre a narrativa machadiana, *Ironia, Humor e Latência nas Memórias Póstumas* (1992), reunindo-os num só volume, sob o título de *Machado de Assis: Latência Sensual Consciente.* A fortuna crítica alcançada pelas duas obras, aprovando-lhes a pesquisa e as conclusões, animou-me a efetuar a presente adição em face também de estarem esgotadas ambas, o que impedia as novas gerações do acesso a elas. Tal fortuna crítica temática será registrada como apêndice ao presente volume.

Outro fator importante que me leva à atual reedição é a necessidade de uma rigorosa revisão, inclusive ortográfica, dos dois livros, a qual realizei após exaustivas releituras deles, sem que a sua essência se alterasse.

Provieram tais textos de dois cursos sobre o humorismo, ministrados por Afrânio Coutinho, quando cursei os meus Mestrado e Doutorado na Universidade Federal do Rio de Janeiro, recebendo do grande mestre e machadiano a nota máxima, ocasiões em que fui bastante influenciado pelas teorias do *New Critcism*. Impregnaram-se, por isso, essas produções, de modo intensivo, dos postulados do intrínseco literário, que levam o crítico a valorizar a Crítica Estética.

Essa foi a orientação superior que adotei na leitura da obra machadiana como de outras obras que tenho estudado, embora podendo ajudar-me com aspectos extrínsecos na abordagem literária.

Recentemente publiquei na APESCultura (Revista da Associação dos Professores do Ensino Superior do Ceará), Ano II, nº 2, outubro, 2018, um resumo das ideias do presente volume com o título de "Latência Sensual Consciente", como no livro *Machado de Assis*. Org. Regina Pamplona Fiúza. Fortaleza: Academia Cearense de Letras/

Expressão Gráfica Editora, 2010, volume a que compareço com o texto "A Latência Sensual Consciente da Narrativa Machadiana" e, ao longo dos anos, tenho divulgado tais ideias em diversos veículos publicitários, mas só agora os dois livros referidos se oferecem aos leitores, unidos na sua íntegra, enriquecidos de alguns adendos, frutos de minhas releituras.

Devo prevenir o leitor para o fato de deparar-se com algumas repetições de trechos na exposição do segundo livro e para o fato de, no primeiro, acharem-se, antecipadamente, análises de alguns aspectos relativos ao estudo do segundo livro por mim escrito. É que a íntima ligação do tema das duas obras se verifica e, por outro lado, achei conveniente não alterar muito a integridade, de per si, do que foi dado à luz originariamente.

Espero focalizar *Quincas Borba* e *Esaú e Jacó* com a profundidade usada nos dois livros aqui estudados, caso Deus me ilumine, me dê anos de vida e ânimo renovado para isso.

Desejo boa leitura aos que me distinguirem, lendo este volume.

**L.F.**

# A METÁFORA DO MAR NO DOM CASMURRO

À memória de
**Eugênio Gomes**

e

**Augusto Meyer,**
machadianos com quem eu gostaria
de haver privado.

A
**Afrânio Coutinho**

e

**Moreira Campos,**
machadianos com quem aprendi verdades.

Para
**Mariazinha,**
Mulher e Mar,
cuja verdade amo sem a compreender.

*A obra de Machado de Assis, nas suas reservas, nas suas alusões parece muitas vezes uma linguagem cifrada, que dá a impressão, a cada passo, de ter um alcance maior do que a sua significação aparente. O sorriso amargo que sempre trouxe na face tem um ar de desafio, como se propusesse um problema e nos convidasse à sua solução.*[1]

BARRETTO FILHO

*O que é preciso é compenetrarmo-nos de que, na leitura de todos os livros, devemos seguir o autor e não querer que ele nos siga.*[2]

A. MORA

1 BARRETTO FILHO. *Introdução a Machado de Assis*. p.229

2 MORA, A. In: PESSOA, Fernando. *Páginas íntimas e de auto-interpretação*. p.116

# INTRODUÇÃO

## PROPOSIÇÕES INICIAIS

Temos consciência do risco que corremos em reinvestigar a obra de Machado de Assis e em particular o *Dom Casmurro*, depois que tantos e tão proficientes analistas e críticos a estudaram e julgaram. Nossa audácia, porém, assenta na razão direta da riqueza artística dessa obra, que, pelos seus vários ângulos de significação, isto é, por sua ambiguidade funcional, pelos mistérios que abriga em seus processos e sentidos, eleva-se à categoria de legítima *obra aberta*[3] e suscita ainda novos juízos, investigações e interpretações.

O desafio ao analista e ao crítico formula-o o próprio autor direta ou indiretamente, de modo claro ou sugestivo, como veremos, daí se vencer a nossa inibição com uma vontade temerária de achar o fio de Ariadne dos meandros machadianos. Longe de nós a pretensão de trazer a última palavra acerca da obra de Machado de Assis ou de relegar o

3 ECO, Umberto. *Obra aberta.* O Umberto Eco que entende ser a obra "um objeto dotado de propriedades estruturais definidas, que permitam, mas coordenem, o revezamento das interpretações, o colocar-se das perspectivas" (p. 23) é o teorista que no mesmo livro opina que "cada obra de arte [...] é substancialmente aberta a uma série virtualmente infinita de leituras possíveis". (p. 64) Se bem que concordemos com a "polivalência", isto é, com a ambiguidade que a doutrina de Eco defende, achamos que a Crítica, legitimada com o estético do intrínseco, não pode explorar ao infinito as potencialidades da obra, pois isso redundaria na superposição desenfreada do eu do crítico ao comando da obra. Decerto virtualmente infinitas são as possibilidades significativas de uma obra, mas a Crítica descambaria, a nosso parecer, no extrínseco, desfigurando-se a legitimidade estética da mesma Crítica, se, ao invés desta explorar a intencionalidade ou as projeções preterintencionais da obra, projetasse nesta, como um valor primacial, a subjetividade do crítico. Nossa posição refere-se mesmo às obras concebidas à luz do automatismo psicológico, como as surrealistas e expressionistas, pois, quanto a essas, caberá à Crítica informar se têm categoria de comandar com a sua subjetividade o investigador, ou são meros exercícios ou caprichos ridículos de projeções do inconsciente. De Umberto Eco adotamos a advertência sobre uma abertura que se concilie com uma Crítica que atinja criativamente a verdade da arte, e que, no entender de Eduardo Portella, se torne "capaz de preservar aquela peculiaridade hermenêutica, segundo a qual conhecer é conascer". (p. 146 do livro a que se refere a nota n.°5). Aliás, Eco, em seu livro *Intepretação e superinterpretação*, subordina o trabalho do crítico ao comando do criador.

esforço dos que nos antecederam com sensibilidade, percuciência e sabedoria. Desejamos é acrescentar algo às descobertas feitas e às opiniões formuladas antes da nossa, para que surjam novos diálogos e discussões, sempre com vistas à valorização artística da referida obra e, consequentemente, do humano aí revelado, já que aceitamos a opinião de Manuel Antônio de Castro: "Empreender uma leitura é [...] aceitar o desafio de uma procura. A errância da procura é o humano manifestado".[4]

Pedimos, desde já, ao leitor que, no corpo deste trabalho, mesmo quando nos empolgarem as ideias, levando-nos a afirmar aquilo em que cremos, não esqueça que tudo o que defendemos há de se processar dentro das raias do provável.

Esta é mais uma tentativa de analisar e interpretar Machado de Assis, a qual, pejando-se da temerariedade, se revigora com os incitamentos do próprio autor, diante dos quais calar seria irresponsabilidade. Com humildade, aceitamos o estímulo do escritor e as discordâncias dos leitores.

Propomo-nos atingir, o quanto possível, o *entre-texto* de uma Retórica em desvio ou a latência sensual consciente de Machado de Assis em torno da metáfora do mar no *Dom Casmurro*. Usa-se a designação de *entre-texto*, aqui, no mesmo sentido em que Eduardo Portella a emprega em livro que tem por objetivo a discussão e a valorização desse conceito, ou seja, no sentido de tensão entre língua e linguagem ou entre *texto* e *pré-texto*, tensão de que surge a ambiguidade como um *trans-modelo*:

> A ambigüidade ganha corpo quando a sobrecarga impulsiva da *linguagem* transborda os limites da *língua*. O que vale dizer: é o máximo de presença da *linguagem* no espaço mínimo da *língua*. Ou ainda: quanto mais ambíguo for, tanto mais é o *entre-texto*.[5]

---

4 CASTRO, Manuel Antônio de. *Travessia poética*. p. 11

5 PORTELLA, Eduardo. *Fundamento da investigação literária*. p. 62

Falamos em Retórica porque partimos de um referente epistemológico que a tradição consagrou, e a modernidade soube revalorizar com uma gama extraordinária de modificações tropológicas, semânticas, poéticas, até alcançar ilogismos e desvios que não são mais que variações expressivas, criativas, miméticas[6] do regulamento aristotélico, tal como ocorre com um Machado de Assis, que, muitas vezes, pela maneira peculiar e inusitada de utilizar símbolos, ambígua e criativamente se desvia da Retórica no contexto estrutural de suas obras, guardando fios lógicos, nexos com que a ela se filia.

A atualidade e a validez da Retórica atestam-nas, por exemplo, em seus próprios títulos, os livros: *A Metáfora do Corpo no Romance Naturalista*,[7] *A Metáfora em Fernando Pessoa*[8] e *Metáfora: o espelho de Machado de Assis*.[9]

A latência de que falamos é a qualidade ou estado de latente, mas não do latente psicológico, freudiano ou lacaniano, daí a pretendida marca de consciente que lhe adicionamos. O latente que propomos é exatamente o que está definido em dicionários como o de Aurélio Buarque de Holanda Ferreira: "1. Que permanece escondido; que não se manifesta; oculto. 2. Fig. Subentendido. 3. Disfarçado, dissimulado".[10] Trata-se de uma subjacência responsável pela ambiguidade *entre-textual*, de que resulta mais de um sentido e, portanto, mais de uma leitura e mais de um enredo. Tudo ocorre como se o autor, tendo que contar uma história, nos contasse outra, simbolizando o que não contou com o que conta, ou simbolizasse conscientemente o que sugere serem as intenções das personagens.

---

6 Usamos esse conceito baseado na interpretação que Eduardo Portella dá à concepção aristotélica. Cf. PORTELLA, Eduardo. *Teoria da comunicação literária*. cap. I

7 BRAYNER, Sônia. *A metáfora do corpo no romance naturalista*.

8 PADRAO, Maria da Glória. *A metáfora em Fernando Pessoa*.

9 RIEDEL, Dirce Côrtes. *Metáfora: o espelho de Machado de Assis*.

10 FERREIRA, Aurélio Buarque de Holanda. *Novo dicionário da língua portuguesa*. p.228

Comprova-se a intencionalidade da latência não só pelo fato do autor sugerir ocultar processos e incitar o leitor a descobrir enigmas, mas também pela constatação de certas frequências de procedimentos, nas quais se correlacionam vários símbolos, frequências essas que nos levam a crer, sem prejuízo da intuição artística, na consciência da arquitetura de uma espécie de polissignificação, a cuja interpretação chegamos, sentindo-nos dirigir pelo próprio escritor.

Oportunamente, veremos a funcionalidade, isto é, a razão estética do sensual em Machado de Assis, o qual alguns analistas ou apenas situam numa camada patente em que ele, inócuo, salta às vistas, ou consideram matéria de investigação psicanalista, que não nos interessa neste trabalho.

Se bem que, antes de tomarmos conhecimento de algumas teorias estéticas, já tentássemos decodificar, com o auxílio da Retórica e da Semântica, a latência de Machado de Assis e a do Eça de Queirós de certas ficções breves como o de alguns contos (do tradicional retórico e semântico também Eça se afasta, muita vez, com peculiaridades de desvio instaurador), tais teorias, após as conhecermos, vieram ao nosso encontro, e nelas podemos basear o nosso critério de análise. Essas teorias são: a da *obra aberta*, de Umberto Eco, à qual já aludimos, com algumas restrições propostas por Maria Luíza Ramos no seu *Fenomenologia da Obra Literária*[11] e segundo a posição que assumimos e expusemos na nota 3 do presente estudo; a teoria das camadas superpostas, de Roman Ingarden, a qual se deverá aplicar numa dimensão mais profunda; a doutrina do intrínseco, de Kenneth Burke e defendida entre nós por Afrânio Coutinho,[12] intrínseco esse que, na Crítica Pura, é o âmbito das investigações e dos juízos interpretativos; a doutrina do *entre-texto* como fundamento da investigação literária, segundo Eduardo Portella, aqui já referida. E quanto a certos casos de situações patológicas incomuns, caricaturescas, absurdas, inverossímeis, fundamentamo-nos na doutrina

11 RAMOS, Maria Luíza. *Fenomenologia da obra literária.*

12 COUTINHO, Afrânio. *Da crítica e da nova crítica.* p. 10-11

naturalista da hipótese, de Zola,[13] como é o fato, a nosso ver (e sobre o qual falaremos com detença), de certas mulheres apresentadas como feminis, mas, no plano latente de escritos machadianos e ecianos, sendo hermafroditas ou seres masculinizados, ou homens disfarçados em mulheres (por exemplo Marcela e Eugênia, das *Memórias*, em Machado; Luísa, das "Singularidades", e Elisa, do "José Matias", em Eça).

Queremos, neste início, dirigir algumas palavras àquela "alma sensível", como diria Machado no cap. XXXIV das *Memórias Póstumas*, mas sem a ironia que ali se encontra. Ao tratarmos da latência sensual, o nosso objetivo foi o de valorização estética do autor ou dos autores estudados, por isso afirmamos o nosso integral respeito ao decoro, e sentimo-nos à vontade para falar de um assunto tabu para muitos, esperando não ferir suscetibilidades.

Passemos a ligeiras considerações acerca de aspectos retóricos de que nos serviremos.

13 Para compreensão do que preceitua Zola, já que mais se acha divulgada a sua posição quanto à tese naturalista, esquecendo-se o que ele prega acerca da hipótese, leiamos este comentário de João Pacheco a respeito de Aluísio Azevedo: "Se em *O Mulato*, *Casa de Pensão* e *O Cortiço*, numa linha ascensional, Aluísio Azevedo se conduzira como observador, vai transformar-se, em consonância, aliás, com a doutrina de Zola, em experimentador em *O Homem*, de 1887 e o *Livro de uma Sogra*, de 1895. Mais do que com a realidade, o escritor lida aqui com a hipótese seguindo, nisso, o ensinamento do mestre do Naturalismo que mandava suprir com a intuição o que a Ciência ainda não pudera preceituar, ainda que com o perigo de êrro reconheceu-o o doutrinador e o assecla não o pôde evitar, pelo menos do ponto de vista literário." PACHECO, João. *O realismo*. p. 138

# CONSIDERAÇÕES TEÓRICAS SOBRE A METÁFORA E A METONÍMIA

Para que se encontre na obra de arte literária a literariedade como um "Ser dentro do ser" e com a sua força desrealizante, de que emerge o *entre-texto*, necessita-se de procedimentos artísticos, que hão de abranger todos os níveis da linguagem e que, intencionais, inintencionais ou preterintencionais,[14] revelam a intuição do artista. Desses processos a metáfora e a metonímia são dois dos mais importantes, dado o alto valor semântico que representam para as grandes significações do universo criativo.

Muito se tem escrito acerca desses tropos, sobretudo a respeito do primeiro, discutindo-se-lhes o conceito, a técnica, a diferenciação em face de outras figuras, o teor de criatividade, e essa atenção a eles dedicada bem demonstra o quanto de fundamental e complexo encerram. Em vista disso, não pretendemos esgotar o assunto, mas focalizar aspectos que nos parecem essenciais, e outros que se nos afiguram novos notadamente quanto ao emprego dos tropos em estudo por parte de alguns autores.

Vem de Aristóteles, que tratou do assunto na *Poética* e na *Retórica*, o conceito de metáfora:

> Consiste no transportar para uma coisa o nome de outra, ou do gênero para a espécie, ou da espécie para o gênero, ou da espécie de uma para a espécie de outra, ou por analogia.[15]

A ideia de transposição e semelhança, ou de uma comparação abreviada, como conceberia Quintiliano (*metaphora brevior est similitudo*) ou, como diriam outros, de "comparação mental", é o que mais

---

14 Cf. RICARDO, Cassiano. *O indianismo de Gonçalves Dias*. p. 67 e segs. Refere-se o escritor a esses três elementos componentes da obra de arte.

15 ARISTÓTELES. *Poética*. Trad. Eudoro de Sousa. p. 92

caracteriza essa figura. Quanto aos demais aspectos da definição aristotélica, os doutrinadores do assunto foram, através do tempo, confundindo-os com as noções da metonímia e da sinédoque. Esses dois tipos de figura, por sua vez, confundem-se entre si, podendo-se entender ambos, numa síntese benéfica que afastaria discussões bizantinas, como detentores da noção de *contiguidade*, o que se define pela frase de Quintiliano, aplicada ora a uma ora a outra figura pelos autores: *est nominis pro nomine positio.* Igualmente bizantinos parecem-nos certos detalhes de diferenciação entre imagem, comparação e metáfora, pois as duas primeiras se identificam uma à outra, e a primeira identifica-se à metáfora chamada impura, "aquela que conserva os elementos reais e os imaginários da imagem e a comparação, mas carece de elo comparativo".[16]

Não obstante sermos partidário da simplificação das noções de metonímia e sinédoque, achando de maior relevância a determinação do critério específico, nem sempre nítido, do uso da conotação (efeito pela causa ou continente pelo conteúdo, ou espécie pelo gênero, etc.), por ter em vista a importância da justificativa de sua funcionalidade dentro da obra, justificativa essa que pode fundamentar-se em tal critério –, apresentamos, o quanto possível, baseado em Geir Campos,[17] Massaud Moisés[18] e na experiência didática, os critérios específicos mais adotados para se configurar cada uma dessas figuras de per si. Formando a metonímia, teríamos: o efeito pela causa, o continente pelo conteúdo, o possuidor pela coisa possuída, o autor ou inventor pela obra, o concreto pelo abstrato, o lugar de procedência pelo objeto que dali procede ou vice-versa quanto a alguns desses casos. Configurando a sinédoque, teríamos: a parte pelo todo, o singular pelo plural, o determinado pelo indeterminado, o nome comum pelo próprio, o gênero pela espécie, a matéria de que é feita a coisa pela coisa ou vice-versa quanto a alguns desses casos.

---

16 CASTAGNINO, Raul H. *Análise literária.* Trad. Luiz Aparecido Caruso. p. 261 Ver p. 259 a 262

17 CAMPOS, Geir. *Pequeno dicionário de arte poética.* p. 127 a 129 e 184-185

18 MOISÉS, Massaud. *Dicionário de termos literários.* p. 323; 333 a 335; 478

Roman Jakobson confirma que a similaridade e a contiguidade são as características essenciais respectivamente da metáfora e da metonímia:

> A competição entre os dois procedimentos, metonímico e metafórico, se torna manifesta em todo processo simbólico, quer seja subjetivo, quer social. Eis por que numa investigação da estrutura dos sonhos, a questão decisiva é saber se os símbolos e as sequências temporais usadas se baseiam na contiguidade ("transferência" metonímica e "condensação" sinedóquica de Freud) ou na similaridade ("identificação" e "simbolismo" freudianos).[19]

A alusão a Freud mostra o relacionamento entre os símbolos literários e os cultivados pelo pai da Psicanálise, o que não quer dizer que todo símbolo literário explique uma verdade de interesse psicanalítico; pelo contrário, a disciplina que o fazer literário impõe, conquanto iluminada pela intuição, afasta, no nosso entender, da maioria das obras a prevalência do inconsciente, que seria o campo de investigação da Psicanálise, e afastamo-nos da Crítica que se baseie essencialmente em critérios extraliterários, como os métodos psicanalíticos, até em obras em que o automatismo psicológico predomina como as surrealistas e expressionistas.

O mesmo Jakobson, baseado em Stutterheimn, chama a atenção para o fato de a metáfora ligar-se mais ao Romantismo e a metonímia mais ao Realismo, embora ache que "fica quase sempre despercebida a íntima vinculação"[20] entre esses dois últimos. Essas várias relações se explicam: sendo o Romantismo uma atitude artística mais mimética enquanto imitação desrealizante, encontra, logicamente, na comparação mental da metáfora, a transposição instauradora de um mundo suprarreal, e, sendo o Realismo uma estética que recria realçando

---

19 JAKOBSON, Roman. *Lingüística e comunicação*.p.61

20 Ibidem. p. 62

detalhes, caricaturando mais que hiperbolizando, bem mais se adapta à contiguidade e à objetiva focalizadora da metonímia. Dir-se-ia que o Romantismo, tendo antes o processo da metáfora como o seu modo de manifestar-se, põe-se, figurativamente, *acima* do real, e o Realismo, tendo antes o processo da metonímia como a sua maneira de exprimir-se, coloca-se, figurativamente, *ao lado* do real. Sendo o espírito romântico mais poético, porque detentor do "autêntico real absoluto" de Novalis, explica-se que Jakobson observe que a metáfora é mais própria da poesia e a metonímia mais aplicável à prosa, pois, segundo ele, "a prosa gira essencialmente em torno de relações de contiguidade".[21]

Pelo fato da metáfora constituir-se num transporte, numa translação, como a própria etimologia o revela (*metaphorá*, do grego), e, portanto, representar o processo fulcro da desrealização, que, por sua vez, nos transporta a um plano superior do real, e que é o apanágio da literariedade, podemos tomar tal figura, por extensão, para significar todos os processos conotativos, os da criatividade literária. Daí que o próprio nome "metáfora" tenha adquirido grande carga poética e haja emprestado o seu signo a vários autores para a poetização de alguns versos, podendo significar tal vocábulo, por extensão, o mistério, a transcendência, o mítico, o inefável, o onírico, o encantatório.

Observemos o valor da metáfora mesmo ao nível linguístico, sabendo que a língua é um sistema de signos, por extensão, de símbolos, e que a metáfora, pelo seu caráter analógico, é um símbolo. Ela seria não só a fórmula inicial de que se serviu a humanidade para expressar por sons vocais as coisas, achando uma *semelhança* entre estas e aqueles (o que vem questionar a doutrina da arbitrariedade do signo linguístico), mas também o modo perene de que o próprio pensamento representativo e até o especificamente científico se servem para exprimir-se. Vejam-se, nesse sentido, as afirmações de I. A. Richards e Susanne K. Langer, com comentários de Massaud Moisés:

---

21 Ibidem.

> A metáfora é o princípio onipresente da linguagem;[22] o pensamento é metafórico;[23] todos os homens possuem a mesma natureza psicológica, que atingiu, em toda a raça humana, um estágio de desenvolvimento onde o uso-do-símbolo e a criação-do-símbolo são atividades dominantes;[24] o mais vital princípio da linguagem (e talvez de todo o simbolismo) [ é ] a metáfora.[25]

E Aristóteles já atestava na sua *Retórica* que "não há ninguém que na conversação corrente não se sirva de metáforas".[26] Claro está que, entre a metáfora denotativa, aquela bitolada pela linguagem comum, e a metáfora como conotação, a da linguagem literária, há uma distância considerável, porque esta última não se estereotipa, mas renova-se, modifica-se, adquirindo gama imprevisível de nuanças, ganhando plasticidade e complexidade, enveredando pelo profundo, o opaco, o ambíguo, fato que a faz cumprir o seu destino de polo responsável pela literariedade.

Oportuno lembrar que, como demonstramos no nosso ensaio *A Poesia de Fernando Pessoa*, é justamente porque o próprio senso de simbolização do homem comum modifica metaforicamente as coisas (que, assim, já não são o que são), é justamente por isso que a atitude de "objetivismo absoluto" de Alberto Caeiro, condensada na frase "Cada coisa é o que é", traz um idealismo de criatividade inversa, que só "a posteriori", ou seja, pelo apoético, alcança o poético.[27]

---

22 RICHARDS, I. A. In: MOISÉS, Massaud. Op. cit., nota 18. p. 325

23 Ibidem.

24 LANGER, Susanne K. In: MOISÉS, Massaud. Op. cit., nota18. p. 325

25 Ibidem.

26 ARISTÓTELES. In: MOISÉS, Massaud. Op. cit. nota 18. p. 327

27 Cf. LINHARES FILHO. *A poesia de Fernando Pessoa*: análise e interpretação crítica. p. 10 e segs.

# ELEMENTOS RETÓRICOS NA DIEGESE DE ALGUMAS OBRAS

Por se constituírem algumas obras literárias num grande símbolo formado pela coerência entre as várias partes de sua estrutura, o que nos dá mais a ideia de representarem essas obras uma verdade absoluta (aquela verdade que, por sua natureza de criação, já representariam), podem ser consideradas, no seu todo, como uma ou outra figura, metáfora ou metonímia por exemplo. Às vezes ocorre que não propriamente toda a obra se constitua numa grande figura, mas uma ideia ou motivo essencial é que forma uma rede ponderável de conotações interligadas ao longo da diegese ("universo espaço-temporal da narrativa"[28]), rede essa ou sistemática que redunda numa alegoria ou qualquer outra figura.

Assim, por exemplo, o *Húmus*, de Raul Brandão, narrativa simbolista, fantástica, filosófico-poética (anti-romance chamou-lhe João Pedro de Andrade[29]), constitui-se numa visível metonímia pela parcialidade – caricaturesca? hiperbólica? – melhor diríamos criativa, adotada pelo artisticamente estreito foco da cosmovisão decadentista do autor, que, tomando, por contiguidade, a vila, ambiente da narrativa, pela vida, dá a impressão de que a vida é exclusiva e permanentemente uma ruína, porque a vila, que representa a outra, é só habitada por velhos e sua trágica decrepitude. Quando o autor escreve – "Na aparência é a insignificância a lei da vida; é a insignificância que governa a vila"[30] ou "A vila é um simulacro. Melhor: a vida é um simulacro"[31] – até pela paronomásia mostra tomar metonimicamente uma pela outra.

O soneto "Lindo e sutil trançado que ficaste", de Camões, é todo uma atitude metonímica ou sinedóquica na espécie de fetichismo de tomar-se o trançado da amada em vez dela própria, segundo

---

28 GENETTE, Gérard. In: TELES, Gilberto Mendonça. *Letras de hoje*. 16 (2) 25, jun. 1974

29 ANDRADE, João Pedro de. Raul Brandão. p. 15

30 BRANDÃO, Raul. *Húmus*. p. 8

31 Ibidem. p. 15

o conceito da chave-de-ouro: "Pelo todo também se toma a parte".[32] Decorrência da espécie de compensação fetichista de um delicado lirismo, que personifica o trançado, a quem fala o autor, é a prosopopeia que envolve o poema. Prosopopeia é, ainda, todo o poema "Vozes d'África", de Castro Alves.

Metáfora é o romance *Iracema*, de José de Alencar, por contar a história mítica da índia que é símbolo humano da terra, constituindo-se tal livro num poema, que, na sua desrealização, se incorpora ao acervo dos monumentos culturais e artísticos da emotividade cearense. Metáfora é, igualmente, o canto "Moby o Poema em Êxtase ou a Primavera Plantada em Nossas Mãos",[33] de Artur Eduardo Benevides, canto em que Moby é uma invenção, um mito poético, a personificação da solidão, da força lírica ou do estado poético, ou mesmo de um Amor ideal, enfim, é produto de uma ressonância interior, própria dos que apascentam a solidão e perseguem o mistério. Assim, o pescador, o oráculo de Delfos, o aviador, o louco, o pároco, o astrônomo, figuras do poema que estão no íntimo do poeta, dão à Musa um nome: – Moby. E é a própria Poesia, com o que de justo e sublime encerra, quem, na metafórica pele de Moby, comparece a julgamento, mas, por se lhe proclamar a generosidade, é liberta.

32 CAMÕES, Luís de. *Obra completa*. p. 283

33 BENEVIDES, Artur Eduardo. *O tempo, o caçador e as cousas longamente procuradas*. p. 37 e segs.

# 1 - APRECIAÇÕES GERAIS A RESPEITO DA OBRA MACHADIANA

## ASPECTOS DE LATÊNCIA SENSUAL CONSCIENTE

A narrativa *Memórias Póstumas de Brás Cubas*, de Machado de Assis, acumula, de acordo com os ângulos por que pode ser encarada, uma metáfora e uma metonímia. Embora o narrador-personagem afirme não ser "um autor defunto, mas um defunto autor",[34] com isso apenas enfatiza a sua morte espiritual, porque Brás Cubas é em verdade um vivo morto, contando sua história de morte simbólica. As ocorrências do livro são metaforicamente póstumas, porque se prendem a essa morte simbólica de Brás Cubas, à sua morte moral. Quanto à metonímia, a análise do que chamamos latência sensual consciente do autor revela que a Dor humana, motivo da temática do romance, é, por contiguidade ou por força do detalhe artístico, representada por uma dor específica, a do conflito sexual. Sob as aparências de restringir o universo da obra –, que deve ser vista em sua globalidade de potencial estético, a descoberta de tal subjacência, que se encontra num enredo contíguo ao patente ou em elementos paralelos a este enredo, estabelecendo-se com este, que tem vigor simbólico, uma interação –, antes amplia pela ambiguidade o valor estético dessa obra.

34 ASSIS, Machado de. *Obra completa.*, v. 1, p. 511 Daqui por diante, convencionamos a abreviatura "*OC*" para aludir ao volume 1 dessa obra. Quando nos referirmos a um dos dois outros volumes, usaremos a abreviatura convencionada junto à indicação do devido volume. No apêndice, fugimos ao que aqui convencionamos.

Em nosso trabalho "Linguagem e Filosofia de Machado de Assis",[35] falamos, baseado na etimologia e em várias ideias-chave da narração, sobre a personagem Virgília como símbolo da vigilância por uma integral virilidade psicofísica de Brás Cubas, ou como uma espécie de superego deste, que é um homem preocupado, no enredo de latência intencional, com a sua própria virilidade. Em nosso ensaio *Eça de Queirós Contista*,[36] explorando nós a latência sensual consciente em alguns contos do escritor português, que, a nosso ver, é menos velado que Machado, mas seria pioneiro da aludida atitude estética em narrativas da Língua Portuguesa ("Singularidades de uma Rapariga Loura" data de 1874), interpretamos, por meio de dados retóricos e semânticos, como é do nosso costume, o significado profundo, subjacente do emplasto de Brás Cubas, invento esse que revela em essência o conflito sexual do narrador-personagem, e que seria, latentemente, menos precário que a solda da opinião pública (cap. CXIII).

Assim como Brás Cubas tem, no seu trágico livro, uma "Genealogia" –, conforme o título e o assunto do cap. III das *Memórias Póstumas*, na qual ele seria o rei, de acordo com a etimologia do seu nome ("do grego, Brás ou Blás, derivado de Basílio, real, digno de rei, semelhante a rei"[37]), porque regeneraria, com a conduta viril, o nome da família de tanoeiros (moralmente indignos segundo a latência intencional do contexto), e, apesar do exemplo de dignidade que deu, a seu modo, morreu moralmente por causa do conflito –, assim também, metonimicamente, a família humana, isto é, a humanidade, cuja genealogia é a da própria história do mundo, encontra a Dor como resposta da vida. Subjacente-

35 LINHARES FILHO. *Linguagem e filosofia de Machado de Assis.* In: *O caboré.* p. 48 e segs. Aproveitamos a ocasião para corrigir, nesse trabalho e naquele a que se refere a nota subsequente, uma impropriedade de conceito. Quando usamos neles as expressões "subjetivismo sensual consciente ou intencional", "camada, plano ou enredo subjetivo" e "camada, plano ou enredo objetivo"', queríamos mais propriamente dizer "latência sensual consciente ou intencional", "camada, plano ou enredo latente" e "camada, plano ou enredo patente" respectivamente. Advertimos o leitor do fato de, nas transcrições que efetuamos dos aludidos trabalhos no presente ensaio, inclusive nas do apêndice, já fazermos as devidas mudanças.

36 LINHARES FILHO. *Eça de Queirós Contista.* p. 16-17

37 FREITAS, Mário de. *Dicionário de nomes próprios.* p. 19 e 21

mente e mercê da metonímia antes explicada, essa Dor em maiúscula se representa pela dor em minúscula do conflito sensual, justificando-se a insistência de sensualismo na parte latente de narrativas machadianas e ecianas, por esse constituir-se num campo fértil para a exploração do tragicômico. Eis a funcionalidade estética do sensual nessas narrativas, à qual nos referimos nas proposições iniciais.

O *Quincas Borba* constitui-se, igualmente, em metonímia, por ser, no enredo subjacente-intencional, o conflito de Rubião idêntico ao de Brás Cubas: assim, aí também o conflito sensual se toma para representar a Dor universal, que é o conjunto de todas as modalidades dos padecimentos do mundo. Pela lei da conservação da massa, de Lavoisier, invocada indiretamente por Quincas Borba com o exemplo das bolhas, para explicar a Rubião o Humanitismo, há uma só substância, e, portanto, uma só Dor. De acordo com a visão de Quincas Borba, Humanitas é "a substância criadora e absoluta", todas as coisas participariam dela, só que a Dor, que está nas coisas, é eliminada pelo raciocínio de sensualidade não convencional de Quincas Borba, para ser realçada por Machado de Assis na fala de Brás Cubas. Contra o otimismo de Leibniz o pessimismo de Schopenhauer.

Sabemos que Rubião e Brás Cubas não seguiram, aquele por não a entender, este por desprezá-la, a filosofia do Humanitismo de Quincas Borba, novo Pangloss pelo otimismo leibniziano e homossexual sugerido, com a sua teoria do benefício, que não era solidariedade humana, nem cristianismo, nem austeridade epicurista, mas uma indignidade masoquista disfarçada em conformação com o sofrimento, como suscita Machado com a latência consciente.

Comprovando a prostituição de Quincas Borba, além de suas teorias de aceitação mórbida e passiva da dor, podemos aludir a contextos como os dos capítulos "Um salto", "Um encontro" e "O travesseiro", das *Memórias Póstumas*, que não se exploram aqui com detalhes, porque nos propomos outros objetivos preeminentes com o presente estudo. Num ou noutro desses capítulos, encontram-se expressões ambíguas, a depor, pelo contexto, contra a virilidade do "filósofo" semidemente, como as seguintes: "uma flor"; "com vistoso pajem atrás"; "escarranchando-se diante de mim"; "escrófula da vida"; "com muitos ademanes de ternura". Anotem-se ainda estas passagens sugestivas do comportamento efeminado de Quincas Borba: "Arrastava os andrajos, como outrora a púrpura: com certa graça indolente"; (*OC*, p.199) "Quincas Borba meteu a bengala debaixo do braço e parecia em êxtase"; (*OC*, p.287) "Tinha garbo o traquinas, e gravidade, certa magnificência nas atitudes, nos meneios"; (*OC*, p.137) "Era a flor, e não já da escola, senão de toda a cidade". (Ibidem) Outros pronunciamentos sobre Quincas Borba, notadamente sobre o seu Humanitismo, acham-se em nosso referido trabalho "Linguagem e Filosofia de Machado de Assis".

Quanto ao *Dom Casmurro*, o motivo do mar, na subjacência intencional do livro, construindo uma armação diegética, pode estudar-se como metáfora ou metonímia, dependendo do ângulo por que observemos tal motivo, pelo da similaridade ou pelo da contiguidade, uma vez que acumula os dois, tal como ocorre nas *Memórias Póstumas*, e isso afirmamos no início do capítulo. Compreende-se no mar a existência de uma metonímia, se é encarado, por contiguidade, como parte do corpo de Capitu, mas encará-lo-emos, por opção, como metáfora (decisão mais coerente) na análise detalhada que em breve faremos, aplicando o critério da semelhança ao relacionamento do mar com o que no romance esse mar simboliza.

# Insinuações acerca dos processos e o desafio ao leitor

Teçamos mais algumas considerações sobre as bases interpretativas do que denominamos latência sensual consciente, aqui aplicada ao caso de Machado de Assis. De início, chamamos a atenção para o gosto que possui o autor pelo enigma, o que têm notado alguns críticos, gosto esse que se traduz como "um ar de desafio" na espécie de "linguagem cifrada, que dá a impressão, a cada passo, de ter um alcance maior do que a sua significação aparente,"[38] conforme opina Barretto Filho em trecho estampado como epígrafe do presente ensaio.

Manuel Antônio de Castro, em esclarecido trabalho em que também explora aspectos marítimos do *Dom Casmurro*, aproxima, sob um enfoque ontológico, esse romance ao *Rei Édipo*, de Sófocles, salientando o trágico e o enigmático de ambos.[39]

A propósito da posição esfíngica do escritor, escreve Augusto Meyer:

> Um crítico inteligente, Múcio Leão, observou que Machado de Assis se delicia em ser incompreendido. Mas na obra dele os momentos reveladores se repetem como um 'leitmotiv' pessoal e mostram a fisionomia íntima sob a transparência das caretas.[40]

Embora Augusto Meyer não se refira, aí, diretamente, ao sensualismo de Machado, mas ao seu "pirronismo niilista", como se lê em linhas seguintes a esse pronunciamento, podemos aplicar as opiniões dos dois críticos ao caso da ocultação de tal sensualismo, algumas de cujas chaves apresentaremos aqui, pois é costume do autor fornecer não só aquelas da latência sensual, mas também as de outros processos narrativos. Reparemos quanto fustiga os brios do leitor e do crítico, incitan-

38 BARRETTO FILHO. Op. cit. nota 1.

39 CASTRO, Manuel Antônio de. Op. cit. nota 4.p. 25 a 44

40 MEYER, Augusto. Machado de Assis. p. 13-14

do-os ao descobrimento de uma verdade velada, mas com a qual acena para os dois, como quem brinca de esconde-esconde. No cap. CIX do *Dom Casmurro*, escreve Bentinho que "há leitores tão obtusos, que nada entendem, se se lhes não relata tudo e o resto". (*OC*, p. 913) Nas *Memórias Póstumas*, chama também Brás Cubas o leitor de "obtuso" (*OC*, p. 563) e horroriza-se, no capítulo "A um crítico", desse livro, por ter que ser explícito: "Valha-me Deus! é preciso explicar tudo." (*OC*, p. 625) Mas a explicação é sempre de uma clareza enigmática... No cap. LI escreve Brás Cubas, consciente do mistério que fabrica e com ironia: "Talvez não entendas o que aí fica; talvez queiras uma coisa mais concreta, um embrulho por exemplo, um embrulho misterioso." (*OC*, p. 565) Esse embrulho, concreto embora, aumenta o mistério, por constituir-se em mais um símbolo para o enredo latente intencional.

Para ensinar a importância da etimologia e/ou da semântica dos nomes próprios, Machado, logo no cap. III – "Genealogia", das *Memórias*, faz com que o pai de Brás Cubas explique falsamente a origem do sobrenome "Cubas", que, aliás, pela fonologia sugestiva de nome chulo, pela propriedade receptiva do objeto, que designa o substantivo comum de que tal sobrenome provém, e pelas relações com elementos do contexto do capítulo, mostra intenção de revelar caricaturescamente a indignidade dos membros dessa família.

Sobre a mesma valorização da etimologia dos substantivos próprios, consideremos este diálogo entre Rita e Aires, no *Memorial*:

> – Lá encontrará Fidélia.
> – Que Fidélia?
> – A viúva Noronha.
> – Chama-se Fidélia?
> – Chama-se.
> – O nome não basta para não casar.
> – Tanto melhor para você, que vencerá a pessoa e o nome, e acabará casando com a viúva. Mas eu repito que não casa. (*OC*, p. 1098)

A técnica em estudo, aliás, encontra-se em outras literaturas; Eça de Queirós usou-a ao mesmo tempo que a usou Machado, e já Voltaire, por exemplo, escrevera, em *Candide ou l'optimisme*, livro tão caro ao escritor brasileiro:

> *Sa physionomie annonçait son âme. Il avait le jugement assez droit, avec l'esprit le plus simple; c'est, je crois, pour cette raison qu'on le nommait Candide.*[41]

Quanto a sugerir Machado o uso da etimologia dos nomes na trama conscientemente sotoposta de suas narrações, consideremos mais um caso. No capítulo "Uma ponta de Iago", do *Dom Casmurro*, Bentinho, – confessando o seu ciúme por José Dias insinuar que Capitu pudesse casar com "algum peralta da vizinhança", sendo acusada a moça pelo agregado de andar "alegre" e ser "uma tontinha" –, imagina que a sua predileta e algum peralta trocariam flores, e sugere que também trocariam beijos, referindo-se diretamente ao leitor:

> E... quê? Sabes o que é que trocariam mais; se o não achas por ti mesmo, escusado é ler o resto do capítulo e do livro, não acharás mais nada, ainda que eu o diga com todas as letras da etimologia. (*OC*, p. 872)

Nesse capítulo, José Dias (que só fez ajuntar dias na sua qualidade de agregado ocioso – José, do hebraico, "ajuntar"), funcionou como Iago na acusação a Capitu, mas, no livro todo, Bento Sant*iago* é que se apresenta como novo Iago conforme a própria alusão à etimologia no trecho supracitado: Iago, porque acusador; Bento e Santo, porque um marido insinuado sem culpa, embora, em face da ambiguidade do romance, mostrado também como novo Otelo pelo ciúme.

41 VOLTAIRE. *Candide ou l'optimisme*. p. 7: "Sua fisionomia anunciava sua alma. Ele tinha o julgamento muito direito, com o mais simples espírito; é, creio, por esta razão que se chamava Cândido."

A maneira reticenciosa de Machado de Assis exprimir-se é toda um incentivo ao leitor e ao crítico para que desvendem interioridades, instauradas com consciência estética, surgindo dessa atitude uma *abertura* energética que vivifica o texto. Com isso, coaduna-se o romancista, enquanto criador, com os moldes da "teoria de inclusão do silêncio" de que fala Eduardo Portella, segundo quem "O silêncio é a força da experiência confrontada com a fraqueza da expressão".[42] Disso estava decerto ciente Machado, que escreveu pela mão de Brás Cubas: "Há cousas que melhor se dizem calando". (*OC*, p. 625) É o caso das "lacunas" dos "livros omissos", sobre as quais sugestivamente se fala no cap. LIX do *Dom Casmurro*: "[...] Assim preencho as lacunas alheias; assim podes também preencher as minhas."(*OC*, p. 869)

Reticenciosos não são apenas, nas *Memórias*, casos como o título do cap. LIII – "........", o corpo do cap. LV – "O velho diálogo de Adão e Eva" e o corpo do cap. CXXXIX – "De como não fui ministro d'Estado", os quais se compõem, o primeiro e o último na totalidade e o segundo na quase totalidade, da notação gráfica das reticências. Reticente é toda a obra do autor, em sua parte de maior amadurecimento artístico, pelas entrelinhas dos seus elementos internos, que pedem decifração. Usando de suas manhas e esquivanças, o autor vai elaborando o simbólico, potencializando o texto, valorizando o contexto, sugerindo o não-escrito, convidando o leitor a coparticipar da criação. Age o escritor conforme declara agir no cap. LVIII – "O tratado", do *Dom Casmurro*: "Vou esgarçando isto com reticências, para dar uma idéia das minhas idéias, que eram assim difusas e confusas; com certeza não dou nada." (*OC*, p. 867) Mas muito dá, porque se cala, ou melhor, fica falando por trás da cortina do silêncio sugestivo.

Machado, no cap. CXII do *Quincas Borba*, rindo de certa literatura explícita e do leitor, e preparando a revelação de um título-sumário referente a Rubião, título que, dito no capítulo seguinte, mostra-se ainda obscuro, sugestivo (dentro da compreensão da latência sensual consciente) como o capítulo que o explicaria, escreve:

42 PORTELLA, Eduardo et alii. *Teoria literária*. p. 16

> Aqui é que eu quisera ter dado a êste livro o método de tantos outros –, velhos todos –, em que a matéria do capítulo era posta no sumário: "De como aconteceu isto assim, e mais assim."(*OC*, p. 736)

E no mesmo tom de ironia que intensifica a incitação à pesquisa e à decodificação dos seus enigmas, conclui o autor, após apresentar o tal título-sumário:

> Lá haverá leitor a quem só isso não bastasse. Naturalmente, quereria tôda a análise da operação mental do nosso homem, sem advertir que, para tanto, não chegariam as cinco fôlhas de papel de Fielding. (*OC*, p. 737)

Não se contendo no seu propósito irônico, mas tornando-o cada vez mais inesperado, constrói o cap. CXIV com o seguinte único período, em que retroage, desconfiando da validez daquele velho método: "Ao contrário, não sei se o capítulo que se segue poderia estar todo no título." (*OC*, p. 737)

Declarações como "Não sei se me explico" (*OC*, p. 533) e "Talvez aches esta frase incompreensível" (*OC*, p. 625) corroboram o mesmo intuito do autor, dissimulando a inexatidão, ou desculpando-se de não ser mais explícito, instigar o leitor e o crítico a descobrirem profundezas.

Digno de atenção é o que, no cap. XVI – "Uma reflexão imoral", das *Memórias*, se lê ao fim de uma página que pouco tem, patentemente, de imoral, trazendo apenas ligeiro apoio ao comércio amoroso: "Esta é a reflexão imoral que eu pretendia fazer, a qual é ainda mais obscura do que imoral, porque não se entende bem o que eu quero dizer." (*OC*, p. 534) O saboroso desafio machadiano é talvez insuperável aí, e devemos advertir-nos de que esse capítulo XVI bem como o cap. XLIX – "A ponta do nariz", também das *Memórias*, constituem-se em dois exemplos de textos cuja decodificação só se pode fazer com coerência, a nosso ver, mediante a compreensão da latência sensual consciente. A essa missão nos dedicaremos oportunamente, em trabalho específico sobre as *Memórias Póstumas*.

Para indicar que o final do *Dom Casmurro* justifica processos de partes anteriores do livro, declara o autor, pela mão de Bentinho, que "proporia, como ensaio, que as peças começassem pelo fim" (cap. LXXII – "Uma reforma dramática"). (*OC*, p. 882) E, nas *Memórias Póstumas*, é pelo fim de Brás Cubas que começa a história cujo processo Machado insinua que é de uma subjacência intencional ou de sugestões profundas, e que urge perseguir tal procedimento:

> evito contar o processo extraordinário que empreguei na composição destas Memórias, trabalhadas cá no outro mundo. Seria curioso, mas nimiamente extenso, e aliás desnecessário ao entendimento da obra. (*OC*, p. 511)

Decerto, um processo sobrenatural não seria lógico nem viável; um processo natural, apesar de extraordinário, é que teria lógica e viabilidade, e desfar-se-ia, com a crença neste último, a tensão fantástica.

Esse "outro mundo" é metafórico, é o da morte moral, responsável por um processo correspondente ao estado dessa morte: o latente intencional. Acresce notar que, se o narrador-personagem fosse contar o procedimento adotado, escreveria mais um livro.

Julgamos, porém, que a chave mais sensacional que Machado de Assis nos fornece dos processos de toda a sua obra de latência consciente, insinuando o comportamento do analista ao decodificá-la, e revelando o prazer de ser enigmático, se encontre neste depoimento, escrito no cap. LXXXII – "O bibliômano", das *Memórias Póstumas*:

> Olhai: daqui a setenta anos, um sujeito magro, amarelo, grisalho, que não ama nenhuma outra cousa além dos livros, inclina-se sôbre a página anterior, a ver se lhe descobre o despropósito; lê, relê, treslê, desengonça as palavras, saca uma sílaba, depois outra, mais outra, e as restantes, examina-as por dentro e por fora, por todos os lados, contra a luz, espaneja-as, esfrega-as no joelho, lava-as, e nada; não acha o despropósito. (*OC*, p. 582)

Ao que nos consta, a crítica, assim como não se perguntou outras coisas como onde Brás Cubas colocaria o seu emplasto, detalhe de *entre-texto* que julgamos haver desvendado por meio da tensão entre o *pré-texto* e o texto do livro,[43] também não decifrou o tal despropósito, para cuja tradução já temos opinião formada. Veja-se que não há despropósito no enredo patente do capítulo indicado pelo narrador-personagem: nem gramatical, nem de lógica nem de nenhuma outra coisa. Logo, só pode ocorrer em outro âmbito: no do enredo sotoposto.

O despropósito prende-se, a nosso ver, à seguinte afirmação do capítulo "O senão do livro", anterior ao capítulo "o bibliômano": "Esta é a grande vantagem da morte, que, se não deixa boca para rir, também não deixa olhos para chorar..."

Sobre o alcance metafísico desse pensamento já nos pronunciamos no nosso ensaio "Linguagem e Filosofia de Machado de Assis".[44]

Mas o despropósito liga-se à parte da latência sensual. Pelo contexto da obra machadiana, simbolizando a boca elemento sexual passivo, e os olhos, aqui, no caso, elemento sexual ativo, seria mais próprio que a boca chorasse e os olhos rissem (segundo uma compreensão de violência no relacionamento sexual), daí, no nosso entender, o despropósito.

Por todas essas considerações, pressentimos Machado de Assis dizer-nos, a cada instante, o que escreveu em crônica de 1878: "Há um falar e dois entenderes". (*OC*, v.3, p.398) Nessa frase, deve-se pressupor que o autor inclua no "falar" a intenção de fazer-se entender diversamente, pois, nessa crônica, como em outras (pouco anteriores a 1881), partindo do comentário a fatos do dia a dia, exercita-se já na latência

43 LINHARES FILHO. Op. cit., nota 36. p. 16-17.

44 LINHARES FILHO, Op. cit., nota 35. p. 52: Contra a Onipotência que, às vêzes, monta o cavalo de Átila para esterilizar o solo e que destinou fôsse o "prazer uma dor bastarda", é que Machado de Assis dirige, do fundo de sua impotência humana, esta espécie de vingança precária, esta acrimônia, a mais ofensiva de tôdas que contra ela costuma dirigir, porque destinada a durar enquanto dure o silêncio e a frieza do sepulcro: "Esta é a grande vantagem da morte, que, se não deixa bôca para rir, também não deixa olhos para chorar..." Nos ares sulfúricos dessa afirmativa percebem-se as contorções de revolta, que se apossam de um ser afeito à altivez do humor, e que ainda tenta exaltar-se na equiparação que faz do Incriado com o Criado, ao considerar sacrificados igualmente os interêsses de ambos: os dêste, com a perda da mofa; os daquele, com a perda do gôsto de massacrar um ser.

sensual consciente, que se comprova nessa com alguns dados chaves: o autor compara a ilha de Paquetá com a Ilha dos Amores, de *Os Lusíadas*, – "O que digo é que, no ponto de vista eleitoral, a nossa ilha vale a de Camões" (*OC*, v. 3, p. 398); diz que "A brisa que soprava parecia a respiração da própria Vênus" (*OC*, v. 3, p. 399); que "Umbigos liberais tocavam os umbigos conservadores" (*OC*, v. 3, p. 399); de tal forma que o clima da eleição descrita assemelha-se, latentemente, a uma bacanal, como a do banquete narrado no capítulo "Um episódio de 1814", das *Memórias*, e encarado sob a perspectiva da subjacência intencional.

Transcrevemos, por fim, passagens colhidas ao romance *Esaú e Jacó*, nas quais se verificam desafios ao leitor ou insinuações à compreensão deste:

> Explicações comem tempo e papel, demoram a ação e acabam por enfadar. O melhor é ler com atenção. (*OC*, p.953)
> Não é somente um meio de completar as pessoas da narração com as idéias que deixarem, mas ainda um par de lunetas para que o leitor do livro penetre o que fôr menos claro ou totalmente escuro.
> Por outro lado, há proveito em irem as pessoas da minha história colaborando nela, ajudando o autor, por uma lei de solidariedade, espécie de troca de serviços, entre o enxadrista e os seus trebelhos. (*OC*, 964)
> O leitor atento, verdadeiramente ruminante, tem quatro estômagos no cérebro, e por eles faz passar e repassar os atos e os fatos, até que deduz a verdade, que estava, ou parecia estar escondida. (*OC*, p.1017)

Por sugerir o autor que abriga tanto mistério em sua obra, por dirigir convites indiretos ao leitor e ao crítico para decifrações e por causa, ainda, das insinuações sobre os seus procedimentos estéticos, por tudo isso que apontamos em Machado, é que talvez haja afirmado Afrânio Coutinho, concluindo prefácio de um livro da escritora Dirce Côrtes Riedel em 1959:

Há uma infinidade de problemas no processo machadiano que continuam a desafiar a argúcia interpretativa, contanto que não nos limitemos às técnicas da crítica extrínseca.[45]

45 COUTINHO, Afrânio. In: RIEDEL, Dirce Côrtes. *O tempo no romance machadiano*. p. 10

# Limites de comparação com Eça de Queirós

A esta altura, convém esclarecer bem o ponto em que a latência sensual consciente de Machado se compara com a de Eça. Sobre esses escritores escreve Augusto Meyer: "Dos dois o mais casto de intenções é sem dúvida o Eça. Ilusão pensar que o pudor da forma implica necessàriamente uma atitude mais casta".[46] E acrescenta, vislumbrando profundezas sensuais no romancista brasileiro: "Eça de Queiroz, com seu realismo franco, honesto e desrecalcado não possui a subterraneidade sensual que pressentimos em Machado de Assis".[47] Não obstante, pena é que, ao que tudo indica, Augusto Meyer entrevisse as sugestões mais abissais da sensualidade machadiana –, aquelas que neste trabalho nos interessam mais (não as de capítulos como "O penteado", "Os braços", "A mão de Sancha", pelas quais o sensual, a nosso ver, mais claramente se mostra que em outros capítulos, ainda que atenuado, e nas quais o crítico encontra mais intenção maliciosa que em Eça) –, como frutos mais do inconsciente que do consciente, já que assim se expressa:

> Para o psicanalista, quantos meandros pré-freudianos perdidos, como risco de molde, no labirinto caprichoso dessa obra... Quase todos marcavam o rumo certo de uma intuição, transformada mais tarde em matéria de estudo psicológico; zona importante, mesmo em livros tão policiados pelo pudor, tão controlados, ao menos na aparência, por um esquisito puritanismo de forma.[48]

Se bem que Machado de Assis escrevesse as célebres páginas críticas sobre *O Crime do Padre Amaro* e *O Primo Basílio* –, nas quais, sem deixar de apontar qualidades positivas em Eça, verberou, entre outras

---

46 MEYER, Op. cit., nota 40. p. 130

47 Ibidem.

48 Ibidem. p. 129

coisas, a impudicícia fácil, sem funcionalidade artística, do escritor português nesses romances (desconte-se o fato desses textos críticos serem compostos pouco antes da fase em que o autor começou a "soltar o Demônio") – apresenta, realmente, na parte mais importante de sua obra, um sensualismo encoberto e mais intenso que o de Eça. Mas também é preciso atentar para a existência de uma latência sensual consciente, como já o assinalamos, em certas ficções breves de Eça de Queirós, cheias de processos de subjacência coincidentes com os de Machado, conquanto o sensual dessas ficções seja menos velado que o dos mais importantes escritos machadianos.

# CASOS DE APLICAÇÃO DA TEORIA DA HIPÓTESE

Cremos que Eça de Queirós simboliza, numa camada de latência intencional, com a cleptomania de Luísa e conforme o contexto do conto em que tal personagem atua, atos sexuais, que ela praticaria psiquicamente, ora como elemento passivo, com Macário, sob o símbolo do provável furto de uma moeda; ora como elemento ativo, sob o símbolo do furto de uns lenços e de um anel, com supostos homens efeminados como Macário: caixeiros.[49] No enredo latente do conto "José Matias", Elisa, à semelhança de Luísa, praticaria, mas concretamente, atos sexuais como elemento ativo, com o Matos Miranda e o Torres Nogueira, sugeridos como efeminados. No apêndice que a este trabalho adicionamos, resumimos os nossos arrazoados referentes ao que acabamos de afirmar sobre Elisa.

Mesmo que Eça intentasse sugerir que Luísa e Elisa sejam homens disfarçados em mulheres (espécies dos travestis de hoje), o que seria uma interpretação mais justa porque condicionada a algo mais possível de acontecer, mesmo assim a teoria da hipótese, de Zola, se poderia aplicar aos dois casos, uma vez que, casando-se Elisa, e Luísa candidatando-se ao casamento, constituir-se-iam em dois fenômenos psicossociais um tanto estranhos, sobretudo no tempo do escritor, à Psicologia e à Sociologia.

Aos casos de Eugênia e Marcela aplicar-se-ia a teoria da hipótese, de Zola, em vista de, como são sugeridos na parte subjacente intencional, não serem documentados pela Ciência (a Fisiologia e/ou a Psicologia e/ou a Sociologia) ou, pelo menos, não se constituírem em fenômenos encontradiços, mas raros. Situam-se tais casos entre a hipótese e a caricatura, e o clima simbólico da apresentação deles se articula com uma suposta verossimilhança, tudo se aproximando do tenso e criativo tom do fantástico. Senão vejamos: conforme demonstraremos, tanto Eugênia como Marcela teriam a capacidade de ereção do apêndice do supos-

49 QUEIRÓS, Eça de. *Obra completa*. v. 2, p. 1100-1101; 1097; 1107 a 1109

to hermafroditismo, todavia vestiam-se como mulheres, tinham aparência bela e feminil segundo a descrição que o autor faz dos seus traços; e a primeira candidatava-se ao amor com Brás Cubas, embora nunca tenha descalçado as suas botas curtas (cap. XXXVI), fato que pode ser símbolo de sua anomalia sexual; a outra amara um homem que "lhe morreu nos braços" (cap. XXXVIII). Como Eugênia e Marcela podiam ter atribuições masculinas tão intensas, se no seu hermafroditismo, pelas aparências, predominavam atribuições femininas?

Tudo indica que o autor mascara a predominância masculina do hermafroditismo das duas para um desastroso, contraditório e caricato comportamento psicossocial de Eugênia e Marcela, se estas, estranha e caricaturescamente, não forem sugeridas como homens disfarçados em mulheres.

Tentando comprovar o aspecto masculinizado de Eugênia, transcrevemos, a partir do parágrafo seguinte, parte do nosso ensaio *Eça de Queirós Contista*, trabalho em que comparamos elementos do caso de Luísa com alguns do caso da personagem machadiana. Fazemos a transcrição que segue, como outras de ensaios de nossa autoria em face da grande dificuldade de acesso do leitor a esses textos, publicados em tiragens diminutas, portanto com divulgação insuficiente.

Em diálogo com um amigo, quando tenta aproximar-se de sua favorita, pedindo informações sobre as Vilaças (Luísa e a mãe), aquele responde:

"– Conheço-as. Muito não. Encontrava-as dantes em casa de D. Cláudia".[50]

Exploremos a etimologia do antropônimo: do latim, coxa; por extensão, defeituosa; por analogia, hermafrodita. Há a sugestão de que as Vilaças, privando com uma cláudia, fossem tão cláudias quanto ela, isto é, hermafroditas (de um hermafroditismo com predominância de masculinidade psíquica e/ou física da filha em relação à mãe, que logicamente chega a conceber essa mesma filha). Da mesma forma Eça de

50 Ibidem. p. 1098

Queirós sugere que, privando o José Matias com um Alves Capão, fosse psiquicamente castrado como o companheiro, que física e/ou psiquicamente o seria.

Verifiquemos que Da. Cláudia, por seu nome aparecer uma só vez no conto, é uma espécie de comparsa, menos que isso, pois nem direito à palavra tem na narração, parecendo que a ela se alude tão-só pelo valor etimológico do seu signo.

Impõe-se um cotejo com o uso do mesmo símbolo por Machado de Assis. Referindo-se aos imperadores romanos, Tito e Cláudio, afirma Brás Cubas, qualificando o último: "Veio modernamente um professor e achou meio de demonstrar que dos dous césares, o delicioso, o verdadeiro delicioso, foi o 'abóbora' de Sêneca." (*OC*, p. 514) E mais adiante:

> Viva pois a história, a volúvel história que dá para tudo; e, tornando à idéia fixa, direi que é ela a que faz os varões fortes e os doudos; a idéia móbil, vaga ou furta-cor é a que faz os Cláudios –, fórmula Suetônio. (*OC*, p. 514)

Como se vê, o aleijão do imperador Cláudio que o autor quer sugerir, baseado na própria etimologia do nome personativo, é o da leviandade, o de uma compleição psicofísica efeminada. Por analogia, convém lembrar a criação da personagem Eugênia (do grego: bem gerada), que ironicamente se chamava assim por ser coxa de nascença, e era coxa talvez porque fruto da hiperexcitação do pai e/ou porque "flor da moita", quer dizer, produto do amor apressado e cansado do Vilaça com Da. Eusébia. Eugênia, que, em dado momento, fica "ereta, fria e muda" (atente-se na potencialidade polissêmica da palavra "ereta"), teria como símbolos principais do seu hermafroditismo uma borboleta preta "a bater as asas em derredor de Dona Eusébia" e a circunstância de "passar a cavalo, seguida de um pajem" e fazer a Brás Cubas "um cumprimento com a ponta do chicote". (*OC*, p. 550) A estranheza do cumprimento seria sugestiva de intenção sensual.

Poupamo-nos à explicação dessas passagens, por acharmos evidentes os seus sinais diante daquilo para que já despertamos o leitor.

Escrevemos "cansado", qualificando o amor do Vilaça, porque ele, no banquete comemorativo da primeira queda de Napoleão (cap. XII das *Memórias Póstumas*), banquete que é simbolicamente uma orgia, aparece, no enredo sotoposto, como um homem acometido de satiríase, sob a forma de glosador, a glosar repetidas vezes. Atentemos para a sugestão fônica da palavra "glosador", a lembrar a parônima "gozador". Como se sabe, logo depois do banquete, dá-se o episódio da moita com Da. Eusébia, do qual se originou Eugênia, fruto, portanto, da pressa e talvez do cansaço... Mas o autor porventura desejasse insinuar, sobretudo, num raciocínio leigo e caricaturesco, que jamais teria uma feminilidade perfeita o rebento do sexo feminino que proviesse de um homem *supermásculo* como o Vilaça...

Aquele produto da *supermasculinidade* do Vilaça seria um oposto da insinuada feminilidade de muitos homens da obra machadiana. Destarte, critica-se, indiretamente, a Obra Criada, que é imperfeita e absurda segundo as sugestões do autor.

Acerca do valor simbólico da borboleta preta a que nos referimos, queremos ainda apenas transcrever a opinião de Kayser, pela qual se confirma a latência, indicada por nós e vislumbrada por esse analista em torno daquele inseto:

> por mais profunda e verbosa que seja, por exemplo, a descrição da 'borboleta preta' por Brás Cubas (cap. XXXI), sentimos nitidamente que este objeto tem um significado ulterior. O mundo narrado por ele tem uma essência que transcende as interpretações que ele é capaz de nos dar.[51]

Acabada aí a transcrição de parte do nosso trabalho *Eça de Queirós Contista*, falemos a respeito de Marcela.

51 KAYSER, Wolfgang. *Análise e interpretação da obra literária*. p. 333

Vejamos, em síntese, alguns dados que podem comprovar a sua masculinidade no enredo de latência intencional, e que mais se valorizam se ligados ao contexto do livro. Partamos da etimologia do seu nome. Proveniente do latim, significa "guerreira, marcial", qualidade mais adequada ao homem. Marcela "morria de amores por um certo Xavier, sujeito abastado e tísico, uma pérola" (*OC*, p. 531), que, "com todos os seus tubérculos, presidia ao banquete noturno". (*OC*, p. 531) Sugere-se que esse Xavier era efeminado, daí o interesse de Marcela por ele. O banquete presidido por Xavier, o qual cheira a uma bacanal, é "uma ceia de moças, nos Cajueiros", (*OC*, p. 531) a que comparecem Brás Cubas e o tio. Esse topônimo tem, a nosso ver, importante sentido ulterior em face do contexto, pois a fruta polpuda do cajueiro, com a sua castanha pendente, lembra a configuração de um órgão sexual anômalo, hermafrodita ou de um órgão sexual masculino pouco desenvolvido, acometido de infantilismo. Aquelas "moças" ou alguma delas possuiria o órgão sexual à maneira de um caju. Aquele topônimo seria um símbolo metonímico da anomalia que, burlesca e latentemente, comparecia àquele lugar do banquete. A suposta ereção do apêndice do hermafroditismo ou do falo de Marcela estaria sugerida com a ameaça que a personagem faz com o dedo (Cf. *OC*, p. 533) a Brás Cubas, ato que, subjacentemente, se assemelha à saudação de Eugênia com a ponta do chicote. Um colar que, como o anel roubado ao caixeiro por Luísa nas "Singularidades", pode simbolizar, por seu formato circular, órgão parassexual masculino, e poderia, noutra situação, representar órgão genital feminino, aparece no cap. XV das *Memórias* com aquele valor simbólico, sugerindo desejo sexual de Marcela em relação a um joalheiro:

> Assim foi que um dia, como eu lhe não pudesse dar certo colar, que ela vira num joalheiro, retorquiu-me que era um simples gracejo, que o nosso amor não precisava de tão vulgar estímulo. (*OC*, p. 533)

Talvez se articule com o símbolo do colar, cuja explicação propomos, o que se lê no cap. XXXVIII: que o homem, que morreu nos braços de Marcela, "deixara-lhe aquela loja de ourivesaria, mas, para que a desgraça fôsse completa, era agora pouco buscada a loja – talvez pela singularidade de a dirigir uma mulher". (*OC*, p. 555) E ainda: "Num dos dedos da mão esquerda fulgia-lhe um diamante". (*OC*, p. 555) Note-se o reparo comprometedor da feminilidade de Marcela, diante do contexto do livro, de que ela singularmente dirigia uma loja, isto é, exercia atividade mais própria para homem.

Segundo pensamos, um dos mais importantes elementos comprobatórios, no enredo implícito, da mistura psicossocial e/ou psicossexual de Marcela encontramos aqui, quando se alude ao seu riso: "era um riso misto, como devia ter a criatura que nascesse, por exemplo, de uma bruxa de Shakespeare com um serafim de Klopstock". (*OC*, p. 533) Alguém que possuísse tão extravagante progênie (a angelitude no pai e a brutalidade na mãe) só poderia ser, como a "flor da moita", conforme insinua maliciosamente o autor, um monstro. E essa mesma qualificação chega a dar-lhe Brás Cubas, construindo o que no enredo patente constitui apenas uma hipérbole, mas, sob a perspectiva do latente, revela a dissimulação, a insinceridade daquela suposta mulher-homem ou daquele suposto homem disfarçado em mulher (neste caso sendo psicossocial e não física a monstruosidade): "[...] disse-lhe que ela era um monstro, que jamais me tivera amor, que me deixasse descer a tudo, sem ter ao menos a desculpa da sinceridade". (*OC*, p. 535)

O apego exagerado que uma menina de quatro anos tem a Marcela insinua a mesma masculinidade desta personagem, e o relacionamento entre as duas é, no nosso entender, tão importante como sugestão maliciosa da anomalia em análise que parece só haver o autor escrito o cap. XXXIX para salientar tal sugestão. Para que a menina tomasse a bênção a Marcela, diz-lhe o pai: "Então, Maricota? Toma a bênção... Olha a vara de marmelo!" (*OC*, p. 556) Essa vara é a do castigo em casa, ou uma vara metafórica, simbolizadora do principal aspecto físico assinalador da masculinidade de Marcela? Ambas as coisas, porque estamos diante de uma obra multissignificativa. Atentemos, ainda, para a motivação fonológica da palavra "marmelo", que lembra o nome de

Marcela. Acerca do mesmo apego da menina à vizinha, declara ainda o pai: "– É um namôro, uma paixão, como a senhora não imagina... A mãe diz que é feitiço..." (*OC*, p.556) Repare-se na ambiguidade dessas palavras, que, diante do contexto do enredo latente, podem sugerir uma atração homossexual entre as personagens.

As "bexigas, que lhe escalavraram o rosto" (*OC*, p.555), o de Marcela, segundo a frase do cap. XXXVIII, as quais, no enredo manifesto, têm como sinônimo a palavra "varíola", designariam, por meio de sua homônima, na camada da subjacência intencional, a parte do corpo humano: em consequência de Marcela talvez não se poder relacionar sexualmente como elemento passivo por vias normais, haveria de ter o rosto marcado metonimicamente (bexigas em vez de pênis) pelas tentativas de relacionamento amoroso anormal daquele homem que "lhe morreu nos braços".

Concordamos em que, em relação à doença de Marcela, nos valemos em demasia do não escrito, mas a dubiedade quanto à personalidade da personagem, quanto ao seu modo psicofísico de ser, bem como a frequência de Machado simbolizar, com o patológico físico o patológico moral ou especificamente sexual, e ainda o vezo do mesmo autor recorrer ao jogo de palavras homônimas, para que, por meio da palavra anódina, se entreveja, latentemente, o significado da outra, que se impregna de malícia, tudo isso ligado ao contexto nos autoriza a concluir que é possível o que apontamos como mal que manchou a pele de Marcela.

O seu rosto estaria irremediavelmente manchado como aqüela mão do poema "A mão suja", de Carlos Drummond de Andrade, a qual possuía "um triste sujo / feito de doença / e de mortal desgôsto / na pele enfarada".[52]

Confirmando o processo que apontamos, e em que achamos jogar o autor com palavras homônimas, o que muito se repete em sua obra, assinalada pela ambiguidade estética, verifiquemos outro caso, um dos mais curiosos. O Vilaça, no banquete a que já nos referimos, e de que

52 ANDRADE, Carlos Drummond de. *Obra completa*, p. 131

se trata no cap. XII das *Memórias Póstumas*, chama a atenção para suas glosas, com palmas traduzidas pela interjeição "trás", imitativa da pancada muito ruidosa. Pelo contexto, a leitura da latência intencional nos diz que o glosador (gozador por sugestão fonológica) naquele banquete dava à palavra "trás" o sentido de "atrás", "detrás", do advérbio, na atitude de quem reclamava, caricaturescamente, (com a permissão do leitor) traseiros: " – Trás... trás... trás... fazia o Vilaça batendo com as mãos uma na outra. O rumor cessava de súbito, como um estacado de orquestra, e todos os olhos se voltavam para o glosador". (*OC*. p. 528)

O escândalo – que o menino Brás Cubas causa aos circunstantes após o aludido banquete, ao bradar que o Vilaça deu um beijo em Da. Eusébia, pois o garoto presenciara o começo da ocorrência da moita –, não invalida o que temos argumentado acerca do glosador. As pessoas se horrorizam ou porque tudo da comezaina sugerido como sensual apenas se opera no pensamento dos convivas, ou porque, após as extravagâncias que no banquete houvesse o Vilaça praticado, este ainda teve ânimo de cortejar alguém, ou porque já começam a temê-lo, a ele, cuja violência sexual ainda se insinua por declarar-se que diz a Eusébia um pedaço literário que é "uma das óperas do Judeu". (*OC*, p. 529) De qualquer maneira, o escândalo funciona, conforme acontece em outros muitos lugares da obra machadiana, como um dissimulador do enredo latente. E o Vilaça estaria, na ocorrência da moita, de qualquer forma cansado, mesmo que o sensualismo que o invadia no banquete fosse só de desejos, sugeridos com as repetidíssimas glosas. Sofreria o glosador, depois dessas, repercussões fisiológicas. Sendo aparentemente incansável, o Vilaça se retiraria cansado do banquete, já que ele, a "cravar os olhos na testa de uma senhora", "a mão direita, tôda fechada, menos o dedo índice que apontava para o tecto", devolvia "pôsto e composto" "o mote glosado" e "jurou aos seus deuses não acabar mais". (*OC*, p. 527)

Pelo exposto sobre Eugênia e Marcela, cremos haver realçado o tormento da dificuldade de o solteirão da Gamboa encontrar uma mulher com quem casasse e, por outro lado, o seu conflito sensual, que se acha no enredo subjacente e sobre o qual já falamos.

Confirma poder enquadrar-se Machado nos ditames da teoria da hipótese, de Zola –, tão mais compatível com o artístico da desrealização (mimese) machadiana que a teoria da tese –, esta surpreendente confissão, em que o romancista brasileiro prega indiretamente, numa crônica de 1894, a coerência interna da obra de arte, o equilíbrio alcançado pela tensão entre o real e o fantástico:

> Não quero mal às ficções, amo-as, acredito nelas, acho-as preferíveis às realidades; nem por isso deixo de filosofar sôbre o destino das coisas tangíveis em comparação com as imaginárias. Grande sabedoria é inventar um pássaro sem asas, descrevê-lo, fazê-lo ver a todos, e acabar acreditando que não há pássaros com asas ... (*OC*, v. 3, p. 616)

Cumprem o preceito da hipótese, de Zola, e, de certa forma, o que preconiza Machado de Assis nesse trecho, ficções cientificas da atualidade como esta, de indiscutível valor estético, *O Rosto Perdido*, de Almeida Fischer,[53] livro em que, numa antecipação da Ciência, apresenta o escritor um caso de transplante de cérebro, seguindo a esteira de Júlio Verne e Machado, que é pré-freudiano[54] pelo uso, para nós predominantemente consciente, de símbolos sensuais na formação de um enredo paralelo ao patente.

Convém advertir-nos de que a hipótese de Zola só ocorre em certos aspectos do enredo latente de alguns escritos de Eça e Machado, e não se constitui numa suposição nossa da existência desse enredo, mas parte de atitudes dos dois últimos autores em face da realidade científica, isto é, uma espécie de precognição do que a Ciência venha a confirmar. Se esta não o fizer, o comportamento dos artistas vale pela pesquisa idealista e mais ainda pelo estético do efeito caricaturesco.

53 FISCHER, Almeida. *O rosto perdido*.

54 Cf. MEYER, op. cit., nota 40. p. 129

# 2 - NA TRILHA DO DOM CASMURRO

## CASOS DE ANOMALIAS SUGERIDAS

No *Dom Casmurro*, não há, em toda a sua extensão, um segundo enredo com subjacência lasciva (como o temos encontrado em outros romances da chamada segunda fase machadiana, em certos contos de Machado, algumas ficções breves de Eça e em raras crônicas do primeiro). Nesse romance machadiano aparecem sugestões sensuais e não sensuais, formando uma sistemática de enredo esparso (e a sistemática revela a maior percentagem do intencional do autor), a colaborar na construção da ambiguidade funcional, da temática da dúvida tão bem analisada por Eugênio Gomes no seu *O Enigma* de Capitu. No *Dom Casmurro* Machado de Assis explora superiormente, porque com um tom poetizado pelo encantatório do signo do mar e outros congêneres, uma latência sensual consciente. Consideramos superior e de mais agradável interpretação a latência do *Dom Casmurro*, sem desprezo ao estético daquela subjacência que se encontra em outros escritos da aludida fase do escritor, em virtude de só raramente se encontrar a sexualidade não convencional no livro em análise e, quase sempre, dentro de uma coerência circunstancial, como nos capítulos "Panegírico de Santa Mônica", "Um soneto", "Um seminarista" (primeiro parágrafo), em cada um dos quais havendo a sugestão da prática do onanismo e do homossexualismo (deste, no cap. "Um soneto", apenas indícios nas duas primeiras linhas), ambos exercidos, quase sempre, por seminaristas no seminário e numa substituição, embora reprovável, algo justificável na falta do sexo oposto.

Os versos que certo seminarista fazia "à maneira dos de Junqueira Freire", o qual é encontrado já ordenado por Bentinho, constituem símbolos de onanismo, sobretudo se comparados com os do soneto incompleto, que o outro tenta compor embaixo dos lençóis: "as cócegas pediam-me unhas, e eu coçava-me com alma". (*OC*, p. 864) Em discurso indireto livre, Bentinho interpreta com sugestões sensuais a resposta do padre, quando este é indagado sobre os antigos versos: "Foram cócegas da mocidade; coçou-se, passou, estava bom." (*OC*, p. 862) Outras insinuações de comportamento sexual não convencional mais sutis e menos prováveis podemos encontrar em relação a esse padre.

O "Panegírico de Santa Mônica" simbolizaria sutilmente as partes parassexuais do seu autor, aquele ex-seminarista, que o "veio distribuindo pela vida fora", (*OC*, p. 862) como se, numa prostituição, embora sendo ele casado, distribuísse o próprio corpo. O sugerido desprestígio literário do ex-seminarista que, falhado, apenas compôs uma pequena obra na vida e blasonava de sua autoria ("– Tem agradado muito êste meu Panegírico!"), (*OC*, p. 863) o que é doloroso, insinuaria, levemente, o desprestígio da suposta pederastia. A possibilidade do autor suscitar esse comportamento naquela personagem prende-se, ainda, ao fato da composição literária na obra de Machado simbolizar em geral, conforme demonstraremos melhor noutro capítulo, ato sexual convencional ou não convencional e ao fato do livro às vezes representar, nessa obra e em alguma ficção breve de Eça, os quadris por causa da leve semelhança do formato dessa parte do corpo com o do livro aberto. Veja-se, por exemplo, a subjacência sensual consciente da frase final do capítulo CXII das *Memórias Póstumas* em face do contexto latente de tal obra: "e estava fechado o livro da vida, sem nenhuma página de sangue." (*OC*, p. 610) Observe-se, ainda, o furto de um livro, o qual faz Korriscosso no conto eciano "Um poeta lírico", personagem essa que, no plano da latência, teria versatilidade sexual (sendo pelo menos homossexual agente e paciente). Compreenda-se que o volume de Tennyson que a personagem furta representaria as partes parassexuais de um terceiro qualquer, que pertenceria sexualmente ao narrador-personagem desse conto, ou entenda-se que apenas Eça intentaria sugerir que o furtar livro, devido à semelhança deste com aquilo a que nos referimos, denunciaria o caráter homossexual do ladrão nesse conto ambíguo.

A comparação indireta que Bentinho faz do "Panegírico" com um velho par de chinelas no cap. LX confirma, a nosso ver, que esse opúsculo simboliza as partes parassexuais do seu autor, pois calçados em geral, na obra da segunda fase de Machado e em certa ficção breve de Eça, como examinaremos melhor mais adiante, representam, por sua vez e não raro, órgãos genitais femininos ou partes parassexuais masculinas. Repare-se, notadamente, que se lê em tal capítulo que "as chinelas são ainda uma parte da pessoa." (*OC*, p. 869)

Em relação a umas informações que Bentinho precisou colher do seu colega, chefe de uma seção administrativa em repartição de marinha, lê-se que "seria inacessível achar melhor nem mais pronta vontade; deu-me tudo, claro, certo, copioso". (*OC*, p. 862) No nosso entender, numa narração sem a pretensão do ambíguo, a expressão "mais pronta vontade" substituir-se-ia com maior precisão por sintagma como "maior presteza", ou o emprego da palavra "vontade" se mudaria com igual precisão pelo de palavras como "atenção", "dedicação", "gentileza", "eficiência", mas, em face do contexto do romance, a palavra "vontade" sublinharia o caráter efeminado do panegirista, que teria cumprido ali, virtualmente, a sua vontade, dando-se homossexual e simbolicamente ao companheiro (sem desdouro para este, que não busca desfrutar do outro, apesar da frase "e suspiramos de companhia", a qual se refere ao efeito das recordações do seminário): "deu-me tudo, claro, certo, copioso". Por causa do caráter de sexualidade convencional de Bentinho no livro, é lícito compreender-se que a doação sexual do panegirista ao marido de Capitu simboliza-se apenas como uma ação que esteja na intenção do mesmo panegirista, não aceitando Bento Santiago tal doação, conquanto a explore implicitamente, sob a perspectiva onisciente de narrador-personagem.

As informações colhidas ao ex-colega referir-se-iam a interesses sexuais convencionais de Bentinho, portanto ligados a intimidades heterossexuais, apesar do narrador-personagem chamar o "Panegírico" de "querido opúsculo" no cap. LX. Tal acontece por uma espécie de gratidão ou mesmo de afeição piedosa àquilo que, embora imprestável ("tu não prestavas para nada") (*OC*, p. 869), teria contribuído, pelas recordações da adolescência trazidas por ele a Bentinho, para que este fruísse de agradáveis sensações, que não seriam de cunho homossexual pelo motivo, já exposto, de ser de sexualidade convencional o feitio do mesmo Bentinho conforme as significações evidentes e subjacentes do contexto do romance.

Diante da sistemática da metáfora marítima da narrativa, o fato de ser o panegirista um chefe de repartição de marinha levar-nos-ia a entender que se trata, sotopostamente, de alguém que, efeminado, comandaria, numa como marinha da sexualidade, interesses que existissem pelo mar do prazer sexual. Nesse caso, a repartição seria uma espécie de prostíbulo, em que talvez se negociassem (Bentinho foi "ver certo negócio em repartição de marinha") mares, isto é, órgãos genitais femininos (pois o mar, como procuraremos provar, simbolizaria precipuamente isso no romance) e, por assim dizer, paramares, neologismo que, ligando-se à simbólica marítima, ora usamos para designar partes parassexuais masculinas. A qualidade de chefia não desfiguraria o caráter efeminado, ligeira e sutilmente sugerido, do panegirista; antes, de algum modo, o confirmaria, uma vez que vários efeminados, na camada subjacente da ficção machadiana, têm cargo de comando ou liderança.

Um dos irmãos Albuquerque descobrindo, como médico, "um específico contra a febre amarela" (*OC*, p. 865), curaria, na camada subjacente, por recurso malicioso do autor ao sentido figurado da palavra "febre", o desejo de quem, em relação homossexual com tal personagem, se aliviaria, livrando-se de porção do esperma, que, podendo ser amarelaço, justificaria, num desvio semântico, o qualificativo "amarela". O Bastos – que possuiria, por um raciocínio metonímico em torno da significação do seu nome e exagerado como suposta denúncia, feita pelo autor, da feminilidade da personagem, bastos quadris apesar de "magricela" (como ele o "tísico e abastado" Xavier, o de Marcela, nas *Memórias Póstumas*, os teria) –, "está de vigário em Meia-Ponte". (*OC*, p. 865)

Se o vigário é "aquele que faz as vezes de outro", diante do contexto do livro, a posição do Bastos seria a de quem substitui homossexualmente, ligado à meia-ponte de algum pênis (pois o falo, por ser veículo do sêmen, é ponte), a pessoa própria, isto é, do sexo feminino, para a união heterossexual. Verifique-se a semelhança do sentido latente entre as expressões "Meia-Ponte" e "ponte movediça", (*OC*, p. 827) esta no cap. "Um plano", a ser comentada posteriormente. "Luís Borges, apesar de padre, fêz-se político, e acabou senador do império..." (*OC*, p. 865): sabemos que o exercício da política, haja vista o caso do Lobo Neves nas *Memórias Póstumas*, por ela se dedicar ao público como, numa perspectiva burlesca, a prostituição, simboliza, na obra machadiana, o exercício da pederastia passiva.

Talvez ache o leitor demasiados os detalhes que apresentamos do não escrito para o pouco que escreve o autor sobre os ex-seminaristas, que surgem das páginas do "Panegírico". Respondemos que, em relação a essas personagens, como em referência a outras personagens e a vários fatos, Machado de Assis realmente diz muito pouco, mas de tal forma condensa sugestões no simples sentido etimológico de um antropônimo ou topônimo ou ainda numa pequena expressão, que, em vista da sistemática de sensualismo latente intencional do contexto, somos obrigado a ampliar passagens com certas suposições baseadas na frequência dos processos do escritor. Com o "Panegírico de Santa Mônica", por exemplo, representaria Machado, por causa da etimologia desse antropônimo (do grego, "só, sozinha, viúva"), as partes parassexuais do ex-seminarista autor, como dissemos, mas numa espécie de elogio e de aprovação (já que se trata de um panegírico), por meio da sedução e da prática homossexuais, à parte genital e erétil de vários homens, porque o falo, em seu estado normal, de repouso, ou, pelo menos, longe do contato carnal, parece permanecer em solidão ou viuvez. E sabemos que o pênis possui popularmente vários sinônimos femininos, mais condizentes com o gênero do apelativo "Mônica". O qualificativo "Santa" justifica-se, latentemente, pela valorização que a personagem dá ao falo de outrem.

O "Panegírico de Santa Mônica" faz com que Bentinho escreva sobre ele esta passagem que, pela prática que temos da imagística machadiana, suscita ação onanista:

> Era um encanto ir por êle: às vezes, inconscientemente, dobrava a fôlha como se estivesse lendo de verdade; creio que era quando os olhos me caíam na palavra do fim da página, e a mão, acostumada a ajudá-los, fazia o seu ofício... (*OC*, p. 865)

Embora o "Panegírico" possa simbolizar partes parassexuais do seu autor, segundo o raciocínio que sobre tal escrito expusemos, o onanismo, com a referência ao ato da mão no trecho supracitado e a ajuda das reticências, não seria sugerido como se fosse de inspiração homossexual: o "Panegírico", ligado ao tempo da adolescência, lembraria a Bentinho, dado o caráter deste no todo do livro (isso repetimos), os desejos heterossexuais que nesse tempo o levariam à masturbação.

Queremos ainda aludir, com ligeiros detalhes, ao fato de Machado de Assis insinuar que também José Dias é efeminado ou homossexual. Vejamos a soma de vários aspectos do agregado. É solteiro e uma pessoa afetada na bisbilhotice ociosa e na solenidade esdrúxula, hiperbólica, muita vez ridícula dos seus superlativos, como o de quando a mãe de Bentinho se despediu do filho, que seguia para o seminário: "Quando minha mãe me deu o último beijo: 'Quadro amantíssimo!' suspirou êle". (*OC*, p. 861) Além disso, "Um dia apareceu ali vendendo-se por médico homeopata; levava um Manual e uma botica". A homeopatia, com o seu lema *Similia similibus curantur* ("Os semelhantes curam-se com os semelhantes") citado no conto "O Imortal", (*OC*, v. 2, p. 900) presta-se a metaforizar caricaturescamente, na latência machadiana, o homossexualismo, e o verbo "vendendo-se" confirma o propósito velado, que apontamos no autor, em relação a José Dias, bem como a comparação da personagem com a vaca de Homero: "Podia compará-lo aqui à vaca de Homero, andava e gemia em volta da cria que acabara de parir". (*OC*, p. 870) Essa cria foi um pensamento feliz do agregado, enquanto conversava com Bentinho no seminário, mas na comparação se vislumbra intenção maliciosa.

Achamos que Machado de Assis sugere conscientemente uma inconsciente afeição homossexual de Bentinho a Escobar, afeição justificável porque inconsciente, consequência, naquele, de uma educação de submissão, e resultado de um temperamento não efeminado, mas passivo, crédulo e sem o senso prático e ativo do amigo e de Capitu. Só assim se pode entender que o Machado, que escreveu por Bentinho trechos de incontestável sugestão sensual consciente, nos quais essa personagem se relaciona sexualmente e de modo másculo com Capitu, seja o mesmo que escreveu trechos do capítulo "Um seminarista", nos quais usa dos mesmos processos retórico-semânticos utilizados naqueles, pois, comparando Bentinho a alma humana com uma casa e aludindo especificamente à sua própria alma, diz que:

> o receio é que me tolhia a franqueza, mas como as portas não tinham chaves nem fechaduras, bastava empurrá-las, e Escobar empurrou-as e entrou. Cá o achei dentro, cá ficou, até que... (*OC*, p. 866)

Não obstante, Escobar, que, segundo Bentinho, "fez-se entrado na minha confiança", "veio abrindo a alma tôda, desde a porta da rua até ao fundo do quintal." (*OC*, p. 866)

Essa identidade de imagens que Machado usa para o relacionamento entre os dois amigos revela a camaradagem pura entre eles, mas também, dada a semelhança dos processos empregados na narração dos dois relacionamentos de Bentinho (com a mulher e com o amigo), faz-nos crer no que afirmamos, atrás, acerca da atitude do autor relativa àquelas suas personagens, tanto mais que Escobar exercia uma superioridade psicofísica sobre Bentinho, que, quando aquele lhe mostra os braços entre arrufos de bom nadador, tem inveja deles por serem "mais fortes e grossos" que os seus e por saberem nadar, embora Bentinho os apalpe "como se fôssem os de Sancha". (*OC*, p. 922)

# A RESSACA

Como temos visto, alguns capítulos da narrativa em análise fornecem trechos responsáveis pela formação consciente de uma sistemática subjacente, quando não são capítulos inteiros que, juntamente com esses trechos, encerram, ambiguamente, uma camada de latência sensual paralela à camada patente, imbricando-se uma com a outra para uma síntese criativa, que compete à Crítica alcançar. Em torno à metáfora do mar, tomada no aspecto subjacente, concorrem, mais proximamente, trechos do cap. XXXII, intitulado "Olhos de ressaca"; trecho do cap. CXXII, com o mesmo título; trecho do cap. XXXIII "O penteado"; trecho do cap. CXVIII – "A mão de Sancha"; passagem do cap. CXXXV – "Otelo"; todo o cap. CVI – "Dez libras esterlinas"; todo o cap. CVII – "Ciúmes do mar"; trechos do cap. XVIII – "Um plano"; trecho do cap. XXXI – "As curiosidades de Capitu"; passagem do cap. LXII – "Uma ponta de Iago", além da colocação do cap. CVIII – "Um filho", além do símbolo do topônimo "Europa" e do sentido de três antropônimos denominadores, respectivamente, de três personagens: Da. Glória, Capitolina e Escobar.

Escrevemos no nosso ensaio "Linguagem e Filosofia de Machado de Assis":[55] Se o sentido figurado com que Machado de Assis emprega a maioria das palavras nos seus trabalhos de ficção, não possuísse um sentido irônico muito peculiar a esse escritor e, portanto, longe do sentido lato comumente conhecido, dir-se-ia constituir-se a obra machadiana de uma superabundância de silepses de retórica.

Fazendo restrições à palavra "irônico", sustentamos ainda hoje essa opinião quanto à latência intencional do *Dom Casmurro.* Nosso método de investigação dessa atitude artística na ficção de Machado e em alguns escritos de Eça de Queirós é, pois, como antes afirmamos, de preocupação retórica no seu sentido estético mais positivo, de atenção para os "procedimentos" da concepção de Bousoño, os quais, embora

---

55 LINHARES FILHO. Op. cit., nota 35. p. 49

não desmentindo o papel superior da intuição, pressupõem o intencional do fazer artístico, a disciplinar o sentimento e a estabelecer um critério de escolha expressiva.

Já na advertência que escrevemos, abrindo o ensaio *Eça de Queirós Contista*, no qual investigamos sobretudo a latência sensual do escritor português, afirmamos que: Porque nos assiste uma finalidade estética, utilizamo-nos de métodos linguístico-estilístico-literários e não especificamente psicanalíticos, só se ajudando com estes os nossos processos, por lidarem com símbolos e investigarem, como esses outros, uma verdade mais profunda.[56] Claro está que, se essencialmente não nos interessa o inconsciente do autor (pois esse apenas contribuiria num ou noutro elemento preterintencional da interpretação), nem procuramos dar uma resposta a qualquer proceder biográfico do escritor, o nosso intuito não será psicanalítico e sim estético, de análise intrínseca, operocêntrica ou ergocêntrica, conquanto não neguemos a influência e a importância da biografia do autor, de valores alheios à Literatura e até das afinidades e idiossincrasias do interpretador e crítico.

Compreenda-se que, nas investigações da latência sensual, não buscamos o preterintencional, embora inconscientemente um ou outro aspecto interpretativo possa ser preterintencional numa percentagem mínima, o que não desfigura o todo da interpretação, pois na essência buscamos o que nos parece intencional, um intencional que não elimina o intuitivo da Arte.

Verifiquemos que a estrutura ambígua da silepse de retórica, a que nos referimos ("emprego de uma palavra no sentido próprio e no figurado, a um só tempo"),[57] coincide com o que prega Umberto Eco na sua *Obra Aberta*, conforme a definição que ele dá para a obra de arte: "uma mensagem fundamentalmente ambígua, uma pluralidade de significados que coexistem em um só significante".[58]

56 LINHARES FILHO. Op. cit., nota 36. p. 2

57 FERREIRA. Op. cit., nota 10. p. 1311

58 ECO. Op. cit., nota 3. p. 22

Considerando que na silepse de retórica existe uma condensação ambígua, em que um dos elementos será metáfora por encerrar "similaridade" ou "analogia" ou ainda a interação entre "designatum" e "veículo",[59] examinemos a metáfora do mar no *Dom Casmurro*, tendo em vista a latência sensual que no signo "mar" se apresenta. Encontramos em toda palavra ou expressão que se constitua numa silepse de retórica ou colabore na formação da subjacência de que nos ocupamos, a seguinte fórmula: A = PP + (V = D). Lendo-a, teremos: a ambiguidade é igual à palavra patente mais "veículo" igual a "designatum". Quanto à palavra "mar" no *Dom Casmurro*, temos a seguinte substituição: A = m + (M= 0), isto é, a ambiguidade ocorre entre o mar tomado patentemente e o mar como "veículo" ou conotador do "designatum" da ideia de órgãos sexuais femininos. Desse foco metafórico irradiam-se os demais signos e símbolos marinhos do livro.

Examinemos a sugestão intencional do autor, a dar transcendência encantatória aos órgãos genitais femininos mediante o poder transfigurador do símbolo. Como no poema "Argila", de Raul de Leôni ou nos "Poemas da Negra", de Mário de Andrade, veremos uma como sublimação do instinto no *Dom Casmurro*, traços verdadeiramente poéticos na estrutura profunda ou transfrástica dessa obra.

Leiamos este trecho do cap. XXXII, intitulado "Olhos de ressaca":

> Olhos de ressaca? Vá, de ressaca. É o que me dá idéia daquela feição nova. Traziam não sei que fluido misterioso e enérgico, uma força que arrastava para dentro, como a vaga que se retira da praia, nos dias de ressaca. Para não ser arrastado, agarrei-me às outras partes vizinhas, às orelhas, aos cabelos espalhados pelos ombros; mas tão depressa buscava as pupilas, a onda que saía delas vinha crescendo, cava e escura, ameaçando envolver-me, puxar-me e tragar-me. (*OC*, p. 841)

---

59 Cf. MOISÉS. Op. cit., nota 18. p. 328 e segs. I. A. Richards propõe esta nomenclatura respectivamente para o significado e o significante da metáfora: *tenor* e *vehicle*. O primeiro termo, sem correspondente em vernáculo, foi substituído por *designatum*, empregado por CHARLES MORRIS e por OSVALDINO MARQUES.

A indecisão fingida ou aporia do autor no trecho, o qual denota escrúpulos de purista da linguagem na procura da precisão realista, é funcional, porque chama a atenção para a real precisão desrealizante ou criativa da expressão "olhos de ressaca". Veremos não só pelo trecho em análise, mas sobretudo pelo contexto da obra, que os olhos de Capitu são tomados subjacentemente como a própria força sedutora do seu sexo: são uma extensão do mar, que representa os seus órgãos genitais e cuja essência se localiza na intimidade carnal e psíquica da personagem. A ideia de sedução, de conquista, de atração sensual não teria melhor metáfora que a empregada pelo autor. A força do mar que puxa para dentro de si por meio da onda em ressaca foi a que exerceu Capitu sobre aquele adolescente, a experimentar as primeiras emoções sensuais. Se Vieira chamou os olhos de "janelas da alma" e Castro Alves concebeu que os mares tivessem porta ("Colombo! fecha a porta dos teus mares!"), podemos, conforme o provaremos, mais ainda, pelo contexto da obra, afirmar que o autor, deliberadamente, quis tomar os olhos de ressaca de Capitu –, cuja "força" era "como a vaga que se retira da praia" para "tragar-me" –, como uma espécie de janela ou porta remota do mar, em que Bentinho imergiria, se chegasse às últimas consequências: do jogo amoroso ao ato sexual.

Com reflexões acerca do seguinte trecho do cap. XXXIII – "O penteado", tentemos confirmar a deliberação de Machado apresentar os olhos de Capitu como uma espécie de pórtico longínquo dos órgãos genitais dela:

> Uma ninfa! Todo eu estou mitológico. Ainda há pouco, falando dos seus olhos de ressaca, cheguei a escrever Tétis; risquei Tétis, risquemos ninfa. (*OC*, p. 842)

Estamos diante de uma técnica que é uma espécie de preterição, muito do espírito machadiano: tendo Bentinho necessidade de dizer algo de valor simbólico, desculpa-se da ênfase ou afetação romântica ou mesmo da exaltação clássica, que o dito encerra. Insiste aí o autor nas metáforas e símbolos marinhos. A alusão a Tétis, quando ele fala dos olhos de ressaca de Capitu, é insinuante. O autor teria escrito "olhos de Tétis". Tal expressão é que talvez se substituísse, é metonímica e equivale a olhos de mar, por ser a ninfa Tétis senhora do mar. De qualquer forma, torna-se significante unir Tétis a olhos de ressaca.

Assim como nas *Memórias Póstumas de Brás Cubas*, a morte do narrador-personagem é simbólica por ser espiritual e não física, pois, ao contrário do que ele afirma, o livro é escrito por um vivo morto (com isso se desvendando essencialmente a existência de uma verdade sotoposta em toda aquela narrativa, o enredo latente), assim também a morte de Escobar sugere-se, ambiguamente, que ocorresse no aspecto moral, porquanto no mar, símbolo dos órgãos genitais de Capitu ou da sexualidade desta, é que ele naufraga. Vejamos identidades entre expressões dos dois capítulos intitulados "Olhos de ressaca", sintagma aspeado esse, que, repetido em dois títulos, já se constitui num índice da sistemática de subjacência intencional. Penetremos este trecho do cap. CXXIII, que é o segundo denominado com aquele título e referente aos últimos instantes do velório de Escobar:

> Momentos houve em que os olhos de Capitu fitaram o defunto, quais os da viúva, sem o pranto nem palavras desta, mas grandes e abertos, como a vaga do mar lá fora, como se quisesse tragar também o nadador da manhã. (*OC*, p.925)

Além de Capitu ter os mesmos "olhos de ressaca" com que atraiu para o seu mar o adolescente Bentinho, usa o autor a respeito desses olhos a mesma comparação do outro capítulo, "como a vaga do mar", e o mesmo verbo, "tragar". Os olhos de Capitu comparam-se, manifestamente, com os da viúva, porque viúva era como o narrador-personagem a enxergava naquela ocasião, e latentemente Escobar é comparado, como "nadador da manhã", a alguém que entrasse, antes, no mar dos órgãos genitais de Capitu, cuja ressaca de atração sensual lhe vinha desde os olhos. Intentaria o autor castigar virtualmente, mas com uma eficiência estética inusitada, o rival de Bentinho, fazendo-o morrer náufrago moral do mesmo mar que lhe teria dado prazer, já que Bentinho, sem merecer castigo, sofreria a traição do mesmo mar que prazer lhe dera.

O seguinte trecho do capítulo "O debuxo e o colorido", trecho em que une o autor o cheiro da maré que matou Escobar ao cheiro dos olhos de ressaca de Capitu, suscita sobejamente, a nosso ver, ao lado da parte evidente da narrativa, que as mesmas águas do mar de Capitu foram as do naufrágio do nadador da manhã, e confirma a nossa ideia de punição que o escritor pretenderia impor ao suposto comborço de Bentinho, que, aqui, é quem se sente um náufrago daquele mar acaso enganoso:

> Releva-me estas metáforas; cheiram ao mar e à maré que deram morte ao meu amigo e comborço Escobar. Cheiram também aos olhos de ressaca de Capitu. Assim, pôsto sempre fôsse homem de terra, conto aquela parte da minha vida, como um marujo contaria o seu naufrágio. (*OC*, p. 931)

Embora sem atentar para a latência sensual consciente do livro em análise, mas para algo de teor biográfico, subjetivo, Eugênio Gomes acha ainda que "Com a criação de Capitu [...] o mito do mar foi explorado em larguíssima escala"[60] e escreve:

> As representações do romance Dom Casmurro, através de imagens, metáforas e símbolos, sob os seus múltiplos aspectos, deixam evidenciado que a mórbida emotividade de Bentinho prende-se a um entrechoque de valores e contravalores.[61]

60 GOMES, Eugênio. *O testamento estético de Machado de Assis*. In: ASSIS, Machado. Op. cit., nota 34, v. 3. p. 1098

61 GOMES, Eugênio. *O enigma de Capitu*. p. 157

E, "no quadro axiológico" que o crítico apresenta e lhe é sugerido por esse entrechoque, a água tem como "valor" a "atração" e como "contravalor" a "perfídia".[62] Pelo que já comentamos, confirma-se, no plano subjacente do romance, tal significação, bastando verificar o "valor" e o "contravalor" da água do mar nos dois capítulos denominados "Olhos de ressaca".

Quanto à "ascendência" de Escobar sobre Bentinho, a qual Eugênio Gomes muito bem nota em várias partes do romance, vejamo-la no tocante à latência sensual em torno da metáfora do mar. No cap. CXVIII – "A mão de Sancha", lê-se este diálogo entre Bentinho e seu comborço:

> – O mar amanhã está de desafiar a gente, disse-me a voz de Escobar, ao pé de mim.
> – Você entra no mar amanhã?
> – Tenho entrado com mares maiores, muito maiores. Você não imagina o que é um bom mar em hora bravia. É preciso nadar bem, como eu, e ter êstes pulmões disse êle batendo no peito, e êstes braços; apalpa. (*OC*, p. 922)

Pelo contexto, ao lado da significação patente, sugere intencionalmente o autor, a nosso ver, que o "mar a desafiar a gente" são os encantos sensuais de Capitu, excedendo-se na sua força atrativa de ressaca.

O emprego da realidade exterior como símbolo de uma realidade interior ou mais profunda constitui-se, conforme temos demonstrado em outros trabalhos, na técnica essencial do Simbolismo, contemplada na chamada teoria das correspondências, de Baudelaire, e é o que o realista-naturalista-simbolista Machado de Assis conscientemente exerce nas mais expressivas obras de sua evolução literária.

Sobre o peculiar Simbolismo do autor, vejamos algumas opiniões de Afrânio Coutinho:

62 Cf. ibidem.

> Construindo [...] a sua estética em oposição ao Romantismo e defendendo-se do Naturalismo, Machado não os evitou completamente, como acontecerá também com o Simbolismo.[63]
> Seus últimos trabalhos, sobretudo, estão marcados por essa visão, e constituem um mundo de símbolos e alegorias.[64]
> [...] a obra de Machado de Assis é fundada sobre três grandes motivos: o humorismo, a tragicidade e a simbologia.[65]

Por sua vez, Barretto Filho anseia pela "decifração do simbolismo" da obra machadiana[66] e, mais recentemente, Manuel Antônio de Castro, confirmando a marca de simbolismo dessa obra, escreve:

> Machado de Assis é conhecido, entre outras numerosas qualidades, pelo trato da minúcia. Isto leva a uma interpretação cautelosa e sempre considerando a obra como um todo, em que a interpretação ou leitura simbólica é fundamental.[67]

A superioridade de Escobar, que sabemos inquietar o ciumento Bentinho, mesmo pelas sugestões do livro a um nível mais manifesto, tem agora, diante do quadro de latência intencional que desvendamos, uma direção mais certa e mais profunda. Sugere-se, assim, no último trecho transcrito de Machado, não só o costume de Escobar frequentar sexualmente Capitu ("Tenho entrado com mares maiores, muito maiores"), mas também as aptidões de um amante, talvez mais afortunado que o Adamastor, em relação àquela nova Tétis, porque os braços eram de exímio nadador, segundo o próprio depoimento de Bentinho, que elastece latentemente a metáfora

---

63 COUTINHO, Afrânio. *Machado de Assis na literatura brasileira*. p. 27 e segs. e 111.

64 Ibidem. p. 32

65 Ibidem. p. 111

66 Cf. BARRETTO FILHO. Op. cit., nota 1. p. 229

67 CASTRO. Op. cit., nota 4. p. 31

marítima com esta declaração: "tive-lhes inveja; acresce que sabiam nadar". (*OC*, p. 922)

É daquele mar que Bentinho tem ciúmes, como veremos em investigações predominantemente ao nível da obra, no cap. "Ciúmes do mar"; é daquele mar, ainda, que Bentinho teria saudades ou sentiria falta, quando, encaminhando-se para o suicídio ante a evidência, para ele, da infidelidade da mulher, lamenta: "Não tornaria a contemplar o mar da Glória, nem a serra dos Órgãos, nem a fortaleza de Santa Cruz e as outras." (*OC*, p. 933)

Uma peculiar silepse de retórica nos três sintagmas desse período torna-se nítida, no nosso entender, diante do contexto do livro e dos caminhos abertos pela nossa análise. Ao lado da realidade geográfica, válida para o enredo evidente, e que localiza esses acidentes no Rio de Janeiro, vemos a latência intencional do autor sugerir várias metáforas especiais, inusitadas, em que, como na técnica de certo tipo de metonímia, dois substantivos próprios deverão ter valor de substantivos comuns: "Glória" e "Órgãos". Subjacentemente, o "mar da Glória" é o dos órgãos genitais de Capitu, proporcionando toda a situação gloriosa que a vida de casado representava para o narrador-personagem. Com a expressão "serra dos Órgãos", o autor refere-se às formas femininas, e "a fortaleza de Santa Cruz e as outras" seriam, respectivamente, a do próprio amparo da Religião e as de valores congêneres, a Moral, o Direito, por exemplo, que aprovam a união matrimonial legitimamente estabelecida e desempenhada. Percebemos, pela informação que a Geografia nos acaba de dar, que nem sempre o apoio de fora da obra é suficiente para a explicação de detalhes ou essencialidades que só a análise operocêntrica desvenda, embora seja certo que, para uma interpretação profunda e totalizante, faz-se necessário o concurso de ajudas estranhas à obra em si, inclusive da biografia do autor.

Impõe-se um relacionamento entre a expressão "mar da Glória" e dois antropônimos: "Capitolina", de que derivou o hipocorístico "Capitu", e "Glória", que denomina a mãe de Bentinho. Como sabemos, a escolha dos antropônimos e topônimos da ficção de Machado não é gratuita. Vale-se o autor, alternada ou cumulativamente, da etimologia (aspecto diacrônico), do estado sincrônico, da motivação fonológica, da significação histórico-cultural dos antropônimos e topônimos, que passam a constituir-se em valores semânticos ou símbolos para a estrutura profunda da narrativa, ou antes para o *entre-texto* desta.

O nome "Capitolina" esclarece a sugestão intencional do autor, ao utilizar a expressão "mar da Glória" e, afinal, toda a semântica marinha e latente do livro em análise. "Capitolina" é nome adjetivo que significa "Do Capitólio; que diz respeito ao Capitólio", que é o "templo dedicado a Júpiter e cidadela da antiga Roma", tendo o sentido figurado, dicionarizado, de "glória, triunfo, esplendor". Refletindo nesses dados, deduzimos que o sexo de Capitolina é que é, por ser designado conotativamente por um substantivo (glória), mais importante que o todo, que deriva adjetivamente dele. Reparemos em que a atitude naturalista aí se mescla assaz com a simbolista.

Podemos concluir que, se os órgãos genitais de Capitu, a Mulher, são um mar de glória, Da. Glória, a Mãe, é, pela grandeza da maternidade, que, por meio dos órgãos genitais, dá origem à vida, também um mar de glória. Contudo, por sabermos da atitude pessimista da obra machadiana negar a vida, haja vista o capítulo "Das negativas" nas *Memórias Póstumas* ("Não tive filhos, não transmiti a nenhuma criatura o legado da nossa miséria"), bem como passagem de "O delírio" de Brás Cubas, na qual a Natureza, a grande Mãe, origem da vida, se confessa "mãe e inimiga", e, ainda, pela própria transformação, no *Dom Casmurro*, do mar glorioso num mar de perfídia, deduzimos que também no *entre-texto* de tal livro há uma grande ironia consciente à vida, a qual se entrevê na antítese entre a derrota do narrador-personagem (qualquer que fosse a conduta de sua mulher) e o significado do próprio nome da genitora de Bentinho e, ainda, entre aquela derrota e a concepção de que os órgãos genitais de Capitu são um mar de glória.

Seguindo essa mesma linha de reflexões, acreditamos que o nome Escobar haja sido escolhido pelo romancista sem fundamento na etimologia ortodoxa, mas em alusão ao rio Cobar, em cujas margens o profeta Ezequiel recebeu de Deus a vocação para pregar (veja-se a introdução a essa profecia 1, 1-4). Dirigindo-se as águas dos rios para o mar e chamando-se Ezequiel o filho de Capitu, sugerir-se-ia que o menino proviesse de Escobar, denunciado este pela expressão implícita "és Cobar". Escobar seria, ou o seu sêmen, por metonímia, um rio que corresse para o mar de Capitu, entendendo-se que a personagem homônima do profeta se originasse de Escobar, como a vida profética do Ezequiel bíblico se originou às margens do rio Cobar, metonimicamente desse rio. Observe-se a insinuação maliciosa de José Dias, chamando o menino de "Filho do homem", modo como Deus denominava o profeta, recebendo o agregado, por isso, a reprovação de Capitu, que assim se traía, conforme suscita a visão de Bentinho.

Explicando mais a razão do mar significar no *Dom Casmurro* os órgãos genitais femininos (o que implica simbolizar o mistério poético da vida apesar do negativismo do autor), e confirmando o *entre-texto* que vamos desvendando, lembramos a informação cultural de teor evolucionista de que o mar geográfico é tido, sendo parte da Natureza, como a origem imediata da vida.[68] Suscita o autor que a Mulher, por meio de sua função genital, que é Mar, representa a Natureza, que, no seu potencial dialético e absurdo, é prazer e dor, mãe e inimiga, benefício e traição, vida e morte. Vemos, assim, que, mercê do símbolo utilizado, Machado de Assis, como se dá na generalidade de sua obra, assume aqui uma posição universalizante, atingindo pelo particular o geral, e alcançando proporções dignas do verdadeiro épico, um épico que, pela amargura, tem características do trágico.

68 Quanto a essa informação, baseamo-nos no testemunho de um estudioso da Paleontologia. Consulte-se AZEVEDO, Rafael Sânzio de. *A terra antes do homem*. "Os franceses Dauvillier e Desguin criaram uma teoria que é conhecida como 'teoria fotoquímica da Origem da Vida'. É uma hipótese mais ou menos complicada a respeito da qual não caberia uma análise em nosso modesto trabalho. Muito resumidamente sugere o aparecimento da vida pelo efeito dos raios ultravioleta do Sol através da atmosfera primitiva da Terra. Esses raios, polarizados nas orlas dos mares, teriam atuado na lama, efetuando uma fotossíntese sem clorofila. p. 33 [...] Com a era Arqueozóica devem ter aparecido, à temperatura de 70o C, as primeiras algas. p. 35 [...] Encontraremos, contudo, a vida pululando nos oceanos primevos. p.35 [...] Nesses dias sombrios só nos mares a vida existia ao que parece. p. 37

A palavra "mar", quando empregada conotativamente, faz centrar-se o seu apelo, quase sempre, na ideia de quantidade, em vista do mar ser formado por uma abundância de água. Partindo-se dessa natureza hiperbólica, emprega-se a palavra ora com sentido agradável (mar de rosas), ora com sentido desagradável (mar de tribulações). As ideias de mistério e abismo derivam do caráter gigantesco e profundo do mar. No plano sensual, Machado, relacionando-se com a palavra "mar", apela para as ideias de imersão, nado e prazer de nadar, que lembram o ato sexual e seu mecanismo como elementos benéficos da sexualidade, e para a ideia de naufrágio, que significa fracasso, decepção, como elemento negativo no conjunto das manifestações psicossexuais.

# Algumas incidências do símbolo sensual do mar nas Literaturas Brasileira e Portuguesa

Pelos mesmos motivos culturais e até arquetípicos, tão bem estudados por Gilbert Durand no livro *Les Structures Anthropologiques de l'Imaginaire*,[69] é que vários autores da Literatura Brasileira, ao lado das razões puramente retóricas, têm empregado, depois de Machado de Assis, uma imagística em que o sensualismo, ora valorizando qualidades femininas, ora masculinas, se relaciona com o mar ou a água em geral, e assume, conforme se trate deste ou daquele autor, uma atitude que vai da expressão mais manifesta à mais subjacente. Contemplaremos ligeiramente tal imagística em Manuel Bandeira, Jorge de Lima, Lêdo Ivo, Geir Campos, Francisco Carvalho e Clarice Lispector. Na Literatura Portuguesa, encontramos, além do caso pioneiro de Eça de Queirós e de outras narrativas breves deste já apontados, o pioneirismo em versos de Pero Meogo, o qual focalizaremos.

Manuel Bandeira canta no poema "Nu", lembrando a sedução dos "olhos de ressaca":

> Se nua, teus olhos
> Ficam nus também;
> Teu olhar, mais longo,
> Mais lento, mais líquido.
>
> Então dentro dêles,
> Bóio, nado, salto,
> Baixo num mergulho
> Perpendicular.

69 DURAND, Gilbert. *Les structures anthropologiques de l'imaginaire.*

Baixo até o mais fundo
De teu ser, lá onde
Me sorri tu'alma,
Nua, nua, nua...[70]

No "Poema do Nadador", Jorge de Lima adverte e expressivamente conceitua:

A água é falsa, a água é boa.
Nada, nadador!
A água é mansa, a água é doida,
aqui é fria, ali é morna,
a água é fêmea.[71]

No narrativo, longo e impressionante poema "Os Amantes Sonoros", de tema e estrutura afeitos ao cordel, Lêdo Ivo rememora e confessa:

E a pulcras terras de carne
as suas mãos se agarravam
e nas ondas do mar raso
seus desejos mergulhavam
como todos nós, amigos,
na meninice praieira,
nadadores, nos jogávamos
no feminino oceano,
a rapariga salobra
que sempre nos esperava
entre falésias deitada.[72]

---

70 BANDEIRA, Manuel. *Estrêla da vida inteira.* p.252-253

71 LIMA, Jorge de. *Poesias completas.* p.153

72 IVO, Lêdo. *Central poética.* p.162

No poema "Ritmo Quadricular", de um lirismo delicado e engenhoso, canta Geir Campos:

> Meu ser marinheiro agora
> gloria-se em navegar
> a maré alta que enflora
> teu seres meu basto mar.[73]

Francisco Carvalho, nos dez poemas de "Eros e a Ira", do livro *Pastoral dos Dias Maduros*, transfigura o erotismo com frequentes imagens marítimas e com um tom de realismo mágico, construindo versos assim:

> Fêmea abissal, tens gosto de marisco,
> de solidão, de espargos e hipocampos.
> O mar, búzio viril, te penetrou.
> Prende-me em tuas coxas, essas âncoras.
> ..........................................................
> Tuas ancas me detêm, angra e âncora.[74]

Clarice Lispector, (à semelhança de Francisco Carvalho, que atribui ao mar, metaforicamente, virtude masculina), considera esse mar – na narrativa de profunda e bela mensagem ontológica, *Uma Aprendizagem ou o Livro dos Prazeres* – como elemento fecundante, não como fecundado, estando atentos a escritora e o poeta, segundo sugestão de ambos, às mesmas atribuições de origem da vida ao oceano, com as quais encararia Machado o "salso argento" no *Dom Casmurro,* só que o criador de Capitu dá ao mar, tomado sob o recurso da metáfora, uma qualidade passiva, de fecundado e não de fecundante. Escreve Clarice Lispector: "Era a maresia, palavra feminina, mas para Lóri o cheiro ma-

---

73 CAMPOS, Geir. *Canto de peixe & outros cantos.* p. 65

74 CARVALHO, Francisco. *Pastoral dos dias maduros.* p. 123-124

resia era masculino".[75] E, no capítulo em que Lóri se inicia nos segredos do mar, enfrentando-o, conforme deveria enfrentar o amor, lê-se:

> O cheiro é de uma maresia tonteante que a desperta de seu mais adormecido sono secular.
> [...] A mulher é agora uma compacta e uma leve e uma aguda – e abre caminho na gelidez que, líquida, se opõe a ela, e no entanto a deixa entrar, como no amor em que a oposição pode ser um pedido secreto. [...]
> O sal, o iodo, tudo líquido deixam-na por uns instantes cega, tôda escorrendo – espantada de pé, fertilizada. [...]
> E era isso o que estava lhe faltando: o mar por dentro como o líquido espêsso de um homem. [...]
> Ela é a amante que não teme pois que sabe que terá tudo de novo. [...]
> De algum modo obscuro seus cabelos escorridos são de náufrago.
> Porque sabe – sabe que fêz um perigo. Um perigo tão antigo quanto o ser humano.[76]

Observemos que Leodegário A. de Azevedo Filho já aponta um significado subjacente nas cantigas trovadorescas de Pero Meogo em torno do relacionamento sexual-amoroso.[77] E Lêdo Ivo, no seu livro *Poesia Observada*, analisa o poema "Água Forte", de Manuel Bandeira, e escreve: "um poema cuja escabrosidade só é perceptível pelos exegetas, e estes assim mesmo sujeitos aos erros oriundos de interpretações gratuitas.[78] Trata-se, afinal, da descrição velada de um órgão sexual feminino em estado de menstruação.

No nosso livro *O Amor e Outros Aspectos em Drummond*, publicado após a primeira edição de *A Metáfora do Mar de Dom Casmurro*, focalizamos o poema "Lira do Amor Romântico / ou a eterna repetição", de

---

75 LISPECTOR, Clarice. *Uma aprendizagem ou o livro dos prazeres*. p.122

76 Ibidem. p.83-85

77 AZEVEDO FILHO, Leodegário A. de. *As cantigas de Pero Meogo*.

78 IVO, Lêvo. *Poesia observada*: ensaio sobre a criação e matérias afins. p.194

*Amar se Aprende Amando*, e detectamos que em tal texto o autor usa uma linguagem cifrada para representar variações do relacionamento sexual-amoroso. Destarte, ali o limão representaria a glande; a água, a intimidade feminina; e os peixes, as reações psicofísicas da mulher.[79]

79 LINHARES FILHO. *O amor e outros aspectos em Drummond.* p.92-96

# Considerações preliminares à análise de dois capítulos

Para a compreensão latente dos capítulos "Dez libras esterlinas" e "Ciúmes do mar", é preciso que o leitor nos conceda o seu crédito quanto a afirmações que faremos acerca da frequência de símbolos peculiares de Machado e do Eça de algumas narrativas breves, a qual invocaremos para provar o significado de determinados símbolos desses capítulos, pois, se argumentássemos agora para essa finalidade com o contexto de cada incidência dos exemplos invocados, perderíamos o objetivo do presente trabalho, que é o de focalizar um dos valores do *Dom Casmurro*. Pretendemos oportunamente publicar estudo sobre toda a obra de Machado de Assis pelo menos acerca de parte mais relevante dessa obra, e sobre algumas produções da ficção breve de Eça de Queirós, a serem apreciadas em profundidade como aqui, mas de modo mais exaustivo: quando cumprirmos tal promessa, comentaremos com detença os aludidos exemplos.

O capítulo "Dez libras esterlinas" destina-se a descrever, latentemente, como veremos, uma relação sexual entre Bentinho e Capitu, a começar pelo jogo amoroso, relação essa que chegará ao acme no capítulo seguinte, "Ciúmes do mar". Naquele capítulo, Bentinho apoquenta-se e tem ciúmes por causa da distração de sua mulher, que, conforme se sugere, mostra-se desatenta aos incitamentos do marido, para preocupar-se com o seu ciclo menstrual e, consequentemente, com a concepção do filho, cujo nascimento significantemente se declara no cap. CVIII – "Um filho", logo após o capítulo "Ciúmes do mar".

Não devemos recorrer ao freudismo, nem ao lacanismo, insistimos nisso, para explicar as metáforas subjacentes de Machado, bem como os demais processos da sua latência, uma vez que, repetimo-lo, não são concebidos, a nosso ver, predominantemente, pelo inconsciente, mas pela consciência de quem, no uso de símbolos sensuais, é pré-freudiano, fato a que já nos referimos, como pré-freudiano é certo humorismo barato dos nossos meios de comunicação de massa, o qual apenas revolve ou manipula uma consciência coletiva de sensualismo simbólico, que pertence à cultura e a uma disposição psicológica nata, portanto anterior a Freud.

Os símbolos sensuais que interpretamos têm, para nós, valores metafóricos na camada implícita da narração, porque são disciplinados, escolhidos por uma consciência de retórica desviada e artística tal, que se tornam possíveis de uma decodificação coerente. Assim, libras esterlinas que, por serem moedas ou dinheiro, simbolizam o sêmen, como comprovaremos pelo contexto de predominância psicológica e sensual do capítulo e da obra machadiana, poderiam conotar outra coisa noutro contexto. Num contexto místico, por exemplo, conotariam sangue de Cristo, por ser tal sangue um valor ou preço que alcança para as almas a salvação eterna. A lógica da similitude metafórica tem o seu fulcro na ideia do dinheiro representar economia, e tanto o sêmen como o sangue representarem reservas orgânicas. Exemplificamos, de passagem, o possível misticismo do dinheiro em outro contexto, aludindo ao símbolo heráldico das quinas, que, no escudo português, simbolizam os cinco reis mouros vencidos por Afonso-Henriques na batalha de Ourique e, ainda, os trinta dinheiros por que Cristo fora vendido, num modo metonímico de gravar-se ali a memória "Daquele de Quem foi favorecido" o rei, segundo o relato de Camões nas estrofes 53 e 54 do canto III de *Os Lusíadas*. O fato específico do dinheiro representar-se no texto do *Dom Casmurro* pela moeda inglesa deve-se a um imperativo socioeconômico da época, integrado no enredo patente e bem interpretado por Eugênio Gomes no seu *O Enigma de Capitu*, mas, para a significação profunda da obra, poderia ser representado por qualquer outra moeda.

Quanto à curiosidade ou desconfiança do leitor, que quer saber se toda vez que Machado empregou a palavra "dinheiro" ou congêneres semânticos, quis conotar sêmen no enredo sotoposto, respondemos que é possível, pois em face do contexto é que se resolverá o problema, que uma vez ou outra não quisesse fazer tais palavras significar, subjacentemente, aquilo nos livros *Memórias Póstumas de Brás Cubas*, *Quincas Borba*, *Dom Casmurro* e *Esaú e Jacó*, em contos de *Papéis Avulsos*, de 1882, em muitos contos publicados a partir dessa data e ainda em algumas crônicas escritas a começar da série "Notas Semanais", de 1878. Todavia um breve levantamento comprova que, pelos respectivos contextos, aquelas palavras têm, latentemente, o sentido que indicamos nos seguintes capítulos das *Memórias Póstumas*: cap. XXI – "O almocreve"; cap. LI – "É minha"; cap. LII – "O embrulho misterioso"; cap. LIII – "..........."; cap. LIV – "A pêndula"; cap. CLII – "A moeda de Vespasiano"; cap. LIX – "Um encontro". Além disso, aquelas palavras possuiriam o aludido sentido ou, antes, simbolizariam o sêmen em capítulos do *Dom Casmurro* como "Dez libras esterlinas" e "As curiosidades de Capitu". O mesmo acontece nos contos "Singularidades de uma Rapariga Loura" e "Um Poeta Lírico", estes dois últimos de Eça de Queirós, cuja latência sensual consciente estudamos, como o dissemos, em três contos de sua obra, obra em que o sensualismo, quando ocorre, salienta-se, não de modo subjacente, mas, conforme se sabe, de maneira manifesta.

Verificamos, até, que a palavra "dinheiro" e congêneres semânticos aparecem na latência intencional de Machado com uma significação variada, mas aproximada, surgindo (para utilizarmos nomenclatura greimasiana) diversos *sememas* pecuniários, cada um conduzindo *semas* diferentes entre si, no entanto de sentido aparentado. Usa o escritor, a nosso ver, vários *sememas* pecuniários para *semas* que vão do sêmen ao óvulo, ao sangue menstrual e à energia vital. Vejam-se casos como o dos sestércios, o do vintém, o dos gastos de Da. Glória com o filho ou um possível órfão que o substituísse (cap. XCVI) e, ainda, o do empréstimo dessa senhora a Escobar (cap. XCVIII), casos todos esses que comentaremos adiante.

Aos que acham um exagero de nossa parte o vermos sensualismo em livros inteiros de Machado e em contos inteiros de Eça, de tal forma que em algumas produções quase toda a população romanesca é mostrada a adotar uma sexualidade não convencional, respondemos que a hipérbole e a caricatura são procedimentos artísticos, e hajam vista os seguintes fatos: a vila, de Raul Brandão, no *Húmus*, à qual já nos referimos, pelo decadentismo do livro só a velhos abriga; a generalidade da cegueira no romance *Ensaio sobre a Cegueira*, de José Saramago, explica o objetivo alegórico desse livro; o gosto naturalista-simbolista de Machado e do Eça de alguns escritos é, no enredo latente, responsável pelo comportamento em estudo, dos dois escritores; o próprio Machado justifica, no seu caso, com o enredo patente de um dos seus melhores contos, "O Alienista", esse procedimento, quando faz que o médico Simão Bacamarte interne como louca toda a população da cidade no hospício da Casa Verde. É certo que, depois, Bacamarte é que se sente, por esse ato, um louco, e ele mesmo se interna e libera os outros, mas por suas mesmas atitudes vemos explicado o procedimento persistente de subjacência intencional do autor, pois, com atitudes assim, se identificaria a sua cosmovisão, válida e artisticamente deformada ou parcial. Machado se sentiria como artista um louco lúcido, a interpretar metonimicamente (o conflito sensual pelo resto) a Dor do mundo. Destarte, nós, que temos interpretado outras obras de maneira diversa por realmente não trazerem latência sensual, é que não seremos louco, pelo menos não tanto quanto Machado de Assis, um criador insigne, esse louco lúcido...

# "DEZ LIBRAS ESTERLINAS" E "CIÚMES DO MAR"

Examinemos trecho do capítulo "Dez libras esterlinas":

> Já disse que era poupada, ou fica dito agora, e não só de dinheiro mas também de cousas usadas, dessas que se guardam por tradição, por lembrança ou por saudade. Uns sapatos, por exemplo, uns sapatinhos rasos de fitas prêtas que se cruzavam no peito do pé e princípio da perna, os últimos que usou antes de calçar botinas, trouxe-os para casa, e tirava-os de longe em longe da gaveta da cômoda, com outras velharias, dizendo-me que eram pedaços de criança. Minha mãe, que tinha o mesmo gênio, gostava de ouvir falar e fazer assim.
> Quanto às puras economias de dinheiro, direi um caso, e basta. (*OC*, p. 909)

A poupança de Capitu, aludida pelo último trecho transcrito, decorre, simbolicamente, sobretudo, da aquisição do sêmen. Entre as "cousas usadas que também poupava, figuram "uns sapatinhos rasos de fitas prêtas", que eram tirados "de longe em longe da gaveta da cômoda, com outras velharias". Trata-se, no nosso entender, de alusão aos órgãos genitais da Capitu menina, os quais, com o crescimento natural, se transformaram simbolicamente em botinas. Na ficção da segunda fase de Machado e na do Eça de Queirós de determinados escritos (e a este fato já aludimos), o sapato, a bota, a chinela, o botim ou a botina simbolizam sempre ou quase sempre órgãos sexuais femininos ou parassexuais masculinos e femininos, por esses calçados serem recipientes em que se coloca o pé, que pode ser tido como o falo. Confira-se-lhes a significação nos seguintes textos, em face dos respectivos contextos: o cap. XXXVI – "A propósito de botas" e o cap. LIX – "Um encontro", ambos nas *Memórias Póstumas*; o conto "Último Capítulo", nas *Histórias sem Data*; o conto "Filosofia de um Par de Botas", na *Miscelânea*, e, na obra queirosiana, "Singularidades de uma Rapariga Loura", em que Eça se refere às "botas cambadas" de Macário.

As "fitas prêtas" representariam pelos; e a cômoda, o útero. Entenda-se que os sapatinhos, na parte, aqui difusa, do enredo latente, são tirados "de longe em longe da gaveta da cômoda" apenas na lembrança, e virtualmente (no próprio pensamento ou desejo da Capitu menina mas experimentada), é que as "fitas pretas se cruzavam no peito do pé e princípio da perna", ambos, perna e pé, simbolizando o falo. Tudo se daria como se a mente e o útero de Capitu se confundissem um com o outro, sendo as lembranças retiradas do útero, que, por ser extensão das partes sexuais mais externas, pudesse guardar a forma que estas tiveram antes. Essa confusão da mente com o útero torna-se tanto mais aceitável quanto mais se perceba que o autor, por meio do narrador-personagem, insinua no livro ser a sexualidade de Capitu, conforme reflexão nossa, neste livro feita em torno do nome "Capitolina", o que acima de tudo comanda a mulher de Bentinho.

As "outras velharias" representariam o catamênio, por este se constituir de sangue velho. A expressão "pedaços de criança" é uma das chaves valiosas do trecho pelo seu teor altamente ambíguo: de fato, o mênstruo, por sua qualidade de parcela debalde destinada a ligar-se à formação de um ser humano, pode ser tido, figuradamente, da mesma forma como as lembranças da infância, por "pedaços de criança". Compreensível é que a mãe de Bentinho tivesse "o mesmo gênio" diante desse contexto de latência intencional: era mulher como Capitu e, como tal, gostaria de lembrar ("fazer assim") coisas de intimidade feminina e "ouvir falar" sobre elas. As "puras economias de dinheiro" (simples economias no enredo patente) simbolizariam as economias puras do sêmen. Puras porque proveitosas ao organismo feminino.

Leiamos o texto:

> Foi justamente por ocasião de uma lição de astronomia, à Praia da Glória. Sabes que alguma vez a fiz cochilar um pouco. Uma

> noite perdeu-se em fitar o mar, com tal força e concentração, que me deu ciúmes.
>
> – Você não me ouve, Capitu.
>
> – Eu? Ouço perfeitamente.
>
> – O que é que eu dizia?
>
> – Você... você falava de Sírius.
>
> – Qual Sírius, Capitu. Há vinte minutos que eu falei de Sírius.
>
> – Falava de... falava de Marte, emendou ela apressada.
>
> Realmente, era de Marte, mas é claro que só apanhara o som da palavra, não o sentido. (*OC*, p. 909)

O trecho anteriormente comentado encaminha o leitor para o entendimento do que se passa na Praia da Glória, isto é, subjacentemente, nas circunvizinhanças dos órgãos genitais de Capitu, praia onde se dá, simbolicamente, o jogo amoroso para a posse sexual do seu mar de glória. A palavra, digamos, potencialmente encantatória "astronomia" poetiza, junto com a alusão a Sírius e Marte, estes na verdade encantatórios, o encontro carnal. Confira-se na parte implícita da ficção de Machado e Eça a comunicação linguística, literária ou a composição musical (conversa, declamação, poema, lição, cantiga, etc.) e verifique-se que elas, pelo contexto, representam a maneira de seduzir-se alguém sensualmente, ou muitas vezes o próprio ato sexual convencional ou não pelo fato dele se constituir numa forma de expressão vivida: de resto, se é certo que nos comunicamos também pelos gestos, as formas de comunicação oral, gráfica ou musical podem significar gestos, movimentos. Vejam-se, por exemplo, as glosas do Vilaça, pai de Eugênia; as produções do primo de Virgília, Luís Dutra, sugerido como efeminado; o soneto inacabado do seminarista Bentinho; o Panegírico de Santa Mônica, escrito por aquele ex-colega de Bento Santiago; os ensinamentos filosóficos de Quincas Borba a Rubião; a "Cantiga de Esponsais" de mestre Romão, que, personagem do conto sob esse título, era impotente sexual no enredo implícito, nunca conseguindo compor essa cantiga; o "belo cursivo inglês" de Macário, também sugerido como efeminado no conto "Singularidades de uma Rapariga Loura", de Eça; o grego do heleno Korriscosso, que, personagem do conto eciano "Um Poeta Lírico", era confuso na sua duplicidade sexual, defeito que, entre outros muitos aspectos, simboliza-se pelo fato de a personagem só saber grego. Por causa da dificuldade dessa língua, recordemos, para compreensão da semântica latente nesse conto, que o sentido figurado, dicionarizado do adjetivo "grego" é de "obscuro, ininteligível".

Não é muito coerente que um advogado como Bentinho, e não um professor ou cientista, se desse ao trabalho de explicar à mulher questões de Astronomia, e se ocupasse de corpos celestes não dos mais interessantes. Essa reflexão reforça a intencionalidade do autor em tomá-los como signos importantes da camada latente, e isso veremos. Subjacentemente, a desatenção de Capitu era para uma relação sexual que se estava processando com o marido. O mar que ela fita "com tal força e concentração", em pensamento, se entendermos que o relacionamento tivesse ultrapassado a fase do jogo amoroso, são os órgãos genitais, os da glória, os mesmos responsáveis pela ressaca. Impressionaria a Capitu, segundo a sugestão do ciumento Bentinho, a lembrança de relações sexuais dela com Escobar, relações a interferir clandestinamente no ciclo menstrual, que é sugerido, no trecho anteriormente analisado, por meio das expressões "outras velharias" e "pedaços de criança". Com a reclamação de que Capitu não o ouve, Bentinho reprova a falta de consciência dos estímulos sensórios demonstrada por sua mulher no ato carnal. Algum remorso ou culpa, pensaria Bentinho, faz com que Capitu se preocupe com (o mar d) os órgãos genitais, pois, como se lê no capítulo seguinte, afirma o narrador-personagem: "Venho explicar-te que tive tais ciúmes pelo que podia estar na cabeça de minha mulher, não fora ou acima dela." (*OC*, p. 911)

Os nomes "Sírius" e "Marte" simbolizam, respectivamente, o falo e os órgãos genitais femininos. Aqui, a semântica ajuda-se com o visual e o fonológico. Por meio da transformação fonológica de "Sírius" (ou "Sírio") na homófona "círio" e da aproximação fonológica entre os nomes "Marte" e "mar", chegamos à conclusão de que um círio, por seu aspecto visual, é símbolo fálico, assim como o planeta Marte, por seu formato esférico e cor vermelha, simboliza a intimidade genital da mulher. No próprio texto em estudo e em trecho do capítulo seguinte, temos chaves do processo fonológico-semântico dessa linguagem cifrada:

> Realmente, era de Marte, mas é claro que só apanhara o som da palavra, não o sentido. (*OC*, p. 909)
>
> Um anônimo ou anônima que passa na esquina da rua faz com que metamos Sírius dentro de Marte, e tu sabes, leitor, a diferença que há de um a outro na distância e no tamanho, mas a astronomia tem dessas confusões. (*OC*, p. 911)

Assim como Capitu, no enredo patente, confundiu o sentido da palavra "Sírius" com o da palavra "Marte", apanhando desta apenas o som no curso da conversa, podia, pela ambivalência no sentido da frase-chave do processo fonológico-semântico, no enredo subjacente, confundir, com implicação de sentido, o som da palavra "Marte" com o da palavra "mar", isto é, de palavras mais próximas na estrutura fonológica, como se Bentinho, na intimidade, chamasse de mar os órgãos genitais de sua mulher, já que sob o símbolo do mar eles são sugeridos ao leitor. O fato de Capitu apanhar apenas o "som da palavra", "não o sentido" desta, insinua, no nosso entender, ser o gesto do mecanismo da relação sexual indistintamente sentido. Esse processo de deformação fônica da palavra é encontradiço nos desígnios implícitos da ficção de Machado, haja vista o caso do capítulo "Revolução dálmata", das *Memórias Póstumas*, título que, pelo contexto, latentemente se deve ler "Revolução d'alma", além de vários outros casos, alguns dos quais já comentados neste trabalho, como o da deformação do nome "glosador" aplicado ao Vilaça, que, segundo o comentário feito, por sua satiríase, no plano subjacente, é um "gozador".

Outros escritores, sobretudo poetas modernistas, vieram a usar mais tarde, mesmo sem a latência, sem o sensualismo das intenções machadianas e sem inspiração no romancista, técnicas e processos usados por Machado de Assis como casos de silepse de retórica, relacionamentos fonológicos e desmontagem de palavras, nele sendo essa desmontagem apenas implícita. Vejam-se, por exemplo, os relacionamentos fonológicos ou jogos de palavra de muitos *linossignos* da poesia de Cassiano Ricardo, como os que encontramos no poema "Flechas contra o Muro", no qual o poeta mostra a gravidade da confusão entre os fonemas /b/ e /p/ das palavras "bomba" e "pomba",[80] que lembram de leve o processo da ligação entre "Sírius" e "círio" e, ainda, como os do poema "Confusão de Ave com Árvore",[81] no qual a possível paronomásia recorda o processo da ambiguidade machadiana em torno das palavras "mar" e "Marte". Nessa mesma linha de procedimentos com exploração do fonológico, ocorrem casos em certo tipo de música popular brasileira de mau gosto, como, por exemplo, um, em que se explora, com vistas à sugestão sensual, a ambiguidade entre as palavras "colcha" e "coxa".[82] Convém aludir, ainda, a certa inscrição que colhemos de um vidro de automóvel, a qual, numa espécie de eufemismo fonológico, entremostra humoristicamente palavra chula: "O pluto é filho da pluta".

Depois dessas considerações sobre o elemento fonológico, talvez não se diga mais o que Machado, sugestivamente, coloca na boca de Rubião, em diálogo com o Camacho, no cap. CXI do *Quincas Borba*, página em que a latência sensual consciente se vale, sobretudo, do efeito do "som desagradável" da aliteração da labiodental constritiva, fricativa, sonora ("vis vendilhões", "Vae victis"): "ninguém repara no som"... (*OC*, p. 736)

E sabemos que Capitu, porque "Era minuciosa e atenta" (com exceção daquele momento de relação sexual que comentamos), como deve ser o bom leitor, o interpretador e crítico literário, "Pedia o som das palavras." (*OC*, p. 839)

---

80 RICARDO, Cassiano, *Jeremias sem-chorar*.p.16-17

81 RICARDO, Cassiano. *Os sobreviventes*. p. 199-200

82 Cf. a música "Mariá", de Messias Holanda – João Gonçalves. Disco Cara de durão. CBS 104308,1975.

É preciso seguir o curso das cabriolas e negaças machadianas como no caso do signo "Marte", que, furta-cor, oferece cifradamente diversos apelos significantes como a pedra irregular, multifacetada ("barrueco"), que teria originado o nome "Barroco", da escola que, em suas exacerbações, conforme se sabe, chegava, às vezes, a complicar metáforas em adivinhações, para cuja decifração se exigia perspicácia e o conhecimento das chaves, o que, de certo modo, bem se pode aplicar ao caso da latência intencional que defendemos.

Reparemos, também, que, assim como a silepse de retórica é uma espécie de forma sintética da antanáclase,[83] esta de muito uso no Barroco, o processo de subjacência intencional entre as palavras "Sírius" e "círio" é um modo de sintetizar ambiguamente, numa silepse de retórica especial, o jogo analítico entre palavras homófonas, usado por cultistas e do qual Vieira, embora mais conceptista, nos dá exemplo no "Sermão da Sexagésima": "Ah pregadores! Os de cá, achar-vos-eis com mais paço; os de lá, com mais passos [...]"[84]

Encontradiças na latência consciente de Eça e Machado são palavras semanticamente semelhantes a "Sírius" e "círio", em face do relacionamento entre fogo e ardência sexual + formato do círio e formato do falo, as quais se tornam símbolos sensuais fálicos, como "cigarro", "charuto", "fósforo" no conto "José Matias", de Eça. Vejamos que, como uma variação dessa semântica pírica, o topônimo "Botafogo", implicitamente desmontado em "bota fogo", simboliza, no *Quincas Borba* e outras produções machadianas, segundo as nossas investigações, órgãos parassexuais ou sexuais passivos. Outra variação encontra-se no antropônimo "Helena de Troia", designador de mulher com quem se compara Elisa, do conto "José Matias". Na construção da latência não se interessou Queirós, aqui, pelo significado da alusão histórica, mas

83 Embora em redondilhas pré-clássicas, dá-nos Camões, que em muitas composições se revela pré-barroco, exemplos de antanáclase pela repetição da palavra "pena" com variados sentidos, nos poemas "Perdigão perdeu a pena", "Perguntais-me quem me mata? " e "Sôbolos rios que vão". Cf. CAMÕES, Luís de. *Obra completa*. p. 478 e 501

84 VIEIRA, Padre António. *Sermões*. p.4

pela etimologia do nome "Helena". Sabendo-se que esse nome significa etimologicamente "tocha resplandecente",[85] e Elisa é tida, no enredo latente –, conforme comprovação nossa com vinte e um argumentos[86] (e neste trabalho ao caso dela já aludimos) – como hermafrodita ou mulher masculinizada ou homem disfarçado em mulher, apesar de no patente ser mostrada como feminil, consideremos que o autor, com o recurso àquela etimologia, sugeriria mais que a ardência sensual da personagem: talvez o apêndice do suposto hermafroditismo dela ou o falo do suposto homem disfarçado que ela seria.

Confirmando, ainda mais, a propriedade dos símbolos "Sírius" e "Marte" para traduzirem respectivamente os órgãos genitais masculinos e femininos, saibamos que aquele é uma "estrela de primeira grandeza"[87] e "a mais resplandecente de todas",[88] ao passo que Marte, "planeta primário superior", "é o menos brilhante de todos os planetas"[89]: a maior intensidade da luz apropria-se mais para designar o elemento masculino.

Tudo indica que o autor, pelas peculiaridades que o desviam, em muitos aspectos de sua obra, de um dado cultural mais estereotipado, não se utilizou, nem patente nem subjacentemente, nos passos em análise, da base clássica que faz de Marte o deus da guerra, pelo menos parece não dedicar a tal fundamento maior destaque, em vista desse apoio descaracterizar a feminilidade de Capitu, que desse deus só se aproxima pelo temperamento perspicaz e a discórdia matrimonial de que ela, para Bentinho, seria causa.

Entendemos que, na camada subjacente, "um anônimo ou anônima que passa na esquina da rua" pode ser a pessoa estranha, imaginada, que desperte o desejo sexual num dos cônjuges, para cuja satisfação tal

85 FREITAS. Op. cit., nota 37. p. 52

86 Ver apêndice.

87 MONTEVERDE, Emílio Achilles. *Manual encyclopedico*. p. 326

88 Ibidem.

89 Ibidem. p. 334

cônjuge teria um meio perto de si, que é o outro cônjuge: "faz com que metamos Sírius dentro de Marte". Naquele caso concreto, a anônima incitaria Bentinho à relação amorosa e, quanto a Capitu, não disposta para o ato sexual, conforme a insinuação do texto, o suposto anônimo faria com que se "metesse Sírius dentro de Marte", não porque ela se dispusesse à conjunção carnal, mas justamente pelo contrário: porque se distraísse. Mais remota é a hipótese do autor querer que "um anônimo ou anônima" seja alguma parte do corpo de um dos cônjuges, como, por exemplo, a mão no ato de acariciar, enquanto a "esquina da rua" simbolizasse parte do corpo do outro cônjuge.

Compreendamos que a alegação de Capitu, ao explicar a razão do distrair-se, é um ponto de interseção do enredo patente com o latente. Na verdade, ela juntou as libras esterlinas, fez o câmbio da "conversão de papel em ouro", fez "tinir o ouro na mão", mostrando-o a Bentinho, e Escobar foi o corretor daquela operação, consoante se declara no texto. Mas tudo isso é apresentado pelo narrador-personagem como uma realidade equivalente, pelo simbolismo, à realidade sensual em que ele acredita, e que a mulher encobre com a semelhança de ocorrências reais. Estas seriam, como se sugere, "um recurso para desenfadar-me". (*OC*, p.910). A afirmação de que "Capitu fitou-me rindo, e replicou que a culpa de romper o segredo era minha" vale por uma espécie de traição de Capitu a si mesma, e é como se fosse, para o Bentinho já casmurro de depois, a confissão implícita do relacionamento ilegítimo da mulher com Escobar e a confissão implícita da concepção do filho.

Em todo o capítulo "Dez libras esterlinas", ao referir-se a elas, o narrador-personagem pinta uma realidade sensual sotoposta, correspondente àquela a que Capitu – mentirosamente, talvez – recorreu para velar a sua suposta infidelidade, porque, segundo suscita Bentinho, sua mulher teria encoberto a causa da preocupação com que estava. Assim como Escobar fora corretor daquela operação monetária e fora conivente com aquele "segredo de ambos", teria sido o agente do segredo maior da troca do "papel" do óvulo no "ouro" do efeito da fecundação, eis o que se insinua.

Cumpre-nos esclarecer, no plano latente, qual seria, no nosso entender, "a diferença que há de um a outro na distância e no tamanho", referindo-se o narrador-personagem a Sírius e Marte. Quanto à distância, a diferença estaria em que os órgãos sexuais masculinos são logicamente bem diversos dos femininos e, ainda, em que uns e outros órgãos, sendo instrumentos do amor, são, por causa dos próprios amantes – e aqui damos a palavra a Olavo Bilac, que fala sobre estes –, "Até num beijo [...] duas montanhas / Separadas por léguas de deserto."[90] Quanto ao tamanho, a diferença estaria em que o falo dá, em geral, a impressão de ser maior que os órgãos genitais femininos, conquanto caiba dentro destes.

Quando se lê que as libras esterlinas economizadas "eram as sobras do dinheiro que eu lhe dava mensalmente para as despesas", deve pensar-se, dentro da sondagem da latência intencional, em que o ciúme do Bentinho de depois, daquele que escreve suas memórias, sugere que a correspondência verdadeira à realidade dessas sobras de dinheiro não é o seu próprio sêmen, mas o do rival. Entendemos que, na camada subjacente intencional, o advérbio "mensalmente" da última citação engloba, na sua circunstância de tempo, doações espermáticas repetidas de Bentinho a Capitu dentro de um mês, sugerindo a escolha de tal advérbio uma ligação latente com o ciclo menstrual, que normalmente decorre no espaço de um mês. Ao referir-se o narrador-personagem às aludidas libras no diálogo "– São suas, respondi. / São nossas, emendou. / – Pois você guarde-as.", (*OC*, p. 910) quer suscitar a seguinte correspondência: a trama de Capitu em fazer aparentar por legítima a paternidade falsa do futuro rebento, e a natural competência da mulher guardar no seio aquilo que será vida independente após a gestação. A correspondência à causa do espanto pela poupança de Capitu –, o qual se formaliza na pergunta de Sanchinha "– Como é que Capitu pode economizar, agora que tudo está tão caro?" (*OC*, p. 910) – seria o fato da dificuldade da fecundação na vida conjugal dos dois casais: de um, só nasceu Capitu-

90 BILAC, Olavo. Poesias. p. 311

zinha; do outro, Ezequiel nasceu após aflitas esperas. Ou seria o fato da dificuldade dos maridos recorrerem às mulheres para a cópula (talvez se insinue que Escobar, pelo próprio amor a Capitu, buscasse raramente a mulher legítima para o ato sexual).

Significativo é que o narrador-personagem aluda a uma conta de Capitu (conta no sentido de justificação[91] em um capítulo, e conta pecuniária e mais ligada à camada implícita da narrativa mediante o verbo "contando" em outro) nos dois capítulos em que por primeiro ele mostra o ciúme dela: "Uma ponta de Iago" antes e "Dez libras esterlinas" depois do casamento. Lê-se no primeiro capítulo:

> Quando tornei a mim, José Dias concluía uma frase, cujo princípio não ouvi, e o mesmo fim era vago: "A conta que dará de si." Que conta e quem? Cuidei naturalmente que falava ainda de Capitu, e quis perguntar-lho, mas a vontade morreu ao nascer, como tantas outras gerações delas. (*OC*, p. 872)

Lê-se no outro capítulo, após mostrar-se a desatenção da mulher de Bentinho:

> [...] confessou-me que estivera contando, isto é, somando uns dinheiros para descobrir certa parcela que não achava. (*OC*, p. 909-910)

E é aí que Capitu se vê obrigada a dar conta de si na visão acaso deformada do marido ciumento. As palavras de José Dias (transcritas no clima de mistério e indefinição pelos quais é responsável a inquietude de Bentinho, mordido de ciúme) sugerem uma espécie de precognição ou profecia do agregado em relação à infidelidade de Capitu, que ocorreria, mais tarde, na concepção do narrador-personagem, porque a "Capitu menina [...] estava dentro da outra, como a fruta dentro da casca". (*OC*, p. 942)

---

91 AULETE, Caldas. *Dicionário da língua portuguesa*. p. 112: "Dar conta de si, justificar o seu procedimento".

Há no *Dom Casmurro* um jogo polissêmico entre o escrito e o não escrito em torno da palavra "conta", jogo que intenta revelar, a nosso ver, que a Capitu menina de má reputação, isto é, tida em má conta na concepção do profético José Dias, obrigar-se-ia a dar *conta* de si ao marido, mas ela o faria burlando a Bentinho; apresentaria *contas* pecuniárias por *contas* relativas ao que se insinua como uma peculiar economia sexual, pois estas últimas comprometeriam aquela mulher: levariam o marido a tê-la em má *conta*.

Releiamos as seguintes palavras, já citadas e relativas a supostos beijos trocados entre Capitu e "algum peralta da vizinhança":

> E ... quê? Sabes o que é que trocariam mais; se o não achas por ti mesmo, escusado é ler o resto do capítulo e do livro, não acharás mais nada, ainda que eu o diga com tôdas as letras da etimologia. (*OC*, p. 872)

Julgamos que esse trecho insinua não apenas o relacionamento entre Iago e Bento Santiago, como afirmamos anteriormente, mas ainda a ligação, que acabamos de fazer, entre a conta do cap. "Uma ponta de Iago" e as do cap. "Dez libras esterlinas". Pois no "resto do capítulo", o qual, segundo Bentinho, não adiantaria o leitor incapaz ler, é que se encontra a alusão à conta que é o único elemento obscuro de tal parte do mesmo capítulo, elemento aquele para cuja decifração o narrador--personagem sutilmente desafia o leitor, e que teria ligação latente com o "resto do livro", sobretudo com as contas do cap. "Dez libras esterlinas".

Com relação ao penúltimo trecho transcrito em destaque, teçamos algumas considerações. No plano latente, o que corresponde a "certa parcela que [Capitu] não achava" é a porção de sêmen como efeito de uma ou outra relação sexual com Escobar ou ainda de uma única cópula com este. A daquele dia talvez: "– Foi hoje mesmo." (*OC*, p. 910) Capitu se recordaria do contato amoroso com o suposto amante e, por um motivo ou por outro, se preocuparia. Contrariar-se-ia por ter que se entregar a um marido a quem não amava efetivamente, ou desejaria não conceber um fruto do possível relacionamento clandestino, ou, pelo contrário, ansiaria justamente por esse fruto num natural gesto materno e em face do amor ao mesmo suposto amante, e o anseio dela a colocaria em conflito ante as conveniências morais e sociais. De qualquer forma e conforme a insinuação de Bentinho, distrair-se-ia em meditar numa relação sexual ilegítima com Escobar e na interferência dessa relação no ciclo menstrual, o que assinalamos anteriormente.

Observemos este trecho do capítulo "Ciúmes do mar":

> Dez minutos depois, estaria eu outra vez na sala, ao piano ou à janela, continuando a lição interrompida:
> – Marte está à distância de...
> Tão pouco tempo? Sim, tão pouco tempo, dez minutos. Os meus ciúmes eram intensos, mas curtos, com pouco derrubaria tudo, mas com o mesmo pouco ou menos reconstruiria o céu, a terra e as estrêlas.
> A verdade é que fiquei mais amigo de Capitu, se era possível, ela ainda mais meiga, o ar mais brando, as noites mais claras, e Deus mais Deus. (*OC*, p. 911)

Conta-se, a nosso ver, subjacente mas conscientemente, nesse trecho, a volta de Bentinho à posse do mar, isto e, à conjunção carnal interrompida devido aos ciúmes, bem como o ápice do ato e o momento da satisfação repousante. A sala de que Bentinho se retira pode simbolizar os próprios órgãos genitais de Capitu. "Janela" e "piano", pelo modo do uso de ambos e pelo formato daquela (uma abertura), representariam, por especial metáfora, partes do corpo da mulher entregues aos toques de carícia ou estímulos masculinos. Com a frase – "Marte está à distância de...", o autor sugere o próprio movimento de aproximação amorosa. A passagem altamente ambígua "com pouco derrubaria tudo", a qual no enredo manifesto compõe uma metáfora referente à capacidade repentina de Bentinho destruir tudo, levado por seus ciúmes, no enredo subjacente simboliza o ato da ejaculação, que, sendo, em princípio, criador, pode reconstruir, na verdade, "o céu, a terra e as estrêlas". Assim, ficaria "Deus mais Deus": Bentinho que, naquele momento, vê tudo com otimismo, considera Deus engrandecido pelo ato potencialmente criador de uma criatura. O verbo "reconstruiria" no futuro do pretérito condiz com a hipótese de ser criador o ato sexual de um marido supostamente estéril.

Atentemos para o valor da escolha do verbo "derrubar". O autor desprezou verbos como "esqueceria", "destruiria", "aniquilaria", "arrasaria", "exterminaria", "extinguiria", porque só "derrubaria" podia acumular a ideia de "destruir", "aniquilar", do enredo patente, e a de "fazer cair", do enredo latente. Conquanto para um líquido, como é o caso do esperma, fosse mais próprio o uso do verbo "derramar" ou do verbo "espalhar", o narrador-personagem, com a expressão "derrubaria tudo", de sabor criptossêmico, significaria latentemente – sem sacrificar-se o sentido da parte manifesta da narração – que desprenderia ou faria cair tudo o que se reservara para aquela ocasião amorosa: não propriamente ou exclusivamente o líquido espermático, mas com ele uma parcela do ser ou da vida.

A reconstrução referida no texto em análise decerto se opera com "menos" tempo, após o ato aludido, que "o mesmo pouco" tempo (dez minutos) da duração da retirada do narrador-personagem da sala. Elementos encantatórios aí empregados poetizam e sublimam o ato amoroso, à semelhança do que ocorre ao pintar-se o cenário do amor no alto da Tijuca, o que se verifica no cap. CL – "No céu". O tom do resto da transcrição em exame, composta igualmente de elementos encantatórios, faz-nos crer que estes simbolizam o repouso prazeroso, consequente ao ato sexual.

Convencemo-nos mais da intenção do autor insinuar a ideia metonímica de reconstruir-se o universo por meio do ato carnal – com a leitura do poema "Criação",[92] de Olavo Bilac, o qual, pelo perfeito ajustamento à referida ideia, não nos dispensamos de reproduzir na íntegra:

92 BILAC, Op. cit., nota 87. p. 328

> Há no amor um momento de grandeza,
> Que é de inconsciência e de êxtase bendito:
> Os dois corpos são tôda a Natureza,
> As duas almas são todo o Infinito.
>
> É um mistério de força e de surprêsa!
> Estala o coração da terra, aflito;
> Rasga-se em luz fecunda a esfera acesa,
> E de todos os astros rompe um grito.
>
> Deus transmite o seu hálito aos amantes:
> Cada beijo é a sanção dos Sete Dias,
> E a Gênese fulgura em cada abraço;
>
> Porque, entre as duas bôcas soluçantes,
> Rola todo o Universo, em harmonias
> E em glorificações, enchendo o espaço!

Veja-se que também Miguel Torga particulariza as ideias da criação e formação do universo, quando intitula de *A Criação do Mundo* os volumes referentes à sua autobiografia.

Por sua vez, escreve Bentinho no cap. XVIII:

> Conto estas minúcias para que melhor se entenda aquela manhã da minha amiga; logo virá a tarde, e da manhã e da tarde se fará o primeiro dia, como no Gênesis, onde se fizeram sucessivamente sete. (*OC*, p. 828)

O narrador-personagem compara, assim, a própria formação de Capitu com a obra do *Gênesis*, formação que a levaria –, na perspectiva de Bentinho, ao insucesso da criação de Ezequiel ("Quando seria o dia da criação de Ezequiel?"), (*OC*, p. 942) pergunta-se curioso Bento Santiago – e que ensejaria escrever-se um livro em que, tomando-se a parte pelo todo, se sugere contar, numa concepção pessimista, o insucesso do próprio *Gênesis* real, o do mundo e da humanidade. Recordemos que da obra machadiana, de reprovação à Natureza, se destaca o que escreve Brás Cubas diante da miséria de dois insetos e num escárnio à obra do *Gênesis*: "Pobre môsca! pobre formiga! E Deus viu que isto era bom, como se diz na Escritura". (*OC*, p. 605)

Essa irreverência machadiana ao Criador registrada pela voz de Brás Cubas reflete bem a filiação do autor das *Memórias Póstumas* ao pessimismo niilista de Schopenhauer, que escreveu nas *Dores do Mundo*: "Se um Deus fêz êste mundo, eu não gostaria de ser êsse Deus: a miséria do mundo esfacelar-me-ia o coração."[93]

93 SCHOPENHAUER, Artur. *Dores do mundo*. p.25

# OS SESTÉRCIOS, O VINTÉM E OUTROS SÍMBOLOS PECUNIÁRIOS

Havendo-se interpretado o símbolo das dez libras esterlinas na camada da subjacência intencional, necessário é que nos refiramos a outros importantes *sememas* pecuniários: ao empréstimo de Da. Glória a Escobar, aos gastos dela com Bentinho ou com um suposto substituto deste, aos sestércios de "As curiosidades de Capitu" e ao vintém de "Um plano" (capítulos XCVI, XCVIII, XXXI e XVIII).

Examinemos este trecho:

> Era opinião de prima Justina que êle [Escobar] afagara a idéia de convidar minha mãe a segundas núpcias; se tal idéia houve, cumpre não esquecer a grande diferença de idade. Talvez êle não pensasse em mais que associá-la aos seus primeiros tentamens comerciais, e de fato, a pedido meu, minha mãe adiantou-lhe alguns dinheiros, que êle lhe restituiu, logo que pôde, não sem este remoque: "D. Glória é medrosa e não tem ambição." (*OC*, p. 903)

O autor coloca industriosamente na cabeça da azeda prima Justina uma opinião maliciosa, a nosso ver não só com o intuito de sublinhar o caráter atrevido de Escobar na perspectiva de Bentinho (sugestão da camada patente), mas também para aproximar o sensual da simbologia pecuniária ao empréstimo, feito por Da. Glória a Escobar. Mesmo sem a troca de prazer entre estes por não se concretizar o casamento, insinua o autor, salvo engano, em coerência com a latência do contexto, que Da. Glória alimentou Escobar com a energia vital, proveniente dos alimentos e materializada no dinheiro do empréstimo, energia que pode ter como símbolo o sangue, já que este, como alimento das células, garante o esforço; o sangue que, por sua vez, por ser criador, gerando energia, e ser responsável por secreções glandulares como o sêmen, pode, semanticamente, equivaler a este.

Mediante essa relação semântica entrevemos o alcance do simbolismo machadiano. O autor desejaria mostrar que Da. Glória, representante da Natureza como mãe de Bentinho, contribuiu, por uma ironia trágica, para o naufrágio do filho pela ajuda indireta e inconsciente à deslealdade do suposto comborço de Bentinho, ajuda que, indiretamente atingindo a simples alimentação de Escobar, atingiu o fortalecimento sexual deste, eis o que nos parece encontrar-se no *entre-texto* da passagem analisada. Quanto ao fato a que aí se alude de que Escobar restituiu os dinheiros a Da. Glória, devemos lembrar, para conclusões sobre a camada subjacente, que a restituição à Natureza é uma lei natural.

Pelo mesmo motivo de sustento vital, não nos afastando nós da relação semântica das ideias pecuniárias que temos procurado decodificar, é que, no plano sotoposto, se dão os gastos de Da. Glória com o filho e se dariam com o possível substituto dele no seminário, conforme se lê no cap. XCVI – "Um substituto".

Pelo contexto e pelo mesmo motivo de relação semântica da moeda inglesa, os sestércios simbolizam o esperma. A explicação que José Dias fornece a Capitu a respeito de Júlio César, é imediatamente sentida como maliciosa por quem já se acha prevenido das sugestões sensuais de Machado: "Um homem que podia tudo! que fazia tudo! Um homem que dava a uma senhora uma pérola do valor de seis milhões de sestércios!" (*OC*, p. 839)

Evidentemente, passagens imorredouras da vida de quem passou o Rubicão e escreveu o *De Bello Galico* foram esquecidas em favor de um dado de menor valor da História,[94] conquanto curioso, dado que parece logo ser relatado por força do efeito subjacente. As expressões "podia tudo!" e "fazia tudo!" sugerem, pelo contexto, potência e audácia sexuais em César. A pérola, que é uma lágrima da ostra, presta-se bem a simbolizar o esperma, líquido e leitoso como essa lágrima. Acresce que a pérola, sendo do mar real, destina-se, aqui, tornada símbolo, ao mar

94 Segundo Rodrigues Lobo, "A pérola com que conquistou a Sorvília, mãe de Bruto, lhe custou seiscentos sestércios. Côrte na Aldeia". In: AULETE, Op. cit., nota 88. p. 4655

simbólico dos órgãos genitais femininos. Note-se que –, quando José Dias, "não tendo presente o valor do sestércio", que equivale à pérola ou partes dela, mede esse valor pelo do homem, afirmando sobre César "– É o maior homem da história!" –, declara Bentinho que "A pérola de César acendia os olhos de Capitu". (*OC*, p. 840) Para quem já sabe o que quase sempre simbolizam os olhos na ficção de latência intencional de Machado, significativo é que a frase da última citação, sendo escrita pelo narrador-personagem quase ao fim do capítulo, se relacione intimamente com o capítulo seguinte, que se intitula "Olhos de ressaca".

Quanto às explicações fornecidas por José Dias a Capitu, vejamos nelas um ponto de contato do plano subjacente com o patente, isto é, aquilo do primeiro que chega a servir ao segundo. Ciente de que por trás do narrador-personagem fica a intencionalidade artística de Machado de Assis, a transmitir a Bentinho a intenção de despertar o leitor para reações precoces da psique da curiosa Capitu, somos levado a pensar que o agregado, sempre sem intenção de escandalizar a menina, podia ou não ter consciência da potencialidade sensual de suas palavras, enquanto que Capitu, atilada, embora não de todo experiente em coisas do sexo porque virgem, adivinharia, segundo insinua Bentinho, sensualidade naquelas palavras, pois "A pérola de César acendia os olhos de Capitu".

Quanto às palavras de Da. Glória, que vêm após a explicação de José Dias no mesmo capítulo, estabelecem também um relacionamento entre a camada latente e a manifesta da narração, e nesse novo relacionamento há aspectos semelhantes aos que acabamos de comentar. Talvez o narrador-personagem insinue –, numa probabilidade remota devido ao fato dos assuntos sexuais serem um tabu, àquele tempo mais que hoje, e dado não ser Da. Glória a mãe de Capitu –, que esta recebesse, naquela conversa, elementos de uma como educação sexual. Mais provável é que Bentinho suscite, por meio da latência intencional, que Da. Glória, inconscientemente, sugerisse, em suas palavras, sensualidade, e que Capitu, com suas curiosidades, procurasse desvendar segredos e pormenores do sexo e pudesse entrever, conscientemente, nas palavras da conversa com Da. Glória, sugestões sensuais.

Verifiquemos o texto:

> Foi nessa ocasião que ela perguntou a minha mãe por que é que já não usava as jóias do retrato; referia-se ao que estava na sala, com o de meu pai; tinha um grande colar, um diadema e brincos.
> – São jóias viúvas, como eu, Capitu.
> – Quando é que botou estas?
> – Foi pelas festas da Coroação.
> – Oh! conte-me as festas da Coroação! (*OC*, p. 840)

Com os nomes "colar", "diadema", "brincos" e principalmente a referência à "Coroação", Bentinho sugere a conjunção carnal entre Da. Glória e o marido: o falo é que, mediante a hipálage, várias vezes empregada por Machado na camada de subjacência intencional de sua obra, seria coroado e usaria as joias próprias para circundar (colar, diadema, representantes do círculo do *introitus vaginae*) ou ladear (brincos, representantes dos lábios dos órgãos genitais femininos). Mais próprio, porém, quanto aos brincos, seria simbolizarem eles, sem hipálage, os testículos. E a oscilação, na camada latente, do uso dos adereços, ora pelo homem ora pela mulher, só indiciaria a grande aproximação carnal entre ambos na cópula, confundindo-se-lhes os órgãos sexuais e, por isso, não se precisando bem a referência simbólica: se ela se faz aos masculinos ou aos femininos. A propósito dessa ideia de confusão, Camões diria: "Transforma-se o amador na cousa amada",[95] se bem que Machado e Bilac, nem sempre, unindo os corpos dos amantes, unissem a alma de um destes à alma do outro, hajam vista as passagens a que aludimos, ao comentar os capítulos "Dez libras esterlinas" e "Ciúmes do mar" –, passagens que se afastam tanto do espiritualismo da razão camoniana para a transformação do amador: "Por virtude do muito imaginar".[96] Com a frase "Nascera muito depois daquelas festas célebres", (*OC*, p. 840)

---

95 CAMÕES. Op. cit., nota 32. p. 301

96 Ibidem.

o autor referir-se-ia, na parte da latência intencional, não à Coroação de D. Pedro II, mas ao ato carnal, que, pelo prazer que proporciona, é sempre festivo, como o que gerou a Capitu e o que gerou a Bentinho. Talvez mais especificamente se referisse ao ato carnal das núpcias dos pais de Bentinho, ato que se compararia ao das núpcias dos pais de Capitu. Lembremos, de relance, que há uma semelhança entre a imagem da Coroação e a do enforcado do cap. XLVII do *Quincas Borba*, (*OC*, p. 677) com a diferença de que, nesta outra imagem, a relação sexual aventada seria, segundo o contexto, de natureza homossexual.

Voltemos ao texto para examinar novo aspecto da construção do simbólico:

> Sabia já o que os pais lhe haviam dito, mas naturalmente tinha para si que êles pouco mais conheceriam do que o que se passou nas ruas.
> Queria a notícia das tribunas da Capela Imperial e dos salões dos bailes. Nascera muito depois daquelas festas célebres. Ouvindo falar várias vêzes da Maioridade, teimou um dia em saber o que fôra êste acontecimento; disseram-lho, e achou que o Imperador fizera muito bem em querer subir ao trono aos quinze anos. (*OC*, p.840)

Pelo teor da sistemática apelante, o narrador-personagem sugere que Capitu colheu dos pais informações apenas superficiais sobre a "Coroação", termo que passa a significar a relação sexual tomada de modo indeterminado, absoluto. Decerto os pais conheciam mais do que aquilo que ocorreu (ou ocorre) "nas ruas", mas não lhe davam a entender isso. A menina "queria a notícia das tribunas": esta palavra suscitaria fonologicamente nome chulo e lembra, por ser a tribuna um instrumento de comunicação, o comunicar-se das relações sexuais. A palavra "Capela" insinuaria a homônima com sentido de "grinalda de flores ou de folhas", homônima que, por metonímia (a coisa possuída por quem a possui), designaria a noiva do "Imperial" senhor da "Coroação".

Os "salões dos bailes" simbolizariam os órgãos genitais femininos, que são os naturalmente receptivos da dança dos movimentos da cópula.

Significativo é que o autor escolha a efeméride da Maioridade de D. Pedro II como um dos objetos das curiosidades de quem almeja pela maioridade. Insinua-se que Capitu dê razão ao Imperador em apressar este a maioridade dele, por ela querer apressar a sua própria maioridade e participar também das festas de uma "coroação".

Observemos que o vintém do pregão das cocadas (de acordo com o contexto do capítulo e com as ideias pecuniárias da latência consciente do livro *Dom Casmurro* e do resto da obra machadiana onde essa apareça, ideias segundo as quais e conforme vimos, o dinheiro representa economia ou potencialidade biológicas) simboliza o sêmen e/ou o óvulo, mais nitidamente este último, mas talvez também aquele, porque, de acordo com o texto, Capitu e Bentinho trocavam os papéis ao som do pregão, brincando de comprar ou vender um doce imaginário:

> Chora, menina, chora,
> Chora, porque não tem
> Vintém. (*OC*, p. 827)

Lê-se que esse pregão "deixara uma impressão aborrecida" (*OC*, p. 827) em Capitu, que contava quatorze anos. E acrescenta Bentinho textualmente:

> Da toada não era; ela a sabia de cor e de longe, usava repeti-la nos jogos da puerícia, rindo, saltando, trocando os papéis comigo, ora vendendo, ora comprando um doce ausente. Creio que a letra, destinada a picar a vaidade das crianças, foi que a enojou agora, porque logo depois me disse: Se eu fôsse rica, você fugia, metia-se no paquête e ia para a Europa. (*OC*, p. 827)

Capitu teria aborrecimentos, no plano subjacente, por não conseguir o vintém do sêmen do namorado, acabando-se a esperança dela o possuir um dia (esperança que a animou nos "jogos da puerícia") em vista de Bentinho ir para o seminário, no entanto mais provavelmente Capitu se aborreceria pelo fato dela ainda não ser capaz para a vida sexual, não tendo formas totalmente desenvolvidas e sobretudo não tendo menstruação regular. Ela não disporia do meio (capacidade) para a vida sexual naquele instante, daí se representar essa situação com a falta do vintém, que é meio, sendo dinheiro (símbolo do mênstruo), para a consecução de algo que dê prazer: a condição social ou religiosa e civil do casamento.

Aqui surge um problema. Machado de Assis não define bem, na camada patente do romance, se a Capitu dos quatorze anos é menina ou adolescente. De acordo com o consenso geral é aos quatorze anos que começa a adolescência, que é o período posterior à puberdade, sendo esta a "idade em que os indivíduos se tornam aptos para a procriação", portanto a idade da maturidade sexual. Escreve Arthur T. Jersild que:

> Era de se esperar que a menina média atingisse a menarca por volta dos treze anos e meio, mas, no caso, a 'média' pouco significa realmente em virtude das grandes variações encontradas.[97]

E afirma que Ford e Beach acham, conforme pesquisa feita em 1951,

> que relativamente poucas jovens são capazes de conceber antes dos quinze anos, e que mesmo nessa idade a capacidade reprodutiva não será tão grande como em idades mais avançadas.[98]

Não obstante Capitu, aos quatorze anos, que é a primeira idade expressa com que aparece no romance, fosse "alta, forte e cheia" (*OC*, p. 820)

---

97 JERSILD, Arthur T. *Psicologia da adolescência*. Trad. José Severo de Camargo Pereira e João Alves dos Santos. p. 49

98 FORD & BEACH. In: JERSILD, Op. cit., nota 93, p. 51

e parecesse ter um desenvolvimento psicofísico normal ou acima do normal, recebendo "na jovem cabeça de ninfa" "as mãos adolescentes" (*OC*, p. 842) do Bentinho de quinze anos, não obstante tudo isso, o narrador-personagem escreve: "se te lembras bem da Capitu menina, hás de reconhecer que uma estava dentro da outra, como a fruta dentro da casca." (*OC*, p. 942) E a "Capitu menina" das sagacidades e curiosidades é a mesma dos quatorze anos, com ideias atrevidas e a namorar Bentinho com um namoro que se confundia com a brincadeira, conforme resposta de Da. Glória a José Dias:

> – Mas, Sr. José Dias, tenho visto os pequenos brincando, e nunca vi nada que faça desconfiar. Basta a idade; Bentinho mal tem quinze anos. Capitu fez quatorze à semana passada; são dois criançolas. (*OC*, p. 809)

Tem quatorze anos a própria Capitu do cap. "Um plano", aquela da "impressão aborrecida". Por todos esses arrazoados, inclusive as opiniões dos cientistas citados, podemos entender que Machado de Assis suscita, mesmo na camada evidente, que a Capitu da questão do vintém não tem maturação sexual, não possuindo ainda menstruação. Tal entendimento se confirmou com a camada de subjacência consciente da narrativa.

Como um dos pontos de ligação entre os planos patente e sotoposto do romance, inclui-se o fato, pouco antes aludido, de que a letra do pregão sugeriria a referida imaturidade sexual a Capitu, imaturidade de que ela teria visto imagem nas palavras do mesmo pregão, com as quais a namorada de Bentinho se aborreceria.

A precoce menina decerto desejaria já substituir (transformando-os) os "sapatos de duraque, rasos e velhos, a que ela mesma dera alguns pontos". (*OC*. p. 821) Coerente estando nós com o que dissemos sobre os sapatinhos e botinas de Capitu, ao interpretar o cap. "Dez libras esterlinas", achamos que esses sapatos simbolizam os seus órgãos genitais. O duraque, sendo "tecido muito forte e consistente, que se aplicou especialmente no calçado de senhoras", apropria-se a significar o tecido do corpo de mulher jovem. O adjetivo "rasos", designando o sapato "de entrada baixa, que não cobre o peito do pé"[99] aludiria ao estado da virgindade de Capitu, conforme a reflexão que fizemos relativa aos sapatinhos rasos e botinas do cap. "Dez libras esterlinas". A palavra "velhos" sugeriria a conservação desse estado por ela e o comum das meninas, dando tal conservação uma feição única ou quase única aos órgãos genitais em longo tempo. Diante do costume de se mudarem os sapatos reais a breves intervalos, vemos na palavra "velhos" uma confluência semântica da parte evidente e da subjacente-intencional da narrativa: o não se "mudarem" os, por assim dizer, sapatos sexuais com a brevidade com que são trocados os sapatos reais, torna proporcionalmente velhos aqueles. Os "pontos" que Capitu dera aos sapatos simbolizariam alguma interferência da personagem nos órgãos genitais ou com estímulos indecorosos ou com gestos de decoro.

A propósito desse assunto, é curioso notar que –, no mesmo capítulo em que se conta a opinião maliciosa de prima Justina, de que Escobar teria a ideia de convidar Da. Glória a segundas núpcias, e se relata que desta senhora "os cabelos brancos vinham de má vontade, aos poucos e espalhadamente", (*OC*, p. 903) – escreve-se que os seus "sapatos rasos e surdos eram os mesmos de outrora". (*OC*, p. 903) Diante do contexto desse capítulo e prevenido do sentido costumeiro que a camada de latência sensual da ficção de Machado empresta a calçados em geral, lícito achamos pensar que o autor, coerente consigo mesmo, sugira conscientemente, com a alusão aos sapatos de Da. Glória, que os órgãos genitais desta, em virtude mesmo da viuvez precoce e de só haver dado à luz um filho, estavam conservados.

Voltemos a comentar o último trecho citado do cap. "Um plano". A troca de papéis a que se refere o narrador-personagem, simboliza, numa coerência com o contexto, o faz-de-conta de permutas do prazer

---

99 AULETE. Op. cit., nota 88, p. 4256-4257

sexual entre os dois meninos. A vaidade picada das crianças é, simbolicamente, aquela de não parecerem incapazes para o exercício sexual, é um sentimento que melhor se definiria como inveja dos adultos.

Ao lado do sentido evidente da narrativa, segundo a qual a Europa como continente geográfico podia ser uma solução para impedir a ida de Bentinho para o seminário, sente-se que a mesma Europa simboliza o destino último dessa personagem no corpo de Capitu, isto é, a mais profunda como que interioridade psicogenital desta, para onde o namorado fugiria. Há uma espécie de transcendentalização do erótico na verdade simbólica desse aparente absurdo. Capitu sentiria, naquela ocasião, um irreprimível e ilógico desejo de esconder Bentinho, e só no mais íntimo dela mesma talvez ele estivesse seguro, pelo menos mais seguro que no "frágil biombo de São Paulo", (*OC*, p. 828) outra hipótese em que se cogita para livrar Bento Santiago do seminário.

A hipótese de Capitu ser rica significa latentemente: se já tivesse a capacidade para a vida sexual, isto é, a maturação das funções genitais a que nos referimos. A expressão "metia-se no paquête" é muito insinuante, uma vez que "paquete" é termo popular, dicionarizado, que significa "mênstruo".[100] Se bem que este se constitua num fluxo sanguíneo, haverá, no emprego da palavra "paquete", o entendimento, por extensão, de que aquilo, que será expelido, possa ser chamado com o mesmo nome que terá após a maturação dos óvulos e a congestão ovariana, daí se ler: "metido no paquête". Quanto ao recurso a esse termo popular, certamente em voga ao tempo de Machado, o que pode comprovar-se com a sistemática contextual, sabe-se da acolhida coerente que deu o autor, em sua obra, a vocábulos e frases populares, que não desvirtuassem a correção e gravidade do seu estilo. Confirma isso o capítulo "A Linguagem Coloquial",[101] de *O Enigma de Capitu*, capítulo em que Eugênio Gomes apresenta

100 Ibidem. p. 3705: "Paquête (pop.) mênstruo, menstruação. *Estar de paquête*, estar menstruada."

101 GOMES, Eugênio. Op. cit., nota 61. p. 9

vários exemplos de expressão popular, gíria coloquial e até palavra não dicionarizada, usadas pelo romancista, comportamento esse de Machado que, como uso do anedótico estudado pelo crítico em outro capítulo especial, afina-se com "suas naturais conexões com o povo".[102]

102 Ibidem. p. 19

# A EUROPA E OUTROS SÍMBOLOS

O paquete, que é condução, torna-se mais propriamente condição para o relacionamento sexual entre Capitu e Bentinho. Da tensão semântica entre essas duas ideias, bem aproximadas entre si, pois uma condução implica uma condição, apuramos que Bentinho, "metido no paquête", isto é, valendo-se da condição de que falamos, iria, através do mar (termo implícito no trecho) da amada, em demanda da Europa. Esta, na camada de latência intencional, acumularia a concepção de lugar genital e a de momento de prazer, virtualmente prorrogado em abrigo, o abrigo que Capitu daria a Bentinho para livrá-lo do seminário, e poder possuí-lo na mais efetiva intimidade amorosa. Por extensão, num criativo desvio da lógica do real, desvio que produz a tensão entre as ideias de condição e condução, o paquete, como mênstruo, sai, e o mênstruo, como paquete, entra. Assim, no difuso do simbolismo consciente do autor, é possível a mobilidade suprarreal do futuro mênstruo como paquete (barco que é sangue) em direção a um interior mais profundo, também suprarreal. Seguindo-se a mesma linha desrealizante, criativa, vê-se que o aparelho genital feminino, apesar de pequeno, é, por metonímia, paquete, e, ao mesmo tempo, por metáfora, mar e Europa.

A base semântica para o significado que apontamos de Europa no plano da subjacência consciente, é, além da simples distância desse continente, o seguinte fato, por meio do qual a referida massa de terra se assemelha ao mar: ser origem cultural do continente americano, como o mar é a origem da vida. Assim, o mar e a Europa são nossas matrizes e, na parte latente-intencional do romance, vale como símbolo da maior distância da meta sexual-amorosa, a ser atingida, a distância do espaço (Europa) e não a do tempo (mar).

Dir-se-ia que a Europa é uma espécie de limite espacial-temporal entre o real e o irreal, é lugar e tempo de prazer e de abrigo. Nela Bentinho como que se transcenderia. Veja-se, em abono dessas ideias, que o "extraordinário da aventura" da Europa é considerado pelo narrador-personagem uma das "idéias atrevidas" de Capitu e um "desejo vago e hipotético" da mulher de Bentinho (não obstante as observações deste se aplicarem com igual precisão a circunstâncias do enredo manifesto). A "Europa" seria como "uma parte daquele lugar infinito" (*OC*, p. 906) que Bentinho e Capitu visitaram no seu retiro de recém-casados e para cuja descrição "nem a língua humana possui formas idôneas". (*OC*. p. 906) Por outras palavras, a Europa seria o extremo e a plenitude do mar. Assim, o símbolo da "Europa" orça por um maravilhoso essencial, que mais se confirma com o desenvolvimento que Bentinho dá ao pensamento da namorada, pensamento que comentaremos adiante e que vale, mesmo no plano evidente da narrativa, por um pequeno e antecipado passo de realismo mágico.

Verifica-se a coerência das ideias do autor, realçadas pela nossa interpretação, entre o capítulo "Dez libras esterlinas" e o capítulo "Um plano", inclusive das ideias pecuniárias com aquelas marítimas.

Embora Machado de Assis nem sempre recorra a uma simbologia consagrada pela cultura e, portanto, aos arquétipos, muitas vezes renovando ele símbolos e usando determinados *sememas* para *semas* imprevisíveis, as palavras abaixo, de Gilbert Durand, no estudo, já referido, que se subintitula de "Introduction à l'archétypologie générale", ilustram e fundamentam a nossa interpretação, quando relacionamos símbolos pecuniários a marítimos e uns e outros à menstruação e sexualidade femininas:

> Ce qui constitue l'irrémediable féminité de l'eau, c'est que la liquidité est l'élement même des menstrues. On peut dire que l'archétype de l'élement aquatique et néfast est le sang menstruel. [.. .] l'élement féminin par excellence: la Mer[103]

103 DURAND. Op. cit., nota 69, p. 110-116 O que constitui a irremediável feminilidade da água, é que a liquidez é o elemento mesmo dos mênstruos. Pode-se dizer que o arquétipo do elemento aquático e nefasto é o sangue menstrual. [...] o elemento feminino por excelência: o Mar.

E, citando Marie Bonaparte: "la mer, éternel symbole maternel".[104] Esta afirmação já referida em parte – "Como vês, Capitu, aos quatorze anos, tinha já idéias atrevidas" (*OC*, p. 827) – figura como um dos traços-de-união entre a camada patente e a sotoposta da narração, porque, não trazendo em si mesma a latência, a ambas as camadas se adapta. E prossegue Bentinho:

> muito menos que outras que lhe vieram depois; mas eram só atrevidas em si, na prática faziam-se hábeis, sinuosas, surdas, e alcançavam o fim proposto, não de salto, mas aos saltinhos. Não sei se me explico bem. Suponde uma concepção grande executada por meios pequenos, (*OC*, p. 827)

Da falta de vintém à poupança das libras esterlinas, mediaria, no entender de Bentinho, longo tempo de artimanhas de Capitu, porque ocorreria "uma concepção grande executada por meios pequenos", como a que ele vislumbra na imaginação daquela menina, que, no "desejo vago e hipotético" de mandá-lo para a Europa –, e aqui está a ligeira passagem de realismo mágico aludida –,

> não me faria embarcar no paquête e fugir; estenderia uma fila de canoas daqui até lá, por onde eu, parecendo ir à fortaleza da Laje em ponte movediça, iria realmente até Bordéus, deixando minha mãe na praia, à espera. (*OC*, p.827)

As expressões "fortaleza da Laje", "ponte movediça" e o topônimo "Bordéus" elastecem, a nosso ver, núcleos de subjacência intencional que temos tentado interpretar ultimamente e fornecem fortes sugestões, quando ligadas ao contexto. A primeira dessas expressões simbolizaria o hímen e/ou os músculos *custodes virginitatum*, pois tanto o hímen como esses músculos podem ser, hiperbolicamente, diante

104 Ibidem. p. 121 "o mar, eterno símbolo maternal".

das circunstâncias morais e sociais, uma fortaleza de laje. A "ponte movediça" representaria o órgão genital masculino, que, pelo fenômeno da ereção, é movediço e, por ser veículo do amor e/ou do sêmen na ligação carnal, é ponte. Por se sugerir que um veículo, o pênis, deslizasse por cima de outro veículo, partes do corpo da namorada, que se representariam pela "fila de canoas", a "ponte movediça" não se compararia, subjacentemente, com essa fila, mas simbolizaria, na verdade, conforme já dissemos, o falo. A maturidade sexual redundaria na "riqueza" por que a namorada de Bentinho poderia fazê-lo embarcar para a "Europa". O nome "Bordéus" lembra, fonologicamente, a palavra "bordel".

Sugere-se que Capitu, nas suas ideias atrevidas, pensasse que uma solução para afastar Bentinho do seminário era, se "rica" fosse, isto é, sexualmente madura, unir-se-lhe, mesmo clandestinamente: ele chegaria a Bordéus, ou melhor, a bordel.

Por causa da ilegitimidade da união dos dois, o íntimo de Capitu, numa especial metonímia (o efeito pela causa ou o continente pelo conteúdo ou o lugar mais exterior da prostituição pelo lugar mais interior desta), seria um bordel: eis que a sugestão fonológica nos encaminha para o tropo. Devido à responsabilidade que a maturidade sexual confere às pessoas –, tornando-as capazes para a procriação, e fazendo com que o relacionamento carnal clandestino crie vínculos mais seguros e decisivos entre os que o pratiquem –, é que a atrevida Capitu, na camada do implícito consciente, ansiava pela referida maturidade e, sem esta, não contava com a relação sexual clandestina com Bentinho para livrá-lo do seminário.

Como já afirmamos, a "fila de canoas" representaria, pela sugestão visual da concavidade de tais barcos, partes do corpo de Capitu que pudessem, como, por exemplo, as coxas, oferecer ao namorado um carinho, digamos, côncavo, isto é, aconchegante, indo Bentinho em demanda da "Europa".

As palavras "não me faria embarcar no paquête e fugir" prendem-se, latentemente, salvo engano, ao modo pessoal de Bentinho ver a benevolência e a disponibilidade de Capitu, esperando ele que a chegada à "Europa" se precedesse de requintes com o jogo de amor.

Observemos que o último trecho citado em destaque é obra da imaginação de Bento Santiago, interpretando reações e frase da namorada; coube-nos interpretar a interpretação. Pressentimos o leitor abanar a cabeça ou torcer o nariz, como diria Machado, porque acha que fantasiamos com tantos meandros do não escrito. Mas julgamos que apenas preenchemos algumas lacunas necessárias à verdadeira arte, pois, como se lê no cap. LXXVII do livro em exame: "nem tudo é claro na vida ou nos livros". (*OC*, p. 884) Na decodificação de um texto o leitor e o crítico têm que seguir, muitas vezes, sinuosidades que o autor, para produzi-lo, não teve necessariamente que seguir, porque quase sempre o concebe, com intuição e intencionalidade, em blocos de uma só impressão.

É certo que o autor empregou as palavras "paquête" e "Bordéus" com pequena margem de opção, em face da situação histórica da ação do romance inserir neste tais palavras. Veja-se, por exemplo, este passo da última carta de Fradique Mendes, falando acerca do Brasil a Eduardo Prado: "[...] tudo vem de fora, em caixotes, pelo paquête de Bordéus"[105] e, ainda, este trecho da carta-prefácio relativa à novela *O Mandarim*: "[...] notre civilisation, surtout à Lisbonne, a l'air d'être arrivée la veille de Bordeaux, dans des caisses, par le paquebot des Messageries".[106] Não obstante tudo isso, preserva-se a intencionalidade da latência com a reflexão de que o autor, quanto à primeira palavra ("paquête"), poderia omiti-la, escrevendo apenas, por exemplo, frases assim: '– Se eu fosse rica, você fugia para a Europa'; ou 'faria você embarcar para a Europa'; ou 'pagaria o seu embarque para a Europa'. Quanto ao nome "Bordéus", poderia substituir-se pela palavra "Europa", já que este topônimo engloba o outro. Outra reflexão preservadora da intencionalidade é que

105 QUEIRÓS. Op. cit., nota 49. p. 228

106 Ibidem. p. 1036 "[...] nossa civilização, sobretudo em Lisboa, parece ter chegado perto de Bordéus, em caixas, pelo paquete das Empresas de transporte".

o contexto da obra, com sua latência, incorpora as palavras do contexto histórico como a rima bem achada se integra no assunto de um poema. Ademais, o próprio contexto histórico em que atuava o paquete como transporte rápido e *regular*, teria gerado, numa degradação semântica, o sentido de paquete como mênstruo, que é algo que aparece *regularmente* (falem os semanticistas e filólogos) –, e o autor, próximo dessas duas realidades no tempo e no espaço, conscientizá-las-ia para tirar o efeito implícito que indicamos.

A Europa que não foi solução para impedir a ida de Bentinho para o seminário, foi, depois, "A solução" (cap. CXLI), precária embora, para a acomodação do casal contrariado. De extremo e plenitude do mar passa a Europa a mero recurso: "Aqui está o que fizemos. Pegamos em nós e fomos para a Europa, não passear, nem ver nada, novo nem velho; paramos na Suíça." (*OC*, p. 937)

Verifiquemos que, nas duas grandes aflições da vida do casal, surge a Europa como uma possível solução. Confirma-se o símbolo que indicamos para esse topônimo, elastecendo-se aqui a sua abrangência. Por representar, no simbolismo da narrativa, o destino psicofísico e último de Bentinho no relacionamento sexual com Capitu, passa a simbolizar, de modo absoluto, indefinido, a fonte de erotismo, de prazer, que reanima e consola, o que se encontra de modo definido e concreto nos órgãos genitais da mulher, causa imediata do ato sexual e origem real de vida e gozo. Já se vê que ir para a Europa é medida extrema, de catarse[107] em ambas as camadas do romance, a manifesta e a subjacente. Dentro da concepção da latência consciente, Bentinho e Capitu, destinando-se à "Europa" –, tomada no trecho em exame como fonte absoluta e indefinida de prazer, portanto como ideal solucionador da contrariedade com que estavam –, não alcançam essa "Europa" na realidade irrestrita ou na sua plenitude, mas como uma substituição imperfeita, conforme

107 Usamos esse conceito baseado na interpretação que Eduardo Portella dá à concepção aristotélica, e que se pode resumir nestas palavras: "a plenitude da desrealização para a realização da literariedade." Cf. PORTELLA. Op. cit., nota 6. p. 36

se lê: "fomos para a Europa, não passear, nem ver nada, novo nem velho; paramos na Suíça".

Apesar de, na geografia do mundo real, a Suíça se inserir no continente europeu, sugere-se uma limitação do casal, que não chega a desfrutar efetivamente da Europa. Se bem que os esposos partissem para lá, mostram o capítulo em estudo e o contexto da narração que, como no enredo patente, no plano da subjacência intencional não se encontraram sexualmente um ao outro, nem humanamente a si mesmos por meio da viagem. A solidão da vida sexual dos dois suscita-se com as expressões "Pegamos em nós", "paramos na Suíça" e "Engenho Novo". Uma situação sugestiva de onanismo pinta-se com essas palavras, insinuando-se, a nosso ver, um modo imperfeito das duas personagens chegarem à "Europa" do prazer. Torna-se a "Europa" uma precária conformação para aqueles cônjuges. A virtualidade reflexiva do sujeito da primeira expressão é de uma insinuação que, no conjunto das expressões aspeadas e das palavras do capítulo, nos lembra ato sexual em que os participantes são ao mesmo tempo os receptores da ação: pegando em si mesmos é que foram para a "Europa". Parando os dois na "Suíça", isto é, em algo *de seu* (em algo da Europa ou de cada um de si mesmo?), por sugestão fonológica da forma latina de genitivo "sui" (nossa intuição aqui fala mais alto que em outros aspectos da interpretação) –, ali ficaria Capitu ligada à solidão do seu sexo. De qualquer forma, o parar na Suíça representaria uma limitação, pelo onanismo, da fruição da "Europa" como extremo e plenitude do prazer.

Voltando Bentinho ao Brasil, instalou-se, não mais na Glória, mas, "metido consigo" (*OC*, p. 807) (e veja-se a possível sugestão de onanismo dessa expressão), no "Engenho Novo", procurando debalde "atar as duas pontas da vida, e restaurar na velhice a adolescência". (*OC*, p. 808) O onanismo é um engenho novo por ser próprio da adolescência, e/ou por ser uma invenção que se teria renovado em Bentinho, conquanto a adolescência não se lhe restaurasse.

A casa de Mata-cavalos, que não se renovou em essência na do Engenho Novo, teria aquele nome (não obstante a existência do bairro da mesma denominação na Geografia do mundo real), porque foi lá que Bentinho matou, ou melhor, superou a absurdidade dos que, impelindo-o para o seminário, eram curtos como cavalos? Ou porque foi lá que Bentinho, embora haja passado lá anos felizes de sua vida, teria começado a ser *morto* como um cavalo, pois que começou ali a ser seduzido por aquela que o enganaria? Julgamos mais razoável a segunda opção.

Não obstante Bento Santiago passar maior tempo no isolamento após separar-se de sua mulher, viajou algumas vezes, e escreve sobre a quadra da vida que se segue à separação: "Vivi o melhor que pude, sem me faltarem amigas que me consolassem da primeira." (*OC*, p. 942) As viagens que empreendeu ter-se-iam dirigido, na camada da latência intencional, não à "Europa" de Capitu, mas a outras "europas" que a substituíssem na união sexual (por exemplo as dessas amigas), o que se pode deduzir das insinuações do seguinte trecho preso ao contexto do livro:

> Embarquei um ano depois, mas não a procurei e repeti a viagem com o mesmo resultado. Na volta, os que se lembravam dela, queriam notícias, e eu dava-lhas, como se acabasse de viver com ela; naturalmente as viagens eram feitas com o intuito de simular isto mesmo, e enganar a opinião. (*OC*, p. 937)

Achamos que, em vista da grande distância da Europa e de certa dificuldade que ao tempo do romance havia para viagens ao Velho Mundo, o simples respeito à opinião –, o qual, embora reponte, ainda, em capítulos como "De casada", do livro em análise e "A solda", das *Memórias Póstumas*, e se afine com o espírito do homem Machado de Assis, cioso de aparecer como bom cidadão –, não justifica tais viagens, mesmo que o referido respeito seja à opinião dos familiares do narrador-personagem, como, por exemplo, Da. Glória e o agregado José Dias. Nem as visitas, decerto espaçadas, dada a aludida distância da Europa, as quais Bentinho por acaso fizesse à sua mulher, dariam a certeza da normalidade do seu casamento a quem quer que fosse. O afastamento de Capitu para tão longe causaria uma estranheza dificilmente dirimida pelas tais viagens do marido à Europa. Deduz-se de tudo isso que há certa inverossimilhança em afirmações que Bentinho faz no capítulo CXLI, a qual não desdoura o romance, antes o valoriza, sublinhando-lhe a simbólica, dando consistência ao enredo latente intencional, pois o último trecho citado constitui-se numa chave importante do fato de Bentinho não se dirigir à "Europa" do complexo psicossexual de Capitu, mas à de outras mulheres.

Tudo indica que, em 1882, data em que Bentinho vai "ver certo negócio em repartição de marinha" (*OC*, p. 862), já se encontra separado de Capitu, procurando ele, na camada subjacente do livro, colher do ex-colega e ex-seminarista "algumas informações" acerca de interesses sexuais naquele lugar, que representaria, como dissemos, uma espécie de prostíbulo: ali, com uma mulher, Bentinho buscaria substituir o "mar" de Capitu. De 1872, última data a que se refere o narrador-personagem no romance (cap. CXXXI), para 1882 decorrem dez anos, espaço de tempo que excede o do agravamento das suspeitas de Bentinho sobre a infidelidade de Capitu dentro de dez capítulos, ao cabo dos quais acontece a separação entre os dois cônjuges.

A atração inexplicável do "mar" e, extensivamente, da "Europa" de Capitu singulariza essa mulher na preferência de Bentinho, que não explica bem o mistério feminino da personagem:

> Agora, por que é que nenhuma dessas caprichosas me fez esquecer a primeira amada do meu coração? Talvez porque nenhuma tinha os olhos de ressaca, nem os de cigana oblíqua e dissimulada. (*OC*, p. 942)

Por esse trecho e sob uma perspectiva ontológica, vemos cabalmente que Bentinho não encontrou a "Europa" do Ser, aquela que a Capitu adolescente gostaria de dar-lhe, mas que a vida lhe negou, negando-lhe a perenidade e, portanto, a verdadeira plenitude do mar da Glória. O trágico do desencontro que apontamos coincide com o da interrogação que Manuel Antônio de Castro sublinha ao fim do seu ensaio.[108]

Se a Europa é, como parte extrema do mar dos órgãos genitais femininos, conforme demonstramos, fonte da vida e do prazer na estrutura simbólica do *Dom Casmurro*, é também símbolo da morte, o que se justifica pela oposição que há, na Natureza, entre vida e morte, oposição que a obra machadiana conscientiza, segundo já explicamos em outro lugar do presente trabalho. Tal antítese resolve-se numa identidade. Assim, na vida está a morte por meio da dor e na morte está a vida por meio do repouso. A vida é morte e a morte é vida. Essas concepções interpretam, de certa maneira, o niilismo schopenhauriano de Machado de Assis. E a Mulher, síntese da Natureza, é a síntese da vida e da morte. Por tudo isso é que o autor utiliza a metáfora da Europa em relação à morte de José Dias e à de Da. Glória:

> Entenda-se que, nas viagens que fiz à Europa, José Dias não foi comigo, não é que lhe faltasse vontade; ficava de companhia a tio Cosme, quase inválido, e a minha mãe, que envelheceu depressa. [...] A última vez não foi a bordo.
> – Venha. . .
> – Não posso.
> – Está com medo?
> – Não; não posso. Agora, adeus, Bentinho, não sei se me verá mais; creio que vou para a outra Europa, a eterna...
> Não foi logo; minha mãe embarcou primeiro.(*OC*, p. 937-938)

Cabe lembrar aqui outra passagem, em que se patenteia a vontade de José Dias voltar à Europa, que – em face do caráter efeminado do agregado, caráter a que nos referimos anteriormente e que apenas se entremostra por entre as veredas do ambíguo, e em face, ainda, do valor absoluto, indefinido da Europa na parte latente do

108 CASTRO, Manuel Antônio de. Op. cit., nota 4. p. 42 a 44

romance –, representaria a plenitude (?) do prazer homossexual do mesmo José Dias. Leiamos o texto:

> – [...] Anjo do meu coração, se vontade de servir é poder de mandar, estamos aqui, estamos a bordo! Ah! você não imagina o que é a Europa; oh! a Europa...
> Levantou a perna e fêz uma piruêta. (*OC*, 835)

No nosso entender, o autor simboliza conscientemente, com esse trecho, indigno desejo (ao menos inconsciente) do agregado. O tratamento afetivo ("Anjo do meu coração") noutro contexto seria apenas paternal e inocente como o é na camada manifesta, mas no contexto do livro em análise seria também sugestivo de afetividade homossexual. A servidão de efeminado que a ironia de Machado costuma fazer equivaler à qualidade de quem comanda, como acontece com certos homens públicos na parte subjacente da ficção machadiana, estaria na frase "se vontade de servir é poder de mandar". O estado do, por assim dizer, antegozo homossexual se representaria pelas expressões: "estamos aqui, estamos a bordo!" Tendo em vista a relação que estabelecemos entre os símbolos "mar" e "Europa", notemos a semelhança estilística, denunciadora da semelhança da latência sensual (com variação do sentimento, que passaria de sensualidade convencional numa proposição a sensualidade não convencional na outra), entre a frase com que Escobar, em conversa com Bentinho, insinuaria a fruição do mar feminino – "Você não imagina o que é um bom mar em hora bravia" (*OC*, p. 922) – e aquela outra frase com que José Dias elogia a Europa: "Ah! você não imagina o que é a Europa". Diante do contexto, o período final do último trecho citado em destaque, por recuo espacial, período que em si mesmo é inocente, vem de aventar uma atitude de relaxamento malicioso, de possível intenção de sedução homossexual. Saibamos que a esperança de José Dias ir à Europa com Bentinho fez o agregado trocar "o homem dos momentos graves, como era à rua, pelo homem dobradiço e inquieto. Mexia-se todo, falava de tudo, [...]". (*OC*, p. 835) Mas porque "o homem têso rendeu o flexível", Bentinho entrou "a tratá-lo com palavras e gestos carinhosos". (*OC*, p. 835)

Não queremos dizer que o autor insinuasse sentimento homossexual em Bentinho, mas insinuasse talvez que este, percebendo a flexibilidade do caráter de José Dias e sendo interessado em conseguir a ajuda do agregado para livrar-se do seminário, passe a tratá-lo com uma fingida condescendência ao modo de ser efeminado de quem tomou por protetor.

No meio da narração da entrevista e do passeio de Bentinho com José Dias, escreve-se o cap. XXVII – "Ao portão", composto de apenas sete linhas:

> No portão do Passeio, um mendigo estendeu-nos a mão. José Dias passou adiante, mas eu pensei em Capitu e no seminário, tirei dous vinténs do bôlso e dei-os ao mendigo. Êste beijou a moeda; eu pedi-lhe que rogasse a Deus por mim, a fim de que eu pudesse satisfazer todos os meus desejos.
> – Sim, meu devoto!
> – Chamo-me Bento, acrescentei para esclarecê-lo. (*OC*, p. 835)

Pensamos que tal capítulo, praticamente dispensável ao nível da parte patente da narração, destina-se, antes de tudo, a fazer simbolizar--se José Dias pelo mendigo, enriquecendo o mesmo capítulo a camada sotoposta do livro pela confirmação do símbolo pecuniário (veja-se a sugestão da afetação do mendigo, ao receber a moeda e da alusão imediata de Bentinho aos próprios desejos futuros), símbolo esse que não desdoura o filho de Da. Glória, porque aparece, a nosso ver, tão-somente como um suposto vislumbre do inconsciente de Bento Santiago e com o fim de aproximar, latentemente, o comportamento de José Dias da protetora submissão do mendigo. Como este rogaria a Deus, o agregado rogaria a Da. Glória por Bentinho; ambos, o mendigo e José Dias, fariam da "vontade de servir" o "poder de mandar", porque conseguiriam algo a favor de Bento Santiago. O agregado chamou-o de "Anjo do meu coração"; o mendigo usou para ele, Bento, um vocativo semelhantemente de cunho religioso, "meu devoto". E, assim como o mendigo recebeu a esmola de uma moeda, que, pelo contexto do livro, pode simbolizar, de modo indefinido, o sêmen de quem condescende com alguém como Bentinho naquela ocasião, assim também José Dias receberia, consciente ou inconscientemente, na consciência machadiana, o benefício da ida (com Bentinho) à Europa do prazer sensual de efeminado, sem que para isso o agregado tivesse, na realidade, a anuência de Bento.

Com a declaração de que, para a viagem à Europa, José Dias não acabava "de tentar minha mãe nem tio Cosme, por mais que louvasse os ares e as belezas...", (*OC*, p. 835) não se sugere, necessariamente, uma possível e futura relação carnal do agregado com Da. Glória ou com o tio Cosme, mas a possível e futura consecução, cada um por seu turno, da plenitude do prazer amoroso, representada pela Europa, plenitude que José Dias alcançaria falsamente, pois a buscaria por meio de uma atitude de sexualidade não convencional, conforme se insinua. Não obstante, e talvez porque "o homem têso rendeu o flexível" (com isso se aventando sutilmente uma versatilidade sexual em José Dias, que seria capaz, assim, também de atitudes másculas), o agregado e Bentinho seguram cada um uma vara do pálio na procissão do Santíssimo: essas varas, que substituem tochas menos honrosas que os dois levariam, simbolizam, a nosso ver, os respectivos órgãos sexuais daquelas personagens, como se cada um dos homens, que acompanhavam a procissão, segurasse o próprio falo em ereção. As tochas, por causa da sua proporção e da sua menor importância em relação às varas do pálio, talvez representassem falos em estado de ereção incompleta. Entenda-se, pois, que a substituição da tocha pela vara figuraria como a intensificação da ereção dos falos daquelas duas personagens.

Lê-se: "A distinção especial do pálio vinha de cobrir o vigário e o sacramento". (*OC*, p. 837) O vigário, em vista do contexto do capítulo e por ser "aquele que faz as vezes de outro", representaria órgão parassexual feminino? O pálio simbolizaria o corpo do copulador ativo? O sacramento, *data venia*, representaria o que porventura seja mais sagrado no corpo feminino, os órgãos sexuais?

Essas perguntas justificam-se porque o cap. XXX – "O Santíssimo" teria a sua maior razão de existir para oferecer uma valiosa latência de sensualismo intencional, a qual se articula, segundo pensamos, com símbolos já explorados do capítulo seguinte, "As curiosidades de Capitu". Assim como neste capítulo as festas da Coroação simbolizariam o relacionamento sexual de umas núpcias, no capítulo anterior um momento nupcial estaria na imaginação de Bentinho, e a narração desse momento como que prepararia o leitor para a compreensão dos símbolos nupciais do capítulo seguinte:

> A imagem de Capitu ia comigo, e a minha imaginação, assim como lhe atribuíra lágrimas há pouco, assim lhe encheu a bôca de riso agora; [...] As tochas acesas, tão lúgubres na ocasião, tinham-me ares de um lustre nupcial... Que era lustre nupcial? Não sei; era alguma cousa contrária à morte, e não vejo outra mais que bodas. (*OC*, p. 838)

Se o narrador-personagem transformou um momento lúgubre numa visão nupcial, o que confirma a convicção machadiana de que a morte aproxima-se da vida (embora o trecho diga patentemente o contrário), podia suscitar, logo no capítulo seguinte, a referência a uma noite de núpcias por meio dos símbolos da festa de uma coroação. As tochas acesas, figurando um lustre nupcial, equivaleriam à ilustração que os homens –, convidados do casamento imaginário de Bentinho e considerados sinedoquicamente, tomando-se-lhes o símbolo dos órgãos sexuais (acesos pelo desejo) em vez das próprias pessoas –, dariam àquela festa.

Observemos este trecho:

> Fiquei sério depressa. Era o momento da saída. Peguei da minha vara; e, como já conhecia a distância, e agora voltávamos para a igreja, o que fazia a distância menor –, o pêso da vara era mui pequeno. (*OC*, p. 832)

Latentemente, a intenção estética de Machado se referiria aí ao momento da ejaculação ("saída") e ao do recolhimento repousante após o gozo sexual, recolhimento esse que, na imaginação onanista de Bentinho, faria com que "o pêso da vara" (do falo) ficasse "mui pequeno".

Confira-se o símbolo da vara do capítulo em análise com o do conto "O caso da vara". Nesta narrativa, coincidentemente sobre acontecimentos ligados à fuga de um seminarista, Damião, ao seminário, a latência sensual consciente, que só de modo muito sutil se mostra, deve ser entendida a partir da etimologia do nome das personagens principais: Damião ("do latim, o popular, o homem do povo"); João ("do hebraico, agraciado por Deus", haveria nisto ironia?); Rita ("do latim, a justa, a reta"). Sinhá Rita, caricaturescamente reta como a sua vara, usava-a contra Lucrécia ("do latim, casta, pura") que, por sua vez, não termina a tempo a tarefa do manejo dos bilros, e que ri de uma anedota contada com trejeitos por Damião. Sinhá Rita acolhe este, que lhe pede proteção contra o pai, que o castigaria pela fuga. "Sinhá Rita era uma viúva, querida de João Carneiro", (*OC*, v. 2, p. 577) "um moleirão sem vontade, que por si só não faria cousa útil" (*OC*, v. 2, p. 577): com essas palavras se aventaria uma passividade algo efeminada em João Carneiro. A casa da viúva ficava no Largo do Capim, sugerindo-se, caricaturescamente, comportamento animalesco em João Carneiro, que, qual carneiro, ali se alimentaria de certo capim, como Damião, ao jantar, de certa sopa ("Ande, que a sopa está esfriando"). (*OC*, v. 2, p. 580) João Carneiro, padrinho de Damião (que pela sugestão do nome se destinaria a prostituir-se, ser sexualmente público), foi obrigado por Sinhá Rita a instar ao pai do afilhado por este, que levara ao seminário e sobre quem ouviu do reitor que fosse "humilde e bom", pois "A verdadeira grandeza é chã". (*OC*, v. 2, p. 577)

Insinuar-se-ia, tenuemente, pelo contexto do conto e da obra machadiana, que o seminário ensinasse baixezas, e que a vara representasse o apêndice do hermafroditismo físico e/ou psíquico de Sinhá Rita ou mesmo o falo desse ser, que talvez fosse homem disfarçado em mulher como acaso as personagens das *Memórias Póstumas*, Eugênia e Marcela. Esta, conforme se esclareceu, teria uma simbólica "vara de marmelo".

Há um ar de galhofa velada por todo o conto, em que realistamente se destacam a covardia e o egoísmo de Damião, que, para defender os seus próprios interesses, contribuiu, entregando a vara a Sinhá Rita, para o castigo de quem mereceu ser castigada por causa do mesmo Damião.

Consideremos que o conto parece ingênuo e só apresenta real interesse pelo seu tom disfarçadamente risível, levando a ridículo as personagens, principalmente Damião e João Carneiro, focalizadas em seus apuros. Ir da percepção desse tom para a do simbólico sensual e igualmente caricato, que a experiência com a obra machadiana nos permite ter, não é difícil. Assim, pelo contexto do conto, podemos ver no manejo dos bilros a sugestão do contato com órgãos sexuais masculinos em face da semelhança daqueles com estes (a cabeça dos bilros lembra testículos), representando-se com o aprendizado da renda uma iniciação das moças no contato com o sexo oposto. De uma ambiguidade maliciosa a confirmar a possibilidade dessas ideias seria a passagem: "O sussurro dos bilros e o palavrear das moças eram ecos tão mundanos, tão alheios à teologia e ao latim, que o rapaz deixou-se ir por êles e esqueceu o resto." (*OC*, v. 2, p. 581)

O conselho que Sinhá Rita dá ao fugitivo, de que era melhor vencer as repugnâncias e um dia...", (*OC*, v. 2, p. 578) tentando ela convencê-lo a voltar para o seminário, insinuaria, na camada da latência intencional, que o seminarista podia acostumar-se com o que, ali, sexualmente lhe causasse nojo. A construção da frase com a escolha da palavra "repugnâncias" e com as reticências nos autoriza, diante do contexto do conto e de toda a obra machadiana, a pensar na malícia do autor.

Aquela vara que, de modo tão chocante, dada a significação latente que lhe é transmitida, o ficcionista coloca no título, é entregue por Damião a Sinhá Rita como se ele pusesse, caricaturescamente, nas mãos dela, o suposto falo deste mesmo ser que, se fosse mulher, seria, na sugestão consciente do autor, ao menos uma virago, a empunhar o símbolo de uma pretendida masculinidade. E, subjacentemente, a vara torna-se também um meio de castigar Lucrécia por ser esta casta, pura, conforme a etimologia do seu nome, e tal vara constituir-se num atentado contra a virgindade da menina.

Um importante relacionamento entre o mar e a Europa, confirmando-se que esta, na camada subjacente do livro, simboliza o extremo e a plenitude do mar, encontramos no cap. CXVIII – "A mão de Sancha". Aí deparamos com a imperfeição humana de Bentinho, realistamente confessada: o contato com a mão da mulher do amigo desperta em Bento Santiago desejos sexuais, que se superaram após remorsos. Mas, antes desse contato de despedida, Sancha revela a Bentinho o segredo do plano que tinha Escobar de fazerem os dois casais "uma viagem à Europa dali a dous anos." E lê-se: "Disse isto de costas para dentro, quase suspirando. O mar batia com grande fôrça na praia; havia ressaca". (*OC*, p. 921) Observemos o comportamento sugestivo de Sancha e a alusão ao mar e à ressaca numa insinuação que lembra a imagem que Bentinho usa para definir os olhos de Capitu ("olhos de ressaca"), tanto mais que os olhos de Sancha, que "ergueu a cabeça e olhou" para Bentinho "com tanto prazer", "pareciam quentes e intimativos". (*OC*, p. 922) Consideremos ainda que se segue um jogo de olhares mais ou menos confessional entre os dois segundo a interpretação do narrador-personagem. Deduzimos que essa viagem dos quatro à Europa poderia ser, latentemente, em face do que dissemos sobre aspectos do supracitado capítulo, em outra parte do presente trabalho, uma "contradança" ilícita entre os dois casais (Bentinho, como que intuindo desencontros entre os membros de cada casal, perguntara a Escobar se o projeto, depois revelado por Sancha, seria uma "contradança"). Na perspectiva do narrador-personagem, a "Europa" dessa viagem não valeria para Escobar o símbolo, por exemplo, de uma espécie de "super-matrimônio" dos dois casais como é entendido esse conceito por Van de Velde no seu livro *O Matrimônio Perfeito*. Seria o extremo e a plenitude do mar do prazer, a serem conseguidos mas indignamente por Escobar, devido ao fato de Bentinho, quando narrador, já acreditar em que o amigo lhe foi infiel e a Sancha.

# 3 - CONCLUSÃO

Esperamos que o leitor, diante dos relacionamentos feitos entre a parte patente e a subjacente de escritos de Machado e Eça, não pense absurdamente que um escritor, que utilize processos válidos de criação, diversos daqueles apontados nesses autores, e que rejeite o elemento sensual nas próprias obras, não possa usar palavras que transpareçam sensualidade aos olhos de certa crítica. A quem assim pensar respondemos que não é uma palavra ou outra de duplo sentido, ou que tenha potencialidade sensual, que nos impressionará, mas uma frequência ponderável de aspectos sensuais, formando uma sistemática contextual, a abrigar, pela ambiguidade, um *entre-texto*, como ocorre em textos desses ficcionistas.

Vimos, pela análise, os exemplos e a argumentação, que elementos de enredo subjacente coexistem paralelos àquilo que é manifesto no *Dom Casmurro* ou que aí se torna simbólico, como em muitos outros escritos do autor, e revelam, por meio da coerência interna dos vários níveis da linguagem, a acusação de Bento Santiago a Capitu também num âmbito mais profundo.

Nossa intenção foi de, como o afirmamos na introdução, acrescentar novas descobertas às leituras que antes da nossa os grandes nomes da Crítica efetuaram da invenção machadiana e, assim, engrandecendo mais a obra de Machado de Assis, captar para ela mais amplos e justos aplausos. No capítulo "Otelo", do *Dom Casmurro*, o escritor faz que Bentinho interprete, com a parcialidade ou a prevenção com que o narrador-personagem assiste à peça de Shakespeare, os aplausos do público, os quais não se dirigiriam ao gesto assassino do mouro consoante o entendimento da personagem, mas à arte shakespeariana.[109] Gostaríamos de que o leitor, a

109 Fato que interpretamos na questão n.°16 da Prova de Português (objetiva) no 1° vestibular do Curso de Filosofia do Instituto de Ciências Religiosas, Fortaleza, Ceará, quando nos foram confiadas as questões relativas à interpretação do texto "Otelo", do *Dom Casmurro*, e a maioria daquelas referentes a Literatura,

partir de agora, em relação aos escritos machadianos, não desviasse aplausos como Bentinho o fez quanto ao caso do "Otelo"; antes e, pelo menos, duplicasse os olhos, para enxergar mais e as mãos para aplaudir melhor, seguindo, aliás, a esclarecida advertência de Gustavo Corção: "Machado deve ser lido com atenção por assim dizer duplicada, indo uma parte à coisa significada e outra ao sinal".[110]

Concluímos em relação a aspectos da técnica machadiana, por outros vislumbrados, e aqui talvez postos a descoberto com uma análise e uma interpretação algo exaustivas, que o ficcionista brasileiro se antecipou a muitas teorias e processos modernos, usados, depois dele, quase sempre com intuitos diversos do sensual. Com isso, confirma-se a atualidade que outros têm apontado em Machado de Assis. Veja-se, por exemplo, como o romancista e contista, com a sua intencionalidade estética, soube antecipadamente exercer, e o fez porque a essência da verdadeira arte é de todos os tempos, aquilo que rezam estas palavras de Umberto Eco na exposição da sua atual e, por muitos aspectos, acreditada teoria da *obra aberta*:

> onde existe uma operação produtiva (e, portanto, um objeto, uma obra), o artista projeta igualmente um tipo de consumação e, muitas vezes, diversas possibilidades de consumação, que estão todas presentes em seu espírito.[111]

Entendamos que o intencional da latência, que não exclui a intuição, pode não determinar que o autor (Machado ou Eça) tenha consciência de usar tal ou qual conotação ou figura no plano subjacente, no entanto determinará o cuidado consciente de se construir um enredo paralelo ao manifesto, ou de se utilizar este como símbolo, expedientes esses de que resulta a ambiguidade estética.

---

ao integrarmos a comissão de elaboração da aludida prova, comissão de que também participaram os Professores José Alves Fernandes e Vicente Eduardo Sousa e Silva.

110 CORÇÃO, Gustavo. (Apresentação). *Machado de Assis: romance*. p. 18

111 ECO, Umberto. In: RAMOS, Maria Luíza, op. cit., nota 11, p. 35

Admira em Machado a conciliação do observador verossímil e de experiência psicológica com o esteta, explorador de uma simbólica, sabendo este último tanto trabalhar sugestões mais simples –, como a da teoria do tenor Marcolini, no capítulo "A ópera", de que a trama romanesca ocorreria entre dois casais, ou a do capítulo "Filho do homem", que, com o pretexto de lembrar o modo pelo qual Deus se referia ao profeta Ezequiel,[112] pode lembrar o suposto amante de Capitu –, como chegar mesmo a criar símbolos dentro do contexto e aprofundá-los até às mais inesperadas consequências, conforme demonstramos com o estudo dos pecuniários e marítimos.

Uma essencial conclusão, como outras que no corpo deste trabalho mostramos e agora apenas formalizamos, é que também a metáfora do mar converge para as mesmas reprovações à Natureza, encontradas na obra de Machado de Assis.

Afinal, eis a tentativa de sondagem *entre-textual* de uma expressiva metáfora, que se elastece e se multiplica em outras, formando uma sistemática poderosa de convencimento e emoção na estrutura ambígua de um romance belamente angustioso.

---

112 Filho do homem: expressão da profecia de Ezequiel, salvo uma menção em Dan 8,17. Ela exprime a fraqueza humana perante a majestade divina. In: *Bíblia Sagrada*, Editora "Ave Maria", p.1128

# 4 - APÊNDICE

Transcrevemos, a seguir, uma súmula de argumentos comprobatórios do hermafroditismo da personagem Elisa, ou de sua masculinidade, ou do seu disfarce de homem em mulher, e da feminilidade de Matias no enredo latente-intencional do conto "José Matias" por Eça de Queirós, assunto de que tratamos no ensaio *Eça de Queirós Contista*, e a que nos reportamos à p. 47 do presente trabalho. Referir-nos-emos ao livro *Contos*, de Eça de Queirós. São Paulo: Brasiliense, 1961, com a abreviatura *C*, seguida do número da página.

1 – Elisa, como ocorre com Luísa, deixa-se atrair por homens efeminados: Matias, Miranda e Nogueira.

2 – A sistemática estrutural reveladora da latência sensual consciente de um conto eciano é argumento para provar a existência de semelhanças subjacentes noutro: não só Luísa e Elisa se assemelham pela masculinidade sugerida, outros aspectos das "Singularidades" e do "José Matias" se parecem.

3 – Assim como, no enredo patente, se afirma várias vezes a honestidade de Elisa com um ar ingênuo, mas na realidade irônico, sabendo-se que essa personagem, mesmo nesse enredo, é desonesta, assim também quanto às reiteradas afirmativas da beleza feminil de Elisa ocorre o contrário no enredo latente, verificando-se uma flagrante ironia, neste ponto, sob uma capa de ingenuidade. Exemplos:

> De resto, Elisa era fundamentalmente honesta e conservava o respeito sagrado do seu corpo, por o sentir tão belo e cuidadosamente feito por Deus – mais do que da sua alma. E quem sabe?... Talvez a adorável mulher pertencesse à bela raça daquela marquesa italiana, a Marquesa Júlia de Malfieri, [etc.]. (*C*, p. 230-231)

(Notar a ironia a Deus e a sugestão das reticências, introduzindo período que, subjacentemente, alude à má feitura do corpo que pouco antes fora ironicamente elogiado como perfeito).

> A divina Elisa tinha agora um amante... E unicamente por não poder, com a sua costumada honestidade, possuir um legítimo e terceiro marido. (*C.* p. 235)

4–Descrição ambígua dos traços físicos de Elisa (Cf. *C*, p. 217): "encanto lamartiniano" (podendo interpretar-se: como o homem Lamartine, tendo o homem Lamartine como modelo); "digna da comparação bíblica da *palmeira ao vento*" (pode interpretar-se o que grifamos como uma imagem fálica e como equivalência semântica da expressão "ventarola de mandarina", com que se qualifica o leque de Luísa, nas "Singularidades", com a particularidade da imagem visual contida na palavra "palmeira", a qual se assemelha, no enredo implícito, à imagem do nome "indicador", referente ao amante de Elisa); "olhos quebrados" (pode entender-se por esse sintagma uma sugestão de imperfeição dos órgãos sexuais de Elisa – quer esta seja hermafrodita, quer homem disfarçado em mulher, neste caso se acentuando o caricaturesco –, por causa da leve semelhança do olho com os órgãos genitais femininos e por uma extensão do entendimento de que é imperfeito, portanto doente, anômalo, o que se acha quebrado).

5 – Funcionalidade da etimologia ou semântica dos nomes próprios, sobretudo dos seguintes:

Matias, do hebraico, dom de Deus (alguns efeminados na ficção de Eça e Machado têm nome de significação semelhante para traduzir ironia a Deus ou à Natureza pela imperfeição da obra criada);

Miranda (particípio futuro passivo, isto é, gerundivo), do latim, que deve ser admirada;

Nogueira – Árvore da família das Juglandáceas; madeira dessas árvores. "Noyer: ... le bois dur est susceptible d'un beau poli".[113] Pela definição, a nogueira é uma árvore que sugere passividade.

Não importa que o narrador afirme sobre o Torres Nogueira: "empolgara aquela mulher – a quem revelara talvez o que é um homem". Trata-se de mais uma valiosa ironia, que consiste em dizer-se o contrário. Se o Nogueira não era homem verdádeiro, mostrou falsamente o que é um homem.

(Obs.: Atentar para a frequência dos nomes femininos aplicados a homens e compará-los com o de personagens machadianas como Quincas Borba, Damião Cubas, Luís Dutra e vários outros, sugeridos como efeminados).

6 – Comparação de Elisa com a Marquesa Júlia de Malfieri (*C*, p. 231): Júlia, do latim, a que tem buço; Malfieri (mal + fieri), ser feito mal, acontecer mal. (Veja-se a sugestão de aspecto masculino na etimologia do primeiro nome e a insinuação de anomalia na etimologia do outro).

7 – Comparação de Elisa com Inês de Castro e Helena de Troia (*C*, p. 216) e nova comparação com a última (*C*, p. 235). Verifiquemos o significado dos nomes com que se compara a personagem: Inês, do grego, pura, casta; Castro, cognato de castrar? Ao menos por aproximação fônica pode deduzir-se da locução: Pura porque (eu a) castro, pura de (eu a) castr(ar) (com as coberturas do enredo patente); Helena, do grego, a tocha resplandecente, a tocha reluzente.

No nome "Inês de Castro", aplicado comparativamente a Elisa, estaria implícita toda a teoria ou todo o processo do enredo latente, e vê-se que a latência sensual de raríssimas produções de Eça constitui-se numa versão caricaturesca da prática da teoria mal cumprida, na maioria de sua obra, e que se resume na frase monumental: "Sobre a nudez forte da verdade, o manto diáfano da fantasia".

Comparar o significado etimológico do nome "Helena" com a latência sensual consciente das palavras "charuto" (*C*, p. 236,220); "fós-

113 PETIT LAROUSSE. p. 709 "Nogueira:... a madeira dura é suscetível de um belo polimento".

foro" (*C*, p. 236, 238); "cigarro" (*C*, p. 215, 218). (No corpo do estudo principal deste livro falamos sobre o significado latente-intencional que a etimologia do nome Helena tem no contexto do "José Matias").

8 – Comparação subjacente do Miranda com caleches de macias molas:

> Haveria ali reconhecimento por o Miranda ter descoberto numa remota rua de Setúbal (onde José Matias nunca a descortinaria) aquela divina mulher, e por a manter em conforto, solidamente nutrida, finamente vestida, transportada em caleches de macias molas? (*C*, p. 222)

Comparar o trecho acima com o seguinte: "Enfim, meu amigo, não psicologuemos mais sobre esta viva, atrás do morto que morreu por ela." (*C*, p. 231)

Comparar o mesmo trecho com frase do cap. CX das *Memórias Póstumas*, ligada ao contexto: "Que profundas que são as molas da vida!"

9 – Comparação indireta e maliciosa do Torres Nogueira com um cocheiro (que leva alguém atrás):

> Talvez a adorável mulher pertencesse à bela raça daquela marquesa italiana, a Marquesa Júlia de Malfieri, que conservava dous amorosos ao seu doce serviço, um poeta para as delicadezas românticas e um cocheiro para as necessidades grosseiras. (*C*, p. 231)

(As "necessidades grosseiras" no caso de Elisa seriam, implicitamente, as de cunho sexual anômalo).

Comparar o símbolo do cocheiro com os casos semelhantes encontrados no *Quincas Borba* (do último período do cap. XLV ao fim do cap. XLVIII) e nas *Memórias Póstumas* (cap. XIX).

10 – Comparação do Nogueira com o Matias:

> Tôrres Nogueira era um ocioso amável como José Matias, e possuía em vinhas hipotecadas os mesmos cinqüenta ou sessenta contos que

> o José Matias herdara agora do tio Garmilde em terras excelentes e livres. (*C*, p. 226)

Essa comparação apresenta-se insinuante do caráter efeminado do Nogueira, uma vez que se pode deduzir, pelo próprio enredo patente, que o Matias é efeminado.

11 – A impotência do Miranda suscitada pela obesidade e a diabetes, bem como a pneumonia sugestiva de excepcional tentativa do ato sexual, em que o mesmo Miranda funcionaria como elemento ativo, depois de haver funcionado na vida, conforme o que se sugere, como elemento passivo em relação sexual com Elisa. Para não declarar a impotência do Matos Miranda, o autor no-lo dá, por eufemismo, só como diabético e obeso. Baseia-se tal recurso, naturalmente, no fato do aparelho genital estar em ligação íntima com o urinário, em cujas funções ocorre a diabetes, e no fato, geralmente sabido, de que o embotamento do sentido sexual favorece a obesidade. Juntemos a essas considerações a opinião de um cientista, o Dr. P. Garnier. Falando acerca da obesidade e da polisarcia, afirma:

> Essas duas moléstias ou enfermidades aparentes, bem conhecidas por toda a gente por sua própria evidência, são ao mesmo tempo causas e efeitos da impotência.[114]

Refere-se, ainda, à "imediata influência do diabetes sobre a decadência das funções genitais".[115] Lembremo-nos de que obeso é também o supostamente efeminado Alves Capão. (Repare-se na insinuação de tal sobrenome, que mais parece um apelido, a advertir-nos de que o amigo do Matias talvez fosse como um eunuco.) Matos Miranda que, segundo a litotes do narrador, "não sugeria ideias inquietadoras de marido ardente" (*C*, p. 222), "já debilitado

---

114 GARNIER, Dr. P. *Impotência physica e moral no homem e na mulher*. p. 141

115 Ibidem, p. 156

pela diabetes, morreu com uma pneumonia", adquirida, porventura, na sutilíssima insinuação do contista, pelo desequilíbrio entre o esforço respiratório ou mais extensivamente sexual e a impotência, na tentativa a que nos referimos, e que, se feita por vias normais e no caso de Elisa não ser homem simulado como mulher, sofreria ele, ainda, o empecilho do hermafroditismo da companheira.

O que apontamos como causa da pneumonia do Miranda, numa sondagem da latência do autor, pode apoiar-se em afirmação de P. H. Nysten, que considera, entre duas outras causas da doença, o do exercício muito violento: *La pneumonie aiguë est le plus ordinairement causée par un refroidissement subit, un exercice trop violent, un écart de regime*[116]

Para casar-se com o Matos Miranda, Elisa interessar-se-ia pelos bens pecuniários dele (devendo entender-se tal expressão no seu sentido próprio e não no da latência sensual), e, na ordem da sexualidade não convencional, ao menos pela indiferença sexual, acaso vislumbrada no futuro marido.

12 – A anasarca do Torres Nogueira como consequência, no plano latente, do suposto esforço inútil por conseguir a ereção na excepcional tentativa de funcionar como elemento agente em relação sexual, porventura anal, com Elisa, depois de na vida haver funcionado, conforme as sugestões do autor, como elemento passivo em relação sexual não convencional com essa personagem.

Sugere-se, numa caricatura, que o tal esforço fizesse inflar o corpo todo do forte Nogueira (menos, talvez, o falo) com a anasarca, que é um edema generalizado, ou melhor, segundo o Dictionnaire de Médecine, de P. H. Nysten, *intumescence générale*[117]

13 – A postura insinuante de Elisa em relação ao Torres Nogueira na ocasião da anasarca:

116 NYSTEN, P. H. *Dictionnaire de médecine*; chirurgie, pharmacie, des sciences accessoires et de l'art véterinaire. p. 1114 "A pneumonia aguda é mais ordinariamente cauasada por um resfriado súbito, um exercício muito violento, um desvio de regime".

117 Ibidem, p. 65

> Por trás no fundo do quarto claro, o marido certamente arquejava, na opressão da anasarca. Ela, imóvel, repousava, mandando um doce olhar, talvez um sorriso, ao seu doce amigo. (*C.* p. 233 a 234)

Veja-se o ambíguo da palavra "quarto", sugerindo a sua homônima.

Comparar o processo do autor utilizar as doenças das personagens como índices do comportamento delas ou de fatos da vida das mesmas personagens, no enredo latente, com o processo que Machado usaria em relação à doença de Marcela para conclusões referentes à camada implícita das *Memórias Póstumas.*

14 – Emprego ambíguo do verbo "recolher", num jogo de regência verbal, sugerindo o sentido de "colher, encolher, retrair" (o apêndice do hermafroditismo ou talvez o pênis, supostamente mostrado à janela a Matias na ocasião da anasarca do Torres Nogueira), apesar de se constatar que Eça de Queirós, mesmo em escritos sem latência sensual, preferia empregar o referido verbo como intransitivo: "Elisa recolheu, à pressa, chamada por algum gemido ou impaciência do pobre Tôrres". (*C*, p. 234)

15 – Emprego ambíguo do mesmo verbo, com o mesmo suposto jogo de regência verbal, sugerindo o significado de "guardar, pôr ao abrigo" (o apêndice do hermafroditismo ou o falo no corpo de alguém que recebe a "cunha" da personagem em questão): "A divina Elisa recolheu à quinta de uma cunhada também viúva, à Corte Moreira, ao pé de Beja." (*C*, p. 234) Não se conclua que queiramos dizer que ninguém possa ter uma cunhada viúva em cuja casa se hospede, sem que isto implique ato suspeito. Mas diante do modo ambíguo de Elisa ser, o qual se comprova com o conjunto dos presentes argumentos, achamos possível de malícia deliberada do autor o referir-se ele, de maneira tão rápida e sem interesse relevante para o enredo patente, à cunhada de Elisa, fazendo as duas contraparentes aproximarem-se pelo estado da viuvez e, temporariamente, pela coabitação. Recorreria o autor a um malicioso jogo semântico da palavra "cunhada" com a homógrafa dela no plano subjacente-intencional.

16 – O ato sexual não convencional e sugestivo do apontador de Obras Públicas como meio da talvez única adaptação consumada de Elisa a elemento agente em ato sexual. Insinua-se esse ato não convencional pela única expressão com que se nomeia o amante de Elisa. Com esta praticaria ele, como elemento agente, em que pese a masculinidade de Elisa, a conjunção anal, eis o que se vislumbra com a análise dos significantes, entre os quais se destacam os das duas palavras: "apontador" e "Obras". Na parte do enredo subjacente, a primeira, significando "indicador" e não "encarregado de tomar o ponto dos operários nas obras", comporta uma imagem fálica, por ser o pênis semelhante a um dedo que aponta, e a segunda traz o sentido, em letra minúscula, de "excrementos". Refere-se o autor à maneira como aquele homem penetrava na casa da amante: "com aparência de ser infinitamente mais ditoso naquelas obras particulares do que nas Públicas". (*C*, p. 236) Nessas palavras encontramos a declaração de que o ato, que o apontador, conforme insinuação do contista, pratica, tem para essa personagem mais encanto com Elisa, por esta lhe pertencer sexualmente, que com pessoas carnalmente públicas.

17 – O abandono que a mulher legítima do apontador lhe dá (*C*, p. 235) antes da aproximação do marido a Elisa, suscitando-se com aquele fato que aquela mulher não suportasse a tendência sexual não convencional do apontador.

18 – A passividade espiritual com sugestão de passividade física respectivamente de Matias e Nogueira como sacerdotes a serviço de Elisa: *Introibo ad altarem Deae!* (*C*,p. 219) "Trepa ao altar e ergue obscenamente a túnica da imagem". (*C*, p. 238)

19 – A passividade espiritual de Matias, que evitava para Elisa a tipoia de praça, o roçar nas cadeiras de palhinha da plateia de S. Carlos e instalou-lhe poltrona na Ópera. (*C*, p. 221) Esta palavra, sendo forma erudita de "obra", que pode significar "excrementos", simbolizaria, na camada latente, uma disposição psicológica de Matias, sublinhada pelo contexto, de conceder à masculinidade de Elisa, por um raciocínio metonímico, o conforto de suas partes parassexuais,

que, por esse mesmo conforto, se assemelhariam para ela (ou ele?) a uma poltrona da Ópera.

20 – Verificação de que um clima de "inverossimilhança" mais acentuada não se acha apenas no caricaturesco da latência sensual do autor, mas encontra-se ainda o inverossímil noutros escritos seus em forma de fantástico, maravilhoso ou fabulesco como em "Memórias de uma Forca", "O Defunto", "O Suave Milagre" e "Lendas de Santos".

21 – A intenção queirosiana de fazer a crítica psicossocial da sociedade portuguesa permaneceria ante o quadro de subjacência intencional, apresentado, através do qual se nos descortina uma dissolução acentuada, concebida hiperbolicamente, bem ao gosto do autor. De sorte que a oscilação que o enredo latente-intencional sugere do caráter de Elisa, dos dois maridos dela e do Matias, principal personagem do conto, pareceria uma grande falha, se tudo não se explicasse e não se valorizasse como desrealização mimética, que hiperboliza a depravação psicossocial. O que caracteriza essas personagens no enredo implícito é o não terem caráter, mas na sua mobilidade moral serão talvez mais autênticas artisticamente –, diante do caricaturesco que se propõe o autor e diante do ambíguo, a contrapor a tal enredo outro mais verossímil, que a Luísa de *O Primo Basílio*, da qual afirmou Machado: "é um caráter negativo, e no meio da ação ideada pelo autor, é antes um títere do que uma pessoa moral".[118]

'O apontador de Obras Públicas é acaso a personagem mais fiel a si mesma, pois, na camada subjacente, aparece com uma única depravação, a da cópula anal, apesar de a praticar com pessoas de sexo talvez diferente: a mulher que o abandona e a duvidosa Elisa, esta de todas a personagem talvez mais corrompida, porque a de caráter porventura mais versátil.

Enquanto o autor, nas "Singularidades de uma Rapariga Loura" e no "José Matias" se preocupa com a devassidão da sociedade portuguesa, em

118 ASSIS, op. cit., nota 34, V. 3. p. 905

"Um Poeta Lírico" trata da perversão dos grandes centros urbanos como Londres, com o seu hotel Charing-Cross, onde se dá a ação do conto.

(Obs.: Nenhum dos argumentos aqui apresentados tem valor isolado: só se valoriza na sistemática estrutural, no conjunto.)

Complementando a súmula apresentada, digamos algo mais sobre a personagem central do conto. O "inexplicado José Matias" (*C*, p. 242) é, segundo o narrador-personagem, "um homem desconsolador para quem, como eu, na vida ama a evolução lógica e pretende que a espiga nasça coerentemente do grão." (*C*, p. 215) É aquele "doente, atacado de hiperespiritualismo, de uma inflamação violenta e pútrida do espiritualismo" (*C*, p. 229), (o que lembra a expressão "escrófula da vida" aplicada a Quincas Borba) aquele que "era talvez muito mais que um homem – ou talvez ainda menos que um homem..." (*C*, p. 242) Pelo contexto e por essas insinuações do ambíguo narrador-personagem, que se mantém entre a ingenuidade e a malícia, deduzimos que o José Matias, na qualidade de efeminado, se desgastou por intenções e/ou práticas sensuais contra a natureza.

Como as doenças dos maridos de Elisa, a do Matias, que o levou à morte, teria uma remota causa sensual sugerida, agravada nos últimos instantes: o fetichismo. Difícil aceitar que o autor, insinuando a prática olfativa que examinaremos no texto, suscitasse apenas uma simples devoção amorosa de Matias a Elisa e não uma aberração, pois, diante do comportamento de malícia disfarçada do escritor em toda a narrativa; diante do costume do narrador, no enredo subjacente do conto, sugerir uma causa sensual para as mortes ocorridas aí; enfim, em face do caráter de sexualidade não convencional de José Matias, julgamos coerente o que concluímos em relação à causa da morte dessa personagem. Investiguemos o texto:

> Na abertura da camisa suja e rôta, prêso ao pescoço por um cordão, conservava um saquinho de sêda, puído e sujo também. De certo continha flor, ou cabelos, ou pedaços de renda de Elisa, do tempo do primeiro encanto e das tardes de Benfica... Perguntei ao médico, que

> o conhecia e o estimava, se êle sofrera. – "Não! Teve um momento comatoso, depois arregalou os olhos, exclamou Oh! com grande espanto, e ficou." (*C*, p. 241)

A "congestão nos pulmões" (*C*, p. 240) apareceria no Matias, talvez, segundo sutilíssimas insinuações, por haver ele, debilitado, aspirado incessantemente, na depravação do suposto fetichismo, aquele por acaso mofado saquinho do Benfica. E ficou. Reparemos no jogo de palavras que faz o contista entre cognatos do verbo "ficar", jogo esse que suscita ironicamente uma ligação da ideia de morte à origem do saquinho. Verifiquemos que o autor, como que preparando o leitor para compreender a insinuação da depravação olfativa do Matias, compõe uma sugestiva metáfora, escrevendo, pouco antes do trecho supracitado (cerca de uma página e meia antes), que essa personagem se punha a "farejar o homem, [o apontador] quando êle recolhia da casa de Elisa, ainda quente do calor da sua alcova". (*C*, p. 239) Ademais, a aberração indicada afina-se com o peculiar amor-e-medo do Matias. E, ainda, o espanto da interjeição relaciona-se com o primeiro encanto do Benfica, suscitando-se, acaso, a lembrança (ou a renovação) do deleite da aspiração fetichista no último instante, aspiração como "ato de cheirar" e denunciadora do desejo ardente de quem passou a vida idealizando o amor.

O que se deduz, ante o enredo sotoposto, das fugas de Matias ao casamento com Elisa, apesar dele a galantear de longe, é que se mantinha em conflito entre o aceitar a masculinidade de Elisa (o hermafroditismo ou o disfarce) e o suposto propósito dele se regenerar das atitudes efeminadas, acobertadas ironicamente pelo autor com as exacerbações idealistas e românticas da personagem. Ou, antes, conclui-se que Matias permanecia na dúvida sobre a real personalidade de Elisa, e, por outro lado, não se fica sabendo se ele a desejaria homem, mulher ou uma mistura dos sexos. Porque, embora o autor insinue que o ser chamado Elisa, de pé, à janela, estando o Nogueira atrás com a anasarca, mostrasse ao Matias o apêndice do hermafroditismo ou o falo, o requestador podia não ter visto o que acaso se exibia.

Por tudo isso, a narrativa em análise é superlativamente ambígua, muito se devendo colher dos seus silêncios e sugestões.

# BIBLIOGRAFIA

ALENCAR, José de. *Iracema.* Fortaleza: Imp. Univ. do Ceará, 1965, Edição Comemorativa do Centenário, revista e prefaciada por Braga Montenegro.

ALONSO, Dámaso. *Poesia espanhola*: ensaio de métodos e limites estilísticos. Trad. Darcy Damasceno. Rio de Janeiro: Instituto Nacional do Livro,1960.

ALVES, Castro. *Obra completa.* Rio de Janeiro: Aguilar, 1960.

ANDRADE, Carlos Drummond de. *Obra completa.* Rio de Janeiro: Aguilar, 1967.

ANDRADE, João Pedro de. *Raul Brandão:* a obra e o homem. Lisboa: Arcádia,s.d.

ANDRADE, Mário de. *Poesias completas.* São Paulo: Martins, 1966.

ARISTÓTELES. *Poética.* Trad. Eudoro de Sousa. Rio de Janeiro: Globo, s.d.

ASSIS, Machado de. *Obra completa.* Rio de Janeiro: Aguilar,1962.

AULETE, Caldas. *Dicionário contemporâneo da Língua portuguêsa.* Rio de Janeiro: Delta, 1958.

AZEVEDO FILHO, Leodegário A. de. *As cantigas de Pero Meogo:* estabelecimento crítico dos textos, análise literária, glossário e reprodução fac-similar dos manuscritos. Rio de Janeiro: Gernasa, 1974.

AZEVEDO, Rafael Sânzio de. *A terra antes do homem.* São Paulo: Edarte, 1962.

BANDEIRA, Manuel. *Estrêla da vida inteira.* Rio de Janeiro: J. Olympio, 1966.

BARRETTO FILHO. *Introdução a Machado de Assis.* Rio de Janeiro: Agir, 1947.

BENEVIDES, Artur Eduardo. *O tempo, o caçador e as cousas longamente procuradas.* Fortaleza: ed. Clã, 1965.

BILAC, Olavo. *Poesias*. Rio de Janeiro: Francisco Alves, 1954.

BRANDÃO, Raul. *Húmus*. Coimbra: Atlântida, 1972.

CAMÕES, Luís de. *Obra completa*. Rio de Janeiro: Aguilar, 1963.

CAMPOS, Geir. *Pequeno dicionário de arte poética*. Rio de Janeiro: Tecnoprint, 1965.

__________. *Canto de peixe & outros cantos*. Rio de Janeiro: Civilização Brasileira, 1977.

CARVALHO, Francisco. *Pastoral dos dias maduros*. Fortaleza: Imprensa Universitária do Ceará, 1977.

CASTAGNINO, Raul H. *Análise literária*, Trad. Luiz Aparecido Caruso. São Paulo: Mestre Jou, s.d.

CASTRO, Manuel Antônio de. *Travessia poética*. Rio de Janeiro: Tempo Brasileiro, 1977.

COELHO, Jacinto do Prado. *A letra e o leitor*. Lisboa: Portugália, 1969.

CORÇÃO, Gustavo (Apresentação). *Machado de Assis*: romance. Rio de Janeiro: Agir, 1959, col. "Nossos Clássicos", v. 37.

COUTINHO, Afrânio. *A filosofia de Machado de Assis e outros ensaios*. Rio de Janeiro: São José, 1959.

__________. *Introdução à literatura no Brasil*. Rio de Janeiro: São José, 1964.

__________. *Machado de Assis na literatura brasileira*. Rio de Janeiro: São José, 1966.

__________. *Crítica & críticos*. Rio de Janeiro: Simões,1969.

__________. *Da crítica e da nova crítica*. Rio de Janeiro: Civilização Brasileira, 1975.

DURAND, Gilbert. L*es structures anthropologigues de l'imaginaire*. Paris: Bordas, 1973.

ECO, Umberto. *Obra aberta*: forma e indeterminação nas poéticas contemporâneas. Trad. Giovanni Cutolo. São Paulo: Perspectiva, 1971.

__________. *Interpretação e superinterpretação*.Trad. M F São Paulo : Martins Fontes, 1993.

FAGES, J. B. *Para compreender Lacan*. Trad. M. D. Magno e Georges Lamazière. Rio de Janeiro: Ed. Rio, 1975.

FERREIRA, Aurélio Buarque de Holanda. *Novo dicionário da língua portuguesa*. Rio de Janeiro: Nova Fronteira, s. d.

FISCHER, Almeida. *O rosto perdido*. Brasília: Ed. Brasília, 1970.

FREITAS, Mário de. *Dicionário de nomes próprios*. Rio de Janeiro: Tecnoprint, 1965.

GARNIER, Dr. P. *Impotência physica e moral no homem e na mulher*. Rio de Janeiro: Garnier, 1892.

GOMES, Eugênio. *Machado de Assis*. Rio de Janeiro: São José, 1958.

__________. *O enigma de Capitu*. Rio de Janeiro: J. Olympio, 1967.

GREIMAS, A. J. et alii. *Essais de sémiotique poétique*. Paris: Larousse, 1972.

HEIDEGGER, Martin. *Sobre o humanismo*. Trad. Emmanuel Carneiro Leão. Rio de Janeiro: Tempo Brasileiro, 1967.

IVO, Lêdo. *Central poética*. Rio de Janeiro: Aguilar,1976.

__________. *Poesia observada*: ensaio sobre a criação e matérias afins. 2ed. São Paulo: Duas Cidades, 1978.

JAKOBSON, Roman. *Lingüística e comunicação*. São Paulo: Cultrix, 1974.

JERSILD, Arthur T. *Psicologia da adolescência*. Trad. José Severo de Camargo Pereira e João Alves dos Santos. São Paulo: Ed. Nacional, 1964.

KAYSER, Wolfgang. *Análise e interpretação da obra literária*. Trad. Paulo Quintela. Coimbra: Arménio Amado, 1967.

LIMA, Jorge de. *Poesias completas*. Rio de Janeiro: Aguilar, 1974, v. 1.

LINHARES FILHO. *Linguagem e filosofia de Machado de Assis*. In: *O caboré*. Fortaleza: 2 (2): 48-56, jun.1967.

__________. *A poesia de Fernando Pessoa*: análise e interpretação crítica. Fortaleza: Ensaio mimeografado, 1974.

__________. *Eça de Queirós contista*. Fortaleza: Ensaio mimeografado, 1971.

__________. *O amor e outros aspectos em Drummond*. Fortaleza: Editora UFC,2002.

__________. *Ironia, humor e latência nas Memórias Póstumas*. Fortaleza: UFC, 1992.

LISPECTOR, Clarice. *Uma aprendizagem ou o livro dos prazeres*. Rio de Janeiro: Sabiá, 1969.

MAGALHÃES JÚNIOR, R. *Machado de Assis desconhecido*. Rio de Janeiro: Civilização Brasileira, 1957.

MEYER, Augusto. *Machado de Assis*. Rio de Janeiro: São José, 1958.

MOISES, Massaud. *Dicionário de termos literários*. São Paulo: Cultrix, 1974.

MONTENEGRO, Pedro Paulo. *Convivências*: anotações e apreciações. Fortaleza: Imp. Univ. do Ceará, 1966.

MONTEVERDE, Emílio Achilles. *Manual encyclopedico*. Lisboa: Imprensa Nacional, 1870.

NYSTEN, P. H. *Dictionnaire de médecine*: chirurgie, pharmacie, des sciences accessoires et de l'art vétérinaire. Paris: Libraires de l'Académie Impérial de Médecine, XIe. édit., 1852.

PACHECO, João. *O realismo*. São Paulo: Cultrix, 1971.

PETIT LAROUSSE. Paris: Libraire Larousse, 1962.

PORTELLA, Eduardo. *Teoria da comunicação literária*. Rio de Janeiro: Tempo Brasileiro, 1970.

_________. *Fundamento da investigação literária*. Rio de Janeiro: Tempo Brasileiro, 1974.

_________. et alii. *Teoria literária*. Rio de Janeiro: Tempo Brasileiro, 1975.

QUEIROZ, Eça de. *Contos*. São Paulo: Brasiliense, 1961.

_________. *Obra completa*. Rio de Janeiro: Aguilar, 1970.

RAMOS, Maria Luíza. *Fenomenologia da obra literária*. Rio de Janeiro: Forense, 1969.

RICARDO, Cassiano. O indianismo de Gonçalves Dias. São Paulo: Conselho Estadual de Educação, 1964.

_________. *Jeremias sem-chorar*. Rio de Janeiro: J. Olympio, 1971.

_________. *Os sobreviventes*. Rio de Janeiro: J. Olympio, 1971.

RIEDEL, Dirce Côrtes. *Metáfora*: o espelho de Machado de Assis. Rio de Janeiro: Francisco Alves, 1974.

_________. *O tempo no romance machadiano*. Rio de Janeiro: São José, 1959.

ROSA, Alberto Machado da. *Eça, discípulo de Machado?* Rio de Janeiro: Fundo de Cultura, 1963.

SANTA CRUZ, Luiz (Apresentação). *Raul de Leôni*: textos escolhidos. Rio de Janeiro: Agir, 1961, col. "Nossos Clássicos", v.58.

SARAMAGO, José. *Ensaio sobre a cegueira*: romance. São Paulo: Companhia das Letras, 1995.

SCHOPENHAUER, Artur. *Dores do mundo.* Trad. A. F. Rocha. Rio de Janeiro: Simões, 1958.

__________. *O mundo como vontade e representação.* Rio de Janeiro: Edições de Ouro, s.d.

SILVA, Gastão Pereira da. *Para compreender Freud.* Rio de Janeiro: Renascença, 1932.

STAIGER, Emil. *Conceitos fundamentais da poética.* Trad. Celeste Aída Galeão. Rio de Janeiro: Tempo Brasileiro, 1974.

TELES, Gilberto Mendonça. *Vanguarda européia e modernismo brasileiro.* Rio de Janeiro: Vozes, 1972.

TORGA, Miguel. *A criação do mundo.* 5v. Coimbra: Gráfica de Coimbra, de 1937 a 1981.

VELDE, Th. H. Van de. *O matrimônio perfeito.* Trad. Dr. Pedro Gouvêa Filho. Rio de Janeiro: Civilização Brasileira, 1957.

VIEIRA, Padre António. *Sermões.* Lisboa: Lello & Irmão, 1951, v. 1.

VOLTAIRE. *Candide ou l'optimisme.* Rio de Janeiro: Libraire Victor, 1943.

WELLEK, René & WARREN, Austin. *Teoria da literatura.* Trad. José Palla e Carmo. Lisboa: Public. Europa-América, 1962.

# IRONIA, HUMOR E LATÊNCIA NAS *MEMÓRIAS PÓSTUMAS*

O presente trabalho publicou-se antes em *Momentos de crítica literária III*: anais do VI Congresso brasileiro de teoria e crítica literárias e II Seminário internacional de literatura. Campina Grande, 1982. Republica-se aqui por causa dos numerosos descuidos de revisão ocorridos sem a responsabilidade do autor. Para a republicação também se aproveita a oportunidade da comemoração do Sesquicentenário de Nascimento de Machado de Assis e o fato deste ensaio servir de instrumento de estudo de disciplina, ministrada pelo ensaísta no Mestrado em Letras da UFC. Algumas modificações também foram feitas pelo autor em textos da sua lavra aqui transcritos. O apêndice é totalmente inédito.

A
**Afrânio Coutinho**

e

**Gilberto Mendonça Teles**,
mestres e amigos.

Para
**Geraldo Jesuíno**,
pelo talento de artista plástico
e pela lucidez de administrador.

# A Machado de Assis, Morto Vivo*

**Linhares Filho**

De que maneira a fundo iremos conhecer-te,
se muita vez estás noutro lugar,
mil cabriolas a dar
com a manipulação frequente de um falar
e dois entenderes?
O que propões, porém, vamos tateando,
e o teu pungente riso saboreando.
Algo fica, afinal, de tuas reticências –,
mesmo sem se atingir total a tua essência
e não obstante a previsão de Cubas –,
também nas duas tais colunas da opinião,
não só numa terceira, a dos agudos,
e assim o teu discurso não é vão.
De além dos vermes que roeram
as tuas frias carnes
sem deixar boca para rir
nem olhos para chorar,
escuta-me com a alma que restou
do teu grande naufrágio
(longe do feroz ágio e do pedágio).
Aqui estou para dizer-te o quanto
ainda te ouvimos, lemos e te amamos.
Ensinaste-nos que há sempre
uma gota da baba de Caim,
tanto a vontade como a ação umedecendo
de indivíduos, de classes ou de tribos.
Que por batatas uns aos outros se consomem.

(Quantos, qual tu sem Deus, acham que a morte é o fim!)
Joaquim Maria, as tuas esquivanças,
silêncios e trejeitos e artimanhas
deram-nos luz para a experiência do homem.

E, quanto a nado, mar, navegação,
embora cada um de nós manobre
bem a seu modo o timão,
para o leitor abriste uma Escola de Sagres,
onde muito se pode observar,
dos olhos de ressaca em tua Capitu
até os confins da Europa no seu corpo,
que por Bentinho, enfim, é rejeitado.
Fizeste de Escobar o próprio rio Cobar,
para em Ezequiel, homônimo do bíblico,
denunciar-se por fumos todo um fogo,
a culpa intencional da sedução de um mar...
E fizeste surgir a dúvida no ar.

Ora com *humour*, ora com ironia,
contra Leibniz puseste Schopenhauer.
E o vulnerável, mestre, apanhas com mão fria.
De Maistre e Sterne filtraste
a sátira menipeia.
Em Quincas Borba renovaste
o Pangloss do *Candide*, de Voltaire.
Sobressai-te um vigor: a sensual latência,
quase sempre consciente e deletéria,
qual sangue a latejar por dentro de uma artéria.
Evidenciando aqui, ali insinuando,
soubeste registrar o desconforto,
o descontentamento e a frustração
da nossa humana condição

desde o emplasto de Brás Cubas
à solda da opinião.
E aqui ficamos tristes e inquietos
com as mil formas de ser da humana Dor.
Muito amor ainda falta e pão. Faltam mais tetos,
a paz pública falta e a paz interior.
Sentimo-nos pequenos e incompletos.
Da glória arrebatou-se-nos a palma.
Hoje, além de buraco haver na alma
que no teu tempo e já bem antes se feria,
há buracos no asfalto e em nossa economia,
várias lesões em corpos pelo césio,
e há buracos até na camada de ozônio
que protege do Sol a pobre Terra,
a que a nossa ambição tanto se aferra.
E a interjeição de dor em muitos deste agora
sem tílburis, lampiões a gás na rua, alcaides,
– ai, ai! – enfatizou-se tanto, tanto,
que eles a sua dor gritam em AIDS.
Mas resta uma esperança, a de que um dia,
segundo está em Dante e em Bento Santiago,
nós nos encontraremos renovados
tais como as plantas novas,
além da lágrima e do riso,
além de qualquer jogo ou quaisquer provas.

Se o mundo mostras sempre negativo,
passas de vivo morto a morto vivo.
És trágico, mas és eterno na arte.
Por isso, estou aqui para saudar-te.
Das nuvens não cairás nem de um terceiro andar.
Sei que *Oblivion* jamais te pode apear.
O olvido esquecerá quem o lembrou tão bem...

E de Saturno não te atingirá o desdém.
Habitas aureolado o símbolo, meu bruxo.
Por tudo o que tu foste e és, te amamos!
De louro te ofertamos novos ramos
pela meia palavra, a sugestão,
a agudeza do olhar, as linhas do debuxo,
a tradução da alma e o bom uso do não.
Até o dia, afinal, da grande muda!
A Dor dos que ainda ficam te saúda!

(*De Andanças e Marinhagens*)

*Poema publicado na *Revista Brasileira*, fase VII – abril – maio – junho, 2008, Ano XIV – Nº 55, da Academia Brasileira de Letras, p. 317 – 320.

Obra de finado. Escrevi-a com a pena da galhofa e a tinta da melancolia, e não é difícil antever o que poderá sair dêsse conúbio.*

Não há nada tão incomensurável como o desdém dos finados.**

Há um falar e dois entenderes.***

Não é claro isto, mas nem tudo é claro na vida ou nos livros.****

Machado de Assis

---

* ASSIS, Machado de. *Obra completa*. v.1, p. 511

** Ibidem. v.1, p. 544

*** Ibidem. v.3, p. 398

**** Ibidem. v.1, p. 884

# 1 - INTRODUÇÃO

## 1.1 - CONSIDERAÇÕES INICIAIS

O humorismo das *Memórias Póstumas de Brás Cubas* anuncia-se logo nas palavras preliminares sob o título de "Ao leitor", escritas pelo "autor defunto", entre as quais se lê sobre a "Obra de finado": "Escrevi-a com a pena da galhofa e a tinta da melancolia, e não é difícil antever o que poderá sair desse conúbio".[1]

O que saiu foi o riso contido e amargurado, cheio de travos, não com "algumas rabugens de pessimismo, a que se refere o narrador-personagem, como possíveis de existir no livro, mas com um real pessimismo, que chega às raias da negação vital; enfim o que saiu foi "o sorriso franzido" na feliz designação de Graciliano Ramos.[2]

Brás Cubas toma consciência do humorismo do seu livro, fato que mais se esclarece quando a personagem confessa estar atenta em um dos aspectos do humorístico: "Senhores vivos, não há nada tão incomensurável como o desdém dos finados". (*OC*, p. 544) O humorismo das *Memórias Póstumas*, que se estende em maior ou menor intensidade ao geral da obra machadiana a partir de 1881, possui, pelas circunstâncias apresentadas, características ora de ironia ora de *humour*. O ar de mofa e altivez pessimistas com que Brás Cubas narra, disserta e filosofa, muitas vezes querendo dizer o contrário do que afirma, configura a ironia. O tom de galhofa perspicaz e velada, envolta em dor e tragédia, caracteriza o *humour*. As duas atitudes, ironia e *humour*, muitas vezes se confundem em sua sutileza, tornando-se difícil a diferenciação entre uma e outra.

1 Ibidem. v.1, p. 511. Daqui por diante, convencionamos a abreviatura *OC* para aludir a um dos volumes dessa obra.

2 RAMOS, Graciliano. *Linhas tortas*. p. 110

O presente trabalho constitui um prolongamento de dois outros de nossa autoria, "Linguagem e filosofia de Machado de Assis"[3] e *A Metáfora do Mar no Dom Casmurro*,[4] ensaios esses em que já ligamos aspectos humorísticos ou caricaturescos da obra machadiana ao trágico e sobretudo ao simbólico ou, mais precisamente, a uma latência sensual que pretendemos seja, em maior escala, consciente nessa obra, que é cheia de "causas secretas", de ambiguidade, de segundas intenções, o que a torna excepcionalmente *aberta* segundo a compreensão de Umberto Eco.[5] Transcrevamos um parágrafo desse último ensaio de nossa lavra, citado:

Comprova-se a intencionalidade da latência não só pelo fato do autor sugerir ocultar processos e incitar o leitor a descobrir enigmas, mas também pela constatação de certas frequências de pronunciamentos, nas quais se correlacionam vários símbolos, frequências essas que nos levam a crer, sem prejuízo da intuição artística, na consciência da arquitetura de uma espécie de polissignificação, a cuja interpretação chegamos, sentindo-nos dirigir pelo escritor.[6]

Afrânio Coutinho e outros estudiosos de Machado de Assis são unânimes em afirmar a existência do simbólico em larga escala na obra do ficcionista. O referido crítico, após aludir por mais de uma vez à existência de tal aspecto na produção machadiana, indica, conclusivamente e de modo lúcido, as três principais características da obra em análise: "[...] a obra de Machado de Assis é fundada sobre três grandes motivos: o humorismo, a tragicidade e a simbologia".[7]

Podemos adicionar a esses aspectos a sensualidade, sobretudo numa camada subjacente, a nosso ver constituída mais intencional que preterintencionalmente. O símbolo valoriza o sensual, levando este, o

3 LINHARES FILHO. Linguagem e filosofia de Machado de Assis. In: *O caboré*. p. 48-56

4 LINHARES FILHO. *A metáfora do mar no Dom Casmurro.*

5 Cf. ECO, Umberto. *Obra aberta.* Trad. Giovanni Cutolo.

6 LINHARES FILHO, Op. cit., nota 4. p. 17

7 COUTINHO, Afrânio. *Machado de Assis na literatura brasileira*. p. 111

humorismo e a tragicidade à plenitude estética. Justifica-se a insistência de sensualismo na parte latente de narrativas machadianas precisamente por esse constituir um campo fértil para a exploração do tragicômico.

Segundo Bergson, "O riso deve ter uma significação social".[8] Para muitos pensadores, sociólogos e psicólogos como Jankelevitch e Paulhain, o riso possui uma função corretiva dos atos sociais e humanos. No entanto o humorismo em Machado de Assis não apresenta com nitidez essa missão pragmática; pelo contrário, parece mais lúdico. Não traz objetivo moralista, não conduz a vontade de edificar, mas de destruir, lançando-se indiretamente maldição contra o Autor ou o suposto Autor do universo.

A essência da filosofia ficcional de Machado é o ódio entranhado à existência, a negação da vida pelo que de imperfeito e infeliz esta encerra, fazendo os homens egoístas, ferozes, animalizados, sofredores, e o mundo áspero, adverso, pesado, opressor. O comportamento da ficção machadiana diante da vida é a explosão disfarçada e estética de toda uma rugidora revolta contra ela.[9]

Depois de referir-se à influência recebida pelo romancista, a qual "veio ao encontro de tendências inatas", Afrânio Coutinho fundamenta, em capítulo intitulado "A Veia Humorística", a opinião que expendemos: "Em Machado o humorismo é aliado ao pessimismo, à amargura, ao ódio do gênero humano, à irritação que lhe causava o espetáculo da vida".[10]

Buscamos acima de tudo, na presente análise, o intrínseco literário, propondo-nos seguir os ditames da Crítica Estética, preconizada no Brasil principalmente por Afrânio Coutinho. Assim, interessamo-nos aqui pelo que nos parece intencional e não pelo inconsciente nem pelo biográfico do autor. Adotamos, pois, os métodos da interpretação literária, ajudando-nos com a Retórica, a Semântica, a Estilística e a Etimologia.

---

8 BERGSON, Henri. *O riso*. Trad. Nathanael C. Caixeiro. p. 14

9 LINHARES FILHO, op. cit., nota 3. p. 50 (Transcrevemos esse parágrafo do referido ensaio).

10 COUTINHO, op. cit., nota 7. p. 61

Muitas vezes Brás Cubas parece dirigir sua ironia e seu humour contra si mesmo ("Foi-se o embrião, naquele ponto em que se não distingue Laplace de uma tartaruga"), (*OC*, p.600) no entanto é contra Deus e/ou contra a Natureza que em verdade os dirige. Zombando dessas entidades, ou de alguma delas, Machado de Assis, em toda a sua obra da maturidade, utiliza-se de personagens que representam as pessoas do mundo. Entre essas pessoas está o leitor, de quem zomba tanto Brás Cubas, desde a ameaça de dar-lhe piparote até chamá-lo de obtuso.

Recordemos esta terrível crítica desferida a Deus, referindo-se Brás Cubas às mortificações que uma formiga e uma mosca se impõem uma à outra, e sendo afastados os dois insetos pela personagem: "Pobre mosca! pobre formiga! E Deus viu que isto era bom, como se diz na Escritura". (*OC*, p. 605) Também seria dirigida ao Absoluto esta velada e ferina mofa de inconformado: "Esta é a grande vantagem da morte, que, se não deixa boca para rir também não deixa olhos para chorar..."[11] (*OC*, p. 581) Brás Cubas, em sua galhofa e em sua irreverência, ora entende que Marcela o amou "durante quinze meses e onze contos de réis"; (*OC*, p. 534) ora vê nela "um rosto cortado de saudades e bexigas..."; (*OC*, p. 557) ora concebe "a felicidade barata, ao sabor dos sapateiros e de Epicuro"; (*OC*, p. 554) ora se pergunta "o que diriam de nós os gaviões, se Buffon tivesse nascido gavião..."; (*OC*, p. 518) ora supõe nas pessoas o mal que o minava: "e aí vos ficais eternamente hipocondríacos". (*OC*, p. 637) Brás Cubas é capaz de construir metáforas irônicas como "flor da moita", aplicada à claudicante Eugênia, e metáforas desprezivas como "Escrófula da vida", dirigida a Quincas Borba. E chega a transmitir ao leitor o desdém de um Vilaça depois deste seduzir uma Eusébia: "– Não chores, meu bem; não queiras que o dia amanheça com duas auroras". (*OC*, p. 529)

Observemos estas assertivas de Northrop Frye:

> A conclusão de que uma obra de arte literária contém uma variedade ou uma série de sentidos parece inevitável. [...]

---

11 Sobre essa nos pronunciamos antes, com detença, Cf. LINHARES FILHO, op. cit., nota 4. p. 43

> O princípio do sentido múltiplo, ou "polissemo", como Dante o chama, não é mais uma teoria, ainda menos uma superstição desacreditada, mas um fato estabelecido.[12]
>
> O método irônico de dizer uma coisa e significar outra coisa muito diferente incorporou-se na doutrina de Mallarmé, de evitar a afirmação direta.[13]

Por essas palavras, verificamos que mais um teorista se coloca ao lado de Umberto Eco, Eduardo Portella e outros na defesa da possibilidade de abordagem da obra literária em vários sentidos. Quanto ao caso de Machado de Assis, adotamos aspectos inéditos de leitura, que julgamos serem sugeridos predominantemente pela consciência estética do ficcionista. Quanto ao método irônico de Mallarmé, do qual nos fala Frye, acreditamos que Machado usaria, em muitos passos, procedimentos semelhantes ao do poeta simbolista, ligando o irônico ao símbolo sensual. Este enforma e veladamente valoriza o aspecto humorístico.

No nosso ensaio *A Metáfora do Mar no Dom Casmurro* comentamos as insinuações de Machado de Assis acerca dos seus processos e o desafio ao leitor, examinamos casos de anomalias sugeridas como os de Eugênia e Marcela, analisamos símbolos marítimos, o do dinheiro e o dos calçados na ficção do escritor, e apresentamos várias teorias não extrínsecas, mas estéticas, em que se baseia a nossa análise da latência sensual consciente nas mais importantes produções machadianas e em alguns escritos de Eça de Queirós. Transcrevemos do referido estudo e do ensaio "Linguagem e filosofia de Machado de Assis" alguns trechos pela relevância que possuem para a compreensão das *Memórias Póstumas* e pela ligação íntima com o presente trabalho. Reproduzimos trechos sobre o significado do nome Virgília, sobre o cap. "Genealogia", sobre o Humanitismo e a invenção do emplasto. Os símbolos humorístico-sensuais que neste estudo investigamos são dos mais importantes do livro:

12 FRYE, Northrop. *Anatomia da crítica*, Trad. Péricles Eugênio da Silva Ramos. p. 76

13 Ibidem. p. 66

a solda, a política, a ponta do nariz e o chapéu. Por meio deles confirmamos a subjacência machadiana da maneira como a concebemos, e penetramos mais a essência da problemática estética das *Memórias Póstumas de Brás Cubas* segundo a nossa proposição de leitura.

Procuramos abranger, mediante relações de sentido e de processos, todo esse livro machadiano em sua essência, enfatizando o humorístico e os aspectos simbólicos indicados.

Formulamos o nosso respeito aos analistas e críticos que estudaram o autor antes que sobre ele escrevêssemos, bem como ao decoro, já que o nosso assunto se relaciona com o sensual. Nosso intuito é apenas valorizar esteticamente o escritor.

## 1.2 - TRANSCRIÇÕES DE ESTUDOS ANTERIORES

A narrativa *Memórias Póstumas de Brás Cubas*, de Machado de Assis, acumula, de acordo com os ângulos por que pode ser encarada, uma metáfora e uma metonímia. Embora o narrador-personagem afirme não ser "um autor defunto, mas um defunto autor", (*OC*, p. 511) com isso apenas enfatiza a sua morte espiritual, porque Brás Cubas é em verdade um vivo morto, contando sua história de morte simbólica. As ocorrências do livro são metaforicamente póstumas, porque se prendem a essa morte simbólica de Brás Cubas, à sua morte moral. Quanto à metonímia, a análise do que chamamos latência sensual consciente do autor revela que a Dor humana, motivo da temática do romance, é, por contiguidade ou por força do detalhe artístico, representada por uma dor específica, a do conflito sexual. Sob a aparência de restringir o universo da obra, que deve ser vista em sua globalidade de potencial estético, a descoberta de tal subjacência –, que se encontra num enredo contíguo ou em elementos paralelos a este enredo, estabelecendo-se com este, que tem vigor simbólico, uma interação –, antes amplia pela ambiguidade o valor estético dessa obra.

Assim como Brás Cubas tem, no seu trágico livro, uma "Genealogia"–, conforme o título e o assunto do cap. III das *Memórias Póstumas*, na qual ele seria o rei, de acordo com a etimologia do seu nome ("do grego, Brás ou Blás, derivado de Basílio, real, digno de rei, semelhante a "rei"[14]), porque regeneraria, com a conduta viril, o nome da família de tanoeiros (moralmente "indignos" segundo a latência intencional do contexto), e, apesar do exemplo de "dignidade" que deu, a seu modo, morreu moralmente por causa do conflito –, assim também, metonimicamente, a família humana, isto é, a humanidade, cuja genealogia é a da própria história do mundo, encontra a Dor como resposta da vida. Subjacentemente e mercê da

14 FREITAS, Mário de. *Dicionário de nomes próprios*. p. 19 e 21

metonímia antes explicada, essa Dor em maiúscula representa-se pela dor em minúscula do conflito sensual. [...] [15]

O *Quincas Borba* constitui-se, igualmente, em metonímia, por ser, no enredo subjacente-intencional, o conflito de Rubião idêntico ao de Brás Cubas: assim, aí também o conflito sensual se toma para representar a Dor universal, que é o conjunto de todas as modalidades dos padecimentos do mundo. Pela lei da conservação da massa, de Lavoisier, invocada indiretamente por Quincas Borba com o exemplo das bolhas, para explicar a Rubião o Humanitismo, há uma só substância, e, portanto, uma só Dor. De acordo com a visão de Quincas Borba, Humanitas é "a substância criadora e absoluta", todas as coisas participariam dela, só que a Dor, que está nas coisas, é eliminada pelo raciocínio doentio de Quincas Borba, para ser realçada por Machado de Assis na fala de Brás Cubas. Contra o otimismo de Leibniz, o pessimismo de Schopenhauer.

Sabemos que Rubião e Brás Cubas não seguiram, aquele por não a entender, este por desprezá-la, a filosofia do Humanitismo de Quincas Borba, novo Pangloss pelo otimismo leibniziano e homossexual sugerido, com a sua teoria do benefício, que não era solidariedade humana, nem cristianismo, nem austeridade epicurista, mas uma "indignidade" masoquista disfarçada em conformação com o sofrimento, como suscita Machado com a latência consciente.

Comprovando a prostituição de Quincas Borba, além de suas teorias de aceitação mórbida e passiva da dor, podemos aludir a textos como os dos capítulos "Um salto", "Um encontro" e "O travesseiro", das *Memórias Póstumas*. [...][16]

Num ou noutro desses capítulos, encontram-se expressões ambíguas, a depor, pelo contexto, contra a virilidade do "filósofo" semidemente, como as seguintes: "uma flor"; "com vistoso pajem atrás"; "escarranchando-se diante de mim"; "escrófula da vida"; "com muitos

15 LINHARES FILHO, op. cit., nota 4. p. 31; 33

16 Ibidem. p. 33-34

ademanes de ternura",[17] "Arrastava os andrajos como outrora a púrpura: com certa graça indolente."

A doutrina de Humanitas criou-se para maior realce da mensagem romanesca, maior efeito das ideias negativistas e niilistas do escritor e constitui-se numa objeção ao pensamento de Brás Cubas. Partindo de verificações idênticas, a filosofia de Brás Cubas e a de Quincas Borba diversificam-se uma da outra nas conclusões e aplicações. Sente-se que ambas as doutrinas se baseiam no mesmo raciocínio de imperfeição e impassível massacre, encontrados na Natureza, mas, tratando-se de solucionar o problema, enquanto Brás Cubas se refugia no desdém, o filósofo de Humanitas, garantindo que "retifica o espírito humano", (*OC*, p. 597) chega é a favorecer o vício, insinuar a prostituição e, dizendo que "suprime a dor, assegura a felicidade e enche de imensa glória o nosso país", (ibidem) o que faz é tentar iludir e consolar pela sugestão de aceitação doentia do sofrimento, consoante se deduz do proceder de Quincas Borba, o qual se vislumbra por entre a linguagem de crueza velada de Machado.[18]

Para ensinar a importância da etimologia e/ou da semântica dos nomes próprios, Machado, logo no cap. III-"Genealogia", das *Memórias*, faz com que o pai de Brás Cubas explique falsamente a origem do sobrenome "Cubas", que, aliás, pela fonologia sugestiva de nome chulo, pela propriedade receptiva do objeto, que designa o substantivo comum de que tal sobrenome provém, e pelas relações com elementos do contexto do capítulo, mostra intenção de revelar caricaturescamente a "indignidade" dos membros dessa família.[19]

Curiosa por demais é a forma de que se serve Machado para explicar a escolha do nome Virgília como denominação de um dos personagens principais das *Memórias Póstumas*. Do verso virgiliano – *Arma virumque cano*, escrito "muitas vêzes, ao acaso", por Brás Cubas, chega

---

17 Ibidem. p. 34

18 LINHARES FILHO. Op. cit., nota 3. p. 53

19 LINHARES FILHO. Op. cit., nota 4. p. 37-38

este a grafar acidentalmente a palavra vir e o próprio nome do poeta, "Virgílio". Lê-se nas *Memórias Póstumas*: "Meu pai, um pouco despeitado com aquela indiferença, ergueu-se, veio a mim, lançou os olhos ao papel...

– Virgílio! exclamou. És tu, meu rapaz; a tua noiva chama-se justamente Virgília." (*OC*, p. 160)

A significação etimológica de Virgílio, de origem latina, segundo alguns autores, "é discutida".[20] Mário de Freitas, por exemplo, assim a considera sem indicar o significado do nome. Janete de Andrade registra a significação de "varinha, raminho".[21] Nadia Maggi consigna "Virgilius, verga, vara, vareta".[22] Chegamos a aceitar uma falsa informação de que Virgílio proveria de *vir-vigilis* com síncope, do que resultaria o conceito de homem vigilante numa dedução que hoje vemos fugir a toda lógica das normas etimológicas. Interessante, porém, é que a ideia de homem vigilante, que se modifica na compreensão de mulher vigilante ou vigilância, liga-se à sugestão fonológica e semântica do nome "vigília", diante do designativo da personagem Virgília. Esse entendimento vai ao encontro do significado etimológico de Virgílio como "varinha, verga, vara, vareta". O combate psíquico ou vigília representa-se pela etimologia dos nomes Virgílio, Virgília, pois uma varinha pode ser um instrumento de luta. Pelo contexto simbólico do livro, Virgília quer, realmente, dizer mulher vigilante ou vigilância.

Representa, pois, Virgília uma espécie de *superego*, que não se liga ao inconsciente, como na psicanálise, mas ao consciente. Não é somente mulher, mas está no íntimo de Brás Cubas e simboliza o apego exagerado, inquieto, vigilante, que o solteirão da Gamboa muitas vezes demonstra ter à integridade viril. Atente-se para a ideia de combate psíquico, ainda, expressa nos vocábulos *arma cano*, combate que, no homem da ideia fixa, era uma eterna vigília, pois, em vista do desenlace

20 FREITAS, M. de. p.119

21 ANDRADE, J. de. p. 124

22 MAGGI, N. (1994).

do noivado de Brás Cubas com a futura mulher do Lôbo Neves, diz aquele, referindo-se a ela: "não lhe estava agora preso por nenhum outro vínculo, além de uma fantasia passageira, alguma obediência e muita fatuidade. E isto basta a explicar a vigília". (*OC*, p. 559) Mas graças às relações com Virgília, ou seja, à atividade da consciência em tentar repelir qualquer sentimento que lhe parecesse indigno, é que Brás Cubas às vezes encontra satisfação e tranquilidade, expressas no símbolo de D. Plácida, a alcoviteira, e por isso elogia a outra, assim: "Virgília era o travesseiro do meu espírito, um travesseiro mole, tépido, aromático, enfronhado em cambraia e bruxelas." (*OC*, p. 573) Ou então: "Virgília era o presente; eu queria refugiar-me nele para escapar às opressões do passado".(Ibidem)[23]

As nossas ideias sobre o emplasto não contradizem a opinião de Eugênio Gomes,[24] de que o autor das *Memórias Póstumas*, na concepção do emplasto, ter-se-ia inspirado em Camilo Castelo Branco: essa descoberta não invalida a latência sensual consciente que indicamos em relação àquele invento. Como demonstramos em nosso trabalho "Linguagem e Filosofia de Machado de Assis", Brás Cubas é um homem preocupado, no enredo subjacente, com sua própria virilidade. Ora, insurgindo-se ele contra a conformação físico-moral da Obra Criada ou da Natureza (e nisto como um representante da filosofia negativista, de niilismo absoluto de Machado), no enredo implícito não quer aceitar –, o que denota, pelo absurdo da rejeição, um estado de conflito e insegurança da masculinidade –, que o indivíduo do sexo masculino, pelo menos ele, Brás Cubas, possua partes parassexuais semelhantes às da mulher. Assim, compreende-se por que a afamada ideia fixa do comborço de Lobo Neves, a da invenção do emplasto, era, segundo ele, "a que faz os varões fortes e os doudos". (*OC*, p. 514) A expressão "varões fortes" significa, no enredo explícito, os homens pertinazes ou audaciosos; mas, no implícito, os vigilantemente másculos.

23 LINHARES FILHO. Op. cit., nota 3. p. 49

24 GOMES, Eugênio. *Machado de Assis*. p. 123

Seria o emplasto, como afirma o narrador, um "anti-hipocondríaco, destinado a aliviar a nossa melancólica humanidade". (*OC*, p. 513) Insinuando, no enredo patente, para hipocondria (origem do adjetivo que aparece no texto) o sentido de sofrimento moral ou Dor pela condição humana, no sotoposto utiliza o sentido próprio daquela palavra, isto é, "estado mental caracterizado por depressão e preocupação mórbida com o funcionamento dos órgãos". Lendo-se com um sentido ou com outro a palavra em estima, vemos que existe na concepção do emplasto um deliberado *humour*, um riso trágico por ser anódino para um mal psíquico um medicamento de uso externo desse tipo. Há, talvez, em tudo isso, o propósito de mostrar que inútil é tudo o que se fizer pretendendo corrigir a Natureza. Mas tomemos consciência do efetivo significado do emplasto: "medicamento que amolece com o calor e adere ao corpo; (fig.) remendo, conserto mal feito". A crítica nunca se perguntou onde Brás Cubas colocaria o emplasto, mas bem se vê que o narrador-personagem das *Memórias Póstumas* sugere que o emplasto seria um frustrado remendo anal, com que corrigiria a Natureza... Sabemos que ele, ao cuidar do seu invento, adoece de pneumonia e morre (quer dizer, torna-se um vivo-morto, e anula-se com o alegórico o fantástico):

> Senão quando, estando eu ocupado em preparar e apurar a minha invenção, recebi em cheio um golpe de ar; adoeci logo e não me tratei. Tinha o emplasto no cérebro; trazia comigo a idéia fixa dos doudos e dos fortes. (*OC*, p. 516)

Insinua-se, burlescamente, que tenham sido ventosidades o golpe de ar que fez Brás Cubas adoecer de morte. Acrescenta o narrador-personagem: "[...] e creio haver provado que foi a minha invenção que me matou." (*OC*, p. 116) A afirmação metonímica (invenção em vez de golpe de ar: a causa pelo efeito) da parte patente disfarça a confirmação da subjacente malícia.

Atentemos, ainda, na sugestão do passo em que o narrador-personagem se dirige aos leitores, após supor que Cromwell, "com a mesma mão que trancara o parlamento, teria imposto aos ingleses o emplasto Brás Cubas": "Não se riam dessa vitória comum da farmácia e do puritanismo". (*OC*, p. 515) Suscita-se, latentemente, que o puritanismo não seria em relação à moralização do parlamento, conforme se entende na ótica do enredo manifesto, mas em referência ao próprio sentimento caricato, que tem Brás Cubas, de exagerada preocupação moral com a virilidade: o emplasto, efeito de tal preocupação, beneficiaria os ingleses em nome de um "puritanismo".[25]

25 LINHARES FILHO. Op. cit., nota 4. p. 153 a 155

# 2 - ANÁLISE DE SÍMBOLOS ESSENCIAIS

## 2.1 - A SOLDA E A POLÍTICA

A humorística e frustrada invenção do emplasto assemelha-se, remendo que este seria, à solda da opinião pública (cap. CXIII), talvez mais precária pelo seu objetivo latente que o outro e, por isso mesmo, não menos humorística. Refere-se a solda, no nível patente da narração, à reputação do Lobo Neves como homem que fosse respeitado pela mulher. No entanto, no plano latente, a solda relaciona-se ao bom juízo que o público deva fazer do comportamento moral do Lobo Neves, já que o narrador-personagem sugere possuir essa personagem tendências para o homossexualismo passivo, o que comprovaremos adiante. As ideias sobre a solda da opinião, conquanto se dirijam primordialmente ao caso do Lobo Neves, exprimem a própria concepção de Brás Cubas em face do conflito que neste apontamos e são por ele estendidas a todos os homens.

O respeito humano de Brás Cubas várias vezes se revela. Já nas palavras com que, dirigindo-se ao leitor, abre o seu livro, define "as duas colunas máximas da opinião", os "graves" e os "frívolos", e escreve: "Mas eu ainda espero angariar as simpatias da opinião". (*OC*, p. 511) No cap. CXII – "A opinião", em que opina sobre o Lobo Neves, por três vezes invoca sugestivamente a condescendência da crítica (" perdão", "boa vontade" e "indulgência") para com os julgamentos que formula a respeito do marido de Virgília. No cap. CXIX – "Parênteses", volta Brás Cubas a preocupar-se com a opinião: "Crê em ti; mas nem sempre duvides dos outros". (*OC*, p. 615) A propósito de dúvidas a que tanto se expõe o Lobo Neves, no citado cap. CXII afirma Brás Cubas que "esse dia devia ser o dos lances dúbios" (*OC*, p. 610) e supõe "que uma sombra de dúvida retrospectiva cobrisse a nudez da realidade".(Ibidem) Note-se ainda que no capítulo posterior ao que se intitula "A solda", Brás Cubas se preocupa com a opinião pública em face de suposto escândalo, mas neste adotando uma atitude sexualmente convencional, porque está em diálogo de despedida com Virgília: "Olhe que estão olhando para nós". (*OC*, p. 611) No *Dom Casmurro*, Bentinho, com as viagens para a Europa, depois de separar-se de Capitu, simulava encontrar-se com ela "e enganar a opinião". (*OC*, p. 937)

A última frase do capítulo "A opinião", depois que Brás Cubas sugere a dúvida do julgamento público, nos aspectos patente e latente da narrativa, sobre a reputação do Lobo Neves, é a seguinte: "e estava fechado o livro da vida, sem nenhuma página de sangue". Se o "livro da vida" do Lobo Neves se fecharia sem sangue, enquanto "a opinião se ocupasse um pouco com outras aventuras", (*OC*, p. 610) podia haver um motivo de ação sanguinolenta a evitar-se. Longe estariam Lobo Neves e Brás Cubas de, com os seus temperamentos calmos, chegar às vias de fato pela disputa de Virgília. Diante desse argumento não se explica muito, do ponto de vista do enredo manifesto, a última frase do cap. CXII. A frase tem força de *humour* e de malícia sugestiva. O Lobo Neves precisaria pelo menos da "sombra de dúvida" que lhe soldasse a reputação ou "cobrisse a nudez da realidade" de algum desmando moral dele, eis o que propõe a leitura do latente.

Examinemos os símbolos humorísticos. O livro da vida que se devia fechar sem sangue representa as partes parassexuais do Lobo Neves. Tais partes humanas semelham as curvaturas e a concavidade de um livro aberto, as mesmas que se simbolizam pelo algarismo 3 dos números (13 e 31) assinaladores das datas de nomeação do Lobo Neves para presidente da província. Veja-se que, a respeito da desistência da personagem, quando da primeira nomeação, sob o pretexto de superstição, escreve Brás Cubas uma frase, que pode ser de metonímia sugestiva (a parte parassexual em vez da pessoa), ligada à polissemia do substantivo "fundo" –, "substância" e "buraco fundo"–, esta acepção suscitando a parte parassexual: "o fundo supersticioso existia". (*OC*, p. 592) E escreve ainda: "Mas eu preferia a pura ingenuidade de Dona Plácida, quando confessava não poder ver um sapato voltado para o ar". (Ibidem) Ora, "um sapato voltado para o ar", tendo-se em vista o significado latente de calçados na obra machadiana, equivale à situação daquele 3 do número 13, em que o primeiro algarismo, de aspecto visual fálico, representaria, por uma espécie de metonímia, a figura de Brás Cubas, que, como secretário nomeado, acompanharia a Lobo Neves. É evidente que a posição do secretário na representação dos algarismos do 13 está deslocada, pois deveria colocar-se atrás das curvaturas e da concavidade do 3, número que lembra as "profundas molas da vida" do capítulo CX, frase que aí significa patentemente "impulsos, movimentos", mas sugere a ideia de nádegas. O secretário desprezaria o presidente e talvez se voltasse para o amor de Virgília. Eis as razões latentes e caricatas pelas quais o impressionável Lobo Neves desistiu da presidência, aceitando a nomeação do dia 31 (cap.CX). Veja-se que nesta composição numérica os algarismos se posicionam de modo contrário ao da composição do número 13.

Quando da nomeação do dia 31, o Lobo Neves já não leva Brás Cubas como secretário, levaria outro, que se representasse pelo algarismo 1. Assim, no plano manifesto do romance, se evitaria a censura do público pelo namoro entre Virgília e Brás Cubas, mas subjacentemente se afastaria a censura às supostas relações de sexualidade não convencional entre Lobo Neves e Brás Cubas, este como elemento ativo: outro secretário, distante da intimidade da casa do presidente nomeado, podia suprimir a maledicência, como sugere a narrativa.

Lê-se no cap. CXII:

> Pareceu-me então (e peço perdão à crítica, se êste meu juízo fôr temerário!) pareceu-me que êle tinha mêdo – não mêdo de mim, nem de si, nem do código, nem da consciência; tinha mêdo da opinião. (*OC*, p. 610)

Esse código deve ser entendido latentemente como o das regras morais, que serve mais, no caso, de parâmetro para a opinião que o das leis jurídico-sociais.

Usando Brás Cubas a expressão "livro dos sete selos" (*OC*, p.592) como metáfora referente a uma resposta taxativa de Dona Plácida sobre a superstição do sapato, lembra o livro da vida sem sangue e fechado, embora precariamente, com a solda da opinião. Cabe aqui mostrar a intenção machadiana de latência sensual na outra superstição de Dona Plácida em face do contexto: "apontar uma estrêla com o dedo; aí sabia perfeitamente que era caso de criar uma verruga". (Ibidem) O dedo simbolizaria o falo; a estrela e a verruga, a parte parassexual das pessoas. A leve semelhança visual de tal parte com a estrela e a verruga ajuda-se, pelo aspecto enrugado, com o apelo fonológico do nome que representa o último símbolo (verruga, ruga).

Examinemos trecho do cap. CXIII – "A solda", para constatar como o *humour*, a ironia e a tragicidade se fabricam numa subjacência sensual, a que se chega desvendando o simbólico:

> De um ou de outro modo, é uma boa solda a opinião, e tanto na ordem doméstica, como na política. Alguns metafísicos biliosos têm chegado ao extremo de a darem como simples produto da gente chocha ou medíocre; mas é evidente que, ainda quando um conceito tão extremado não trouxesse em si mesmo a resposta, bastava considerar os efeitos salutares da opinião, para concluir que ela é a obra superfina da flor dos homens, a saber, do maior número. (*OC*, p. 610-611)

A "flor dos homens", pelo contexto, significa latentemente o orifício parassexual que se deve soldar pela opinião. Em Brás Cubas é a "flor da hipocondria" que humoristicamente "recolheu-se ao botão para deixar a outra flor menos amarela, e nada mórbida –, o amor da nomeada, o emplasto Brás Cubas". (*OC*, p. 548) A expressão "o amor da nomeada", referente ao emplasto, liga-se ao respeito pela opinião, portanto à solda. Em Quincas Borba, a "flor dos homens" seria a "Escrófula da vida", (*OC*, p. 573) expressão com que Brás Cubas o designa metafórica e metonimicamente, pois, ao mesmo tempo, com ela sugere tomar, em vez da pessoa, o orifício parassexual, que, pelo uso de sexualidade não convencional, se teria transformado em tumor, e com este compara de modo implícito o "filósofo". A expressão "maior número" no enredo patente faz-se explicação ("a saber") –, com o sentido de "maioria" não de "mais importante número") –, da expressão "flor dos homens". Ora, o leitor inclina-se a pensar que existe uma impropriedade de sentido na parte patente da narrativa aí: a maioria não seria explicação da "flor dos homens" enquanto se entenda esta como a elite, a nata dos homens. Esta é, pelo contrário, o menor número. Esse comportamento de Machado de Assis explorando a ambiguidade do termo maior (traduzindo superioridade qualitativa ou quantitativa?) dá maior consistência ao aspecto paradigmático. Nesta parte, o "maior número" torna-se explicação perfeita da "flor dos homens", porque aquele será o zero, número que simboliza não já os quadris, como o número 3, mas o supracitado orifício. Segundo afirma o autor, "Brás Cubas viajou à roda da vida", enquanto "Xavier de Maistre à roda do quarto". Haveria nessas frases, em face do contexto, sugestão maliciosa, não obstante o desacordo entre a regência verbal delas e a das frases latentes: viajou para a roda da vida; viajou para a roda do quarto (quadril em vez de aposento). Torna-se esta proposição uma como "injúria" gratuita e artística a Xavier de Maistre, pois se deve entender subjacentemente que o viajar para a roda equivale ao deslocamento do espírito, por causa de doentia preocupação, para a roda parassexual. As citações recentes, que trazem a palavra "roda", confirmam que o zero seria o maior número: Brás Cubas, o frustrado imaginador do emplasto, por sua grande e caricata preocupação com a virilidade, preocupar-se-ia com o número que simboliza a circunferência parassexual. Por isso, verificamos que a "flor dos homens" é para ele o maior número. Afinal, para nós, num plano abaixo da infinitude de Deus, o zero, que representa o nada, é tão grande quanto o tudo, é "infinito" como o tudo. Assim, por extensão, o zero, entre os algarismos representantes dos números, é, filosoficamente, maior que os demais.

No capítulo CXXVI – "Desconsolação", em relação à "primeira entrada da febre amarela"[26] que vitimou Nhã-loló, lê-se:

> Quincas Borba, porém, explicou-me que epidemias eram úteis à espécie, embora desastrosas para uma certa porção de indivíduos; fêz-me notar que, por mais horrendo que fosse o espetáculo, havia uma vantagem de muito pêso: a sobrevivência do maior número. (*OC*, p. 619)

Vemos que a expressão "maior número" traz aqui o mesmo sentido latente e humorístico que se emprega no capítulo CXIII. A febre amorosa (amarela por causa da possível cor amarelaça do esperma) teria morto simbolicamente a Eulália. As "epidemias" do desejo amoroso são decerto "úteis à espécie, embora desastrosas para uma certa porção de indivíduos", os de sexualidade não convencional como o próprio Quincas Borba, porque ficariam postergados, enquanto, em princípio, a espécie se multiplicava. A "vantagem de muito pêso" é que, depois da epidemia, havia de restar o zero parassexual, isto é, o "maior número" daqueles de comportamento não convencional no sexo, (não a elite social, a porção que excede os demais pela importância). A expressão "de muito pêso" seria uma alusão latente ao volume dos quadris.

Voltemos ao texto de "A solda". A expressão "obra superfina", em face do contexto risível do cap. CXIII, só pode aumentar a caricatura da concepção da solda no aspecto subjacente, tornando-se altamente irônica a mesma expressão por causa da potencialidade polissêmica de suas palavras: é como se a opinião se compusesse precariamente, com a licença dos leitores, de excremento diarreico, que se colasse à região anal, tapando-a.

A "ordem doméstica" que, anteriormente, no mesmo capítulo, se denomina "instituições domésticas", simboliza a consciência ou a inti-

26 O mesmo sentido subjacente teria essa doença no *Dom Casmurro* (cap. LVI), à qual nos referimos em citado ensaio. Cf. ibidem. p.65

midade das partes parassexuais. A "política" representa o relacionamento sexual, quase sempre não convencional, na obra machadiana, porque a política se dedica ao público, como, numa perspectiva burlesca, a prostituição. Daí se chamar Damião (do latim, o popular, o homem do povo) o fundador da família Cubas, de tanoeiros, da qual comentamos o símbolo, ao reportar-nos ao cap. "Genealogia". Chamava-se também Damião aquela personagem de "O caso da vara", efeminado, sobre quem falamos no livro *A Metáfora do Mar no Dom Casmurro.*[27] A propósito de política, examine-se ainda o conto "Teoria do Medalhão", em que se sugere a atitude asquerosa de um pai tentar seduzir sexualmente o filho (aquele como elemento passivo) e ensinar-lhe a "política" do homossexualismo. Veja-se o estudo desse conto no apêndice a este ensaio.

Tudo indica que o Lobo Neves, pelo próprio símbolo da política em que se integra, pelos símbolos dos capítulos "13", "31", "A opinião", "A solda" e outros, é homossexual passivo ou possui tendências para isso. O sobrenome "Neves", feminino e designativo de um fenômeno suave, bem se ajusta à designação de personagem efeminada conforme o costume machadiano. Também esta passagem é comprometedora: "Virgília comparou a águia e o pavão, e elegeu a águia, deixando o pavão com o seu espanto, o seu despeito, e três ou quatro beijos que lhe dera". (cap. XLIII, p. 179) Embora o substantivo "águia" seja epiceno, apresenta, de qualquer maneira, forma feminina, e é com essa ave que se compara o Neves, enquanto se compara Brás Cubas com o pavão. Cumpre notar ainda que a posição de poder, comando e liderança como a do Lobo Neves é, quase sempre, destinada ironicamente por Machado à galeria das personagens efeminadas.

Que dizer de Brás Cubas? Apesar de eleger-se deputado e de ambicionar o cargo de ministro de Estado, mostra o contexto que não tem atitudes de homossexual passivo. Se bem que a Moral e a Ciência Psicológica mostrem que também é efeminado o homossexual ativo, há um consenso popular que atribui superioridade ao homossexual ativo em

---

27 Ibidem. p. 139 a 141

relação ao passivo, encarando-se o ato daquele até como forma de desfeitear o outro. Esse consenso, aproveitá-lo-iam os desígnios humorísticos e desdenhosos de Machado de Assis para sugerir que uma personagem como Brás Cubas, ciosa de sua virilidade como no-lo mostra o aspecto subjacente da narrativa, possa apresentar tendências ou práticas de homossexualismo ativo.

Vejamos alguns exemplos de sugestões e símbolos disso: o fazer do moleque Prudêncio o "cavalo de todos os dias", o "esconder os chapéus das visitas", o "puxar pelo rabicho das cabeleiras" das visitas, três atos do "menino diabo", que foi Brás Cubas (cap. XI). Ao analisar o capítulo "A ponta do nariz", demonstraremos que o chapéu simboliza partes sexuais passivas, receptoras, com base no raciocínio da hipálage. Esconder chapéus é ato que pode ser entendido como colocar-se alguém por cima dessas partes masculinas ou femininas, o que quase sempre se constitui num gesto próprio do copulador ativo. Observemos outros exemplos. Brás Cubas secretariaria o Lobo Neves; elege-se deputado, mas na câmara escreve que fica "recostado na minha cadeira", o que é uma atitude simbólica de pessoa sexualmente ativa em vista de a cadeira, pela potencialidade polissêmica, representar quadris. Como deputado, defende a diminuição do tamanho da barretina (símbolo de quadris) dos soldados, entre outros motivos porque "abatia a cabeça dos cidadãos", devendo entender-se latentemente que tal cabeça (simbolicamente o falo) não seja, como o é no enredo patente, a dos soldados, mas a dos civis: assim defenderia um sentimento de homossexualismo ativo. O cap. "De como não fui ministro d'Estado" compõe-se inteiramente de reticências, assemelhando-se ao cap. "O velho diálogo de Adão e Eva", que se constrói, quase em sua totalidade, da mesma notação gráfica. Vê-se que causas secretas explicam o malogro político de Brás Cubas, as quais se relacionam com o sexo, como no outro capítulo, em que o narrador-personagem imagina uma relação sexual sob o símbolo metafórico da ocorrência paradisíaca. No cap. "Que explica o anterior", referente ao das reticências, lê-se: "E notem que o Quincas Borba, por induções filosóficas que fêz, achou que a minha ambição não era a paixão verdadeira do poder, mas um capricho, um desejo de folgar". Essa opinião valorizada por originar-se de alguém sugerido como homossexual passivo, portanto de alguém que fala com conhecimento de causa, revela caricaturescamente, mas talvez com certa verdade, a diferença entre as duas causas, a do homossexualismo passivo e a do homossexualismo ativo.

Temos uma confirmação do primeiro caso na fala de José Dias, em diálogo com Bentinho: "se vontade de servir é poder de mandar". (*OC*, p. 865)[28] Ninguém melhor do que o autor da teoria do benefício exerceu esse ditame.

Acrescenta Brás Cubas, interpretando o supracitado juízo de Quincas Borba: "Na opinião dêle, êste sentimento, não sendo mais profundo que o outro, amofina muito mais, porque orça pelo amor que as mulheres têm às rendas e toucados". (*OC*, p. 625) Amofina muito mais em face das perdas orgânicas do copulador ativo: o estado do amofinado compara-se à fraqueza das mulheres; os quadris do homossexual passivo são, como todo "chapéu" para a cabeça do falo, comparáveis a rendas e toucados , eis a explicação desse último passo, pois, assim como rendas, toucados e qualquer chapéu são complementos da pessoa, tais quadris o são, embora numa sexualidade não convencional, do falo.

A confirmação da opinião de Quincas Borba encontra-se em linhas adiante, no mesmo capítulo, quando Brás Cubas descreve o conforto de sua chácara, que seria a "folga" oposta ao "poder" segundo o "filósofo" e, não obstante, ambiciona a folga maior "daquela outra cadeira" (que simbolizaria as nádegas de outrem), folga de que Brás Cubas desfrutaria, se chegasse à conquista política de ministro de Estado:

> Tudo tinha a aparência de uma conspiração das cousas contra o homem: e, conquanto eu estivesse na *minha* sala, olhando para a *minha* chácara, sentado na *minha* cadeira, ouvindo os *meus* pássaros, ao pé dos *meus* livros, alumiado pelo *meu* sol, não chegava a curar-me das saudades daquela outra cadeira, que não era *minha*. (*OC*, p. 626)

---

28 Acerca do caráter de José Dias, sugerido como efeminado, falamos no trabalho que vimos citando. Cf. ibidem. p. 67-68 e 134 a 137

O cap. CLVII – "Fase brilhante" conta a entrada de Brás Cubas para uma Ordem Terceira, no tempo em que se reconcilia com o Cotrim e a solidão lhe pesava. Essa Ordem constitui-se, a nosso ver, num símbolo burlesco de prática sexual de que Brás Cubas participaria como homossexual ativo. Não se trataria de tribadismo. Muito menos, diante do propósito humorístico do livro, se trataria de uma sociedade filantrópica séria. O plano latente da narrativa envolveria essa Ordem Terceira numa ironia. Esta se intensifica com a declaração de Brás Cubas de que aquela fase em que pertenceu à referida instituição "foi a fase mais brilhante" de sua vida. Veja-se a perspectiva trágica: a infância liberal ou libertina, as decepções amorosas com Eugênia, Marcela e Nhã-loló bem como o agravamento da solidão formam um conjunto de circunstâncias adversas que levaram Brás Cubas ao extremo dessa Ordem, que simbolizaria uma terceira opção, sendo a primeira a relação sexual convencional e a segunda, o onanismo.

Lê-se:

> [...] calo-me, não digo nada, não conto os meus serviços, o que fiz aos pobres e aos enfermos, nem as recompensas que recebi, nada, não digo absolutamente nada.
>
> Talvez a economia social pudesse ganhar alguma cousa se eu mostrasse como todo e qualquer prêmio estranho vale pouco ao lado do prêmio subjetivo e imediato; mas seria romper o silêncio que jurei guardar neste ponto. (*OC*, p. 635)

Vejam-se as explicações sobre o símbolo da economia e o da doação do dinheiro no nosso trabalho *A Metáfora do Mar no Dom Casmurro*. Os pobres e enfermos seriam homossexuais passivos (também mulheres?) que receberiam o "benefício" e a "cura" do sêmen do irmão terceiro Brás Cubas. As "recompensas" deste não eram "prêmio estranho", mas "subjetivo e imediato": eis, por meio de dados semânticos, a sugestão de que o prazer sexual de Brás Cubas era próprio de partícipe ativo, portanto proveniente do sujeito ("subjetivo") e não de fonte estranha. O modo da recepção da recompensa do narrador-personagem é "reflexo" como ele mesmo afirma e, de acordo com os seus padrões morais, não o rebaixava:

> [...] é recompensa de algum valor; e não me digam que é negativa, por só recebê-la o obsequiado. Não; eu recebia-a de um modo reflexo, e ainda assim grande, tão grande, que me dava excelente idéia de mim mesmo. (*OC*,p. 636)

Esses constituem alguns exemplos reveladores do significado das atitudes política e filantrópica de Brás Cubas segundo a compreensão de *humour* e latência sensual consciente de Machado.

Voltemos de novo ao texto transcrito do cap. "A solda". Os "metafísicos biliosos" a que se refere o narrador-personagem representariam os pederastas que assumem a sua sexualidade não convencional. O autor recorreria à sugestão fônica da desmontagem da palavra (meta-físicos) como ocorre latentemente em sua obra, com outros nomes como Botafogo (desmontado em bota-fogo): seriam aqueles que, numa espécie de metonímia, se conheceriam por seu convite (meta o físico ou bota fogo). O adjetivo "biliosos" com o significado de irascíveis, coléricos traz um apelo adequado por ligar-se à digestão dos alimentos que passam pelo lugar que não desejam soldar com a opinião pública. Observemos a propriedade subjacente e o valor humorístico da expressão "gente chôcha e medíocre". Os pederastas considerariam a solda "como simples produto" dessa gente, isto é, daqueles que teriam quadris chochos e/ou deveriam respeito à opinião, exercendo, assim, mediocremente, a pederastia.

Lê-se: "mas é evidente que, ainda quando um conceito tão extremado não trouxesse em si mesmo a resposta" etc. A resposta seria a revelação da baixeza moral de tais metafísicos. Apontar-se-iam como "salutares" os "efeitos da opinião", porque favoreceriam os pederastas mascarados e, quanto aos indivíduos preocupados com a sua própria virilidade como Brás Cubas, aqueles efeitos constituiriam para estes indivíduos maior tranquilidade psicológica. O texto traz em ambos os casos um desenvolvimento tragicômico. E potencializa a ironia, enquanto pode sugerir que a opinião favorável ao político é, contrariamente, aquela que o tem por "depravado moral", ou melhor, homossexual passivo.

Com o fito de preservar a boa fama do filho é que parece haver o pai de Brás Cubas afirmado para este: "– Todo o homem público deve ser casado". (cap. XXVIII) E verifiquemos que no mesmo capítulo já o pai de Brás Cubas expende um conceito sobre a opinião, conceito que se assemelha a crenças expostas pelo filho nos capítulos "A opinião" e "A solda", e que confirma a ideia fixa da invenção do emplasto. Aliás, no período seguinte ao daquele em que se transmite o conceito do pai de Brás Cubas, este fala do recolhimento da "flor da hipocondria" em favor da "flor [...] da nomeada", o emplasto. O pai adverte o filho com estas palavras que lembram a "Teoria do Medalhão" e que, integrando-se no contexto, se tornam ambíguas, cheias de latência:

> Teme a obscuridade, Brás; foge do que é ínfimo. Olha que os homens valem por diferentes modos, e que o mais seguro de todos é valer pela opinião dos outros homens. Não estragues as vantagens da tua posição, os teus meios... (*OC*, p. 548)

A conclusão é que no plano paradigmático, isto é, subjacente, a solda da opinião, com a sua precariedade e o seu humorismo trágico, assemelha-se ao emplasto.[29]

---

29 Outros pronunciamentos a respeito do símbolo da política na obra de Machado de Assis faremos em outra oportunidade, notadamente quando estudarmos, especificamente, o romance *Esaú e Jacó*, com o republicano Paulo e o monarquista Pedro.

## 2.2. - A PONTA DO NARIZ E O CHAPÉU

O capítulo "A ponta do nariz" nas *Memórias Póstumas* oferece muitos símbolos curiosos, de um refinado *humour*, e traz certo ilogismo funcional no plano do enredo manifesto, o que dá mais consistência ao enredo subjacente. Pensamos até que capítulos como esse e "Uma reflexão imoral" dificilmente poderão ser interpretados fora da compreensão da latência sensual consciente do autor.

Nos dois capítulos imediatamente anteriores ao cap. XLIX, já se encontram referências à ponta do nariz. O sintagma composto das três últimas palavras da oração anterior vai ligar-se a pontos essenciais do romance: a política e a opinião.

No cap. XLVII – "O recluso", Brás Cubas convida a sua "Pena de maus costumes" a entrar em sua casa, estirar-se na rede, e escreve: "Vem; se te cheirar a algum aroma de toucador, não cuides que o mandei derramar para meu regalo; é um vestígio da N. ou da Z. ou da U". (*OC*, p. 562) Como veremos melhor, o narrador-personagem faz equivaler a pena política e literária ("Escrevia política e fazia literatura") ao nariz, e apresenta ambos como símbolos do falo. Por meio de metonímia com sabor de prosopopeia, Brás Cubas faz aquele convite de intimidade à pena, pede-lhe que ate "uma gravata ao estilo", vista neste um "colete menos sórdido", e atribui à mesma pena o sentido olfativo do nariz:

> Mas, se além do aroma, quiseres outra cousa, fica-te com o desejo, porque eu não guardei retratos, nem cartas, nem memórias; a mesma comoção esvaiu-se, e só me ficaram as letras iniciais. (Ibidem)

Observemos que Brás Cubas, avaliando-se como político no cap. XLVII e como literato no cap. XLVIII, o faz "a olhar para a ponta do nariz".

O contexto do cap. XLVII sugere a figura do recluso como a de um onanista. A solidão, o repouso na rede e com o aroma deixado pelas "letras maiúsculas", a avaliação da ponta do nariz, tudo isso se relaciona com declarações como "a mor parte do tempo passei-a comigo mesmo. Vivia; deixava-me ir ao curso e recurso dos sucessos e dos dias, ora buliçoso, ora apático, entre a ambição e o desânimo". Os dois últimos adjetivos e os dois últimos substantivos bem configuram os dois momentos do masturbador, cuja prática possui no romance outros símbolos como o trapézio (cap. XVII) e o movimento de rotação (cap. CL).

Uma reflexão do recluso assemelha-se à do chapeleiro do cap. XLIX e refere-se à superioridade política de Brás Cubas em relação ao Lobo Neves:

> Quando me lembrava do Lôbo Neves, que era já deputado, e de Virgília, futura marquesa, perguntava a mim mesmo por que não seria melhor deputado e melhor marquês do que o Lôbo Neves –, eu, que valia mais, muito mais do que êle –, e dizia isto a olhar para a ponta do nariz...(Ibidem)

O capítulo XLVIII – "Um primo de Virgília" refere-se à emulação literária entre Brás Cubas e Luís Dutra, a qual não deixa de ser política como a do capítulo anterior. O simbolismo caricaturesco das palavras e dos gestos sugere que o primo de Virgília pretende, como elemento passivo, seduzir sexualmente a Brás Cubas: "Apenas publicava alguma cousa, corria à minha casa, e entrava a girar em volta de mim, à espreita de um juízo, de uma palavra, de um gesto, que lhe aprovasse a recente produção". (Ibidem) Brás Cubas, como confessa, achava os versos de Luís Dutra superiores aos seus, no entanto não os elogiava e mudava de assunto, enquanto o outro lhe respondia "a princípio com animação, depois mais frouxo, torcia a rédea da conversa para o seu assunto dêle, abria um livro", etc. Os símbolos dessa derradeira passagem confirmam o nosso juízo sobre Luís Dutra, sobretudo a frouxidão deste e a abertura do livro. Por fim confessa Brás Cubas: "Minha intenção era fazê-lo duvidar de si mesmo, desanimá-lo, eliminá-lo. E tudo isto a olhar para a ponta do nariz..." (Ibidem)

Entenda-se que os versos de Brás Cubas significam manifestações sexuais ativas; os de Luís Dutra, habilidades sexuais passivas como os atos políticos do Lôbo Neves. E embora achando elogiáveis as produções do Dutra em seu gênero, Brás Cubas preferia entregar-se, como se insinua, à autoavaliação, ao onanismo imaginativo, desprezando o outro, negando-lhe uma opinião favorável.

A expressão "olhar para a ponta do nariz" não está nos dicionários, não pertence ao padrão da língua nem com o significado manifesto que o autor lhe atribui, que é fazer alguém alto juízo de si mesmo. E Brás Cubas tem certeza de que se trata de uma expressão estranha: "Ouço daqui uma objeção do leitor: – Como pode ser assim, diz êle, se nunca jamais ninguém não viu estarem os homens a contemplar o seu próprio nariz?" (*OC*, p. 563) Essa objeção confirma que a referida expressão representa o onanismo, pois que este, além de ser um ato não convencional de sexo, ocorre fora da visão dos outros, é secreto, um vício solitário.

A primeira frase do cap. XLIX tem este insólito e humorístico teor: "Nariz, consciência sem remorsos, tu me valeste muito na vida..." Nessa metáfora está o intuito do autor aproximar o símbolo do nariz ao da cabeça, ambos significando o falo. Este, por uma catacrese, possui cabeça, e a consciência atua no cérebro, que também se chama cabeça, palavra homônima da outra. Com a primeira frase do capítulo, o autor já prepara o leitor para a latência sensual da hipálage subentendida e relativa a chapeleiros e chapéu (palavras simbólicas essas cognatas que surgirão em linhas adiante), pois, dizendo as pessoas que se metem os chapéus nas cabeças, na verdade são as cabeças que penetram nos chapéus.

O ponto que constitui o núcleo do ***humour*** do cap. XLIX é a meditação do destino do nariz. Substitui o narrador-personagem a explicação de Pangloss, de que "o nariz foi criado para uso dos óculos" pela "única, verdadeira e definitiva explicação" que saberemos. Entendemos que a explicação do leibniziano Pangloss que, segundo Quincas Borba, "não era tão tolo como o supôs Voltaire", (cap. CXVII e CLIX) afina-se, pelos seus símbolos, com os sentimentos do filósofo semidemente, porque olhos e, consequentemente, óculos, representam partes sexuais ou parassexuais passivas na obra machadiana por causa da leve semelhança do olho com essas partes.

Vamos à explicação de Brás Cubas. Argumenta ele com o comportamento do faquir. Toma este como símbolo do masturbador. O faquir é o que se abstém de satisfazer a fome, portanto compara-se ao que não copula. Nele se projeta a imagem do recluso de dois capítulos atrás. Ambos olham para a ponta do nariz.

Examinemos o texto:

> Sabe o leitor que o faquir gasta longas horas a olhar para a ponta do nariz, com o fim único de ver a luz celeste. Quando êle finca os olhos na ponta do nariz, perde o sentimento das cousas externas, embeleza-se no invisível, apreende o impalpável, desvincula-se da terra, dissolve-se; eteriza-se. Essa sublimação do ser pela ponta do nariz é o fenômeno mais excelso do espírito, e a faculdade de a obter não pertence ao faquir somente: é universal. (Ibidem)

Sob o pretexto de atribuir ao faquir um sentimento místico, o narrador-personagem ironicamente simboliza, com os gestos do mesmo faquir e com o embevecimento deste, a prática do onanismo, culminado pelo supremo prazer. Note-se que é estranha, dentro da compreensão do enredo manifesto, a declaração de que a faculdade de obter-se a sublimação descrita "não pertence ao faquir somente: é universal". Ademais, o entendimento de que o "olhar para a ponta do nariz" era, figurada, mas patentemente, fazer alguém alto juízo de si mesmo nos dois capítulos anteriores muda no cap. XLIX para uma compreensão de misticismo. Esses argumentos fortalecem o aspecto latente da narrativa. Enquanto varia o entendimento da expressão no plano evidente, no subjacente permanece o mesmo que indicamos para este plano. O desvio que o texto faz do objetivo fisiológico do nariz indicia logo que este se toma como símbolo importante, ligado aos desígnios humorísticos de sensualidade. Encontra-se no seguinte trecho a explicação, defendida patente e latentemente por Brás Cubas, sobre a finalidade do nariz:

> Cada homem tem necessidade e poder de contemplar o seu próprio nariz, para o fim de ver a luz celeste, e tal contemplação, cujo efeito é a subordinação do universo a um nariz sòmente, constitui o equilíbrio das sociedades. Se os narizes se contemplassem exclusivamente uns aos outros, o gênero humano não chegaria a durar dois séculos: extinguia-se com as primeiras tribos. (Ibidem)

"Ver a luz celeste" representaria o êxtase sexual, o orgasmo. A "subordinação do universo a um nariz sòmente" retrata bem o egocentrismo, o narcisismo individualista do onanismo. Contemplar cada homem o seu próprio nariz "constitui o equilíbrio das sociedades" em vista da compreensão imoral, sugerida de modo humorístico, de que, com a compensação do onanismo, se evitam a violência sexual e a invasão da propriedade sexual dos cidadãos. O último período do trecho citado refere-se ao homossexualismo: sem a conjunção carnal convencional, o gênero humano extinguir-se-ia. A sinédoque com sabor de prosopopeia na ideia dos narizes se contemplarem uns aos outros não teria, a nosso ver, outra explicação, constituindo, assim, o trecho em análise uma das mais admiráveis e humorísticas construções da latência sensual consciente de Machado de Assis.

O cálculo do tempo para a extinção do gênero humano é coerente: este "não chegaria a durar dois séculos. Essa estimativa um tanto indefinida pressupõe que até pouco mais de um século alguns homens têm vivido, espaço de tempo esse suficiente para que o gênero humano se extinguisse, se os homens primitivos começassem a só contemplar os narizes uns dos outros, isto é, evitassem a procriação.

Esboça-se, com a objeção do leitor, a qual já citamos, uma prolepse, que se desenvolve com argumentos ligados a chapeleiros e chapéus. Lê-se: "Leitor obtuso, isso prova que nunca entraste no cérebro de um chapeleiro". (Ibidem) Num texto em que se fala da ponta do nariz e em que os homens são representados por seus narizes, simbolizadores dos falos, chamar o leitor de obtuso é conceber, latente e humoristicamente, que ele possua um falo rombo, ao lado de conceber o leitor, patentemente, como estúpido.

Sendo o chapéu, em geral, na obra machadiana da segunda fase, apresentado como símbolo das partes genitais femininas e parassexuais de homens e mulheres, por ser o chapéu penetrado pela cabeça, que simboliza a glande, os chapeleiros representam elementos sexuais ativos por se entender que os chapeleiros fornecem chapéus às pessoas, fazem com que estas possuam chapéu, tornando funcionais, pela relação sexual ou parassexual, as partes receptoras sexuais ou parassexuais das pessoas. Assim, a sugestão grosseira, caricaturesca do narrador-personagem é que o leitor nunca atingiu o cérebro (a glande) de um chapeleiro, penetrando tal cérebro pelas partes parassexuais do chapeleiro. Seria mais coerente a interpretação do passo referente ao leitor "nunca entraste no cérebro de um chapeleiro" do modo como acabamos de fazê-la do que considerando hipálage tal frase, porque, neste caso, se rebaixariam à condição de possíveis homossexuais passivos o leitor e o próprio Brás Cubas, que sugere haver ele próprio entrado no cérebro de algum chapeleiro: com a hipálage se anularia a posição de superioridade de Brás Cubas na qualidade de humorista e homossexual ativo.

Conta-se o exemplo de um chapeleiro que compara a loja do rival com a sua e constata o progresso do outro em relação ao seu, pois verifica aquele que os chapéus que vende são "menos buscados, ainda que de igual preço". As vidraças que abrigam os chapéus, que se ostentam pendurados, às quais se refere Brás Cubas no capítulo XLIX, revelam em sua transparência a imaginação caricaturesca do narrador-personagem. O fato de os chapéus se ostentarem é concebido pela imaginação de Brás Cubas sem rigorosa coerência com a realidade palpável, como acontece com o enredo latente de quase toda a obra machadiana a partir de 1881. Simbolizando os chapéus as partes parassexuais, são "vendidos" aos próprios donos dessas partes na ocasião em que tais partes parassexuais funcionam como chapéus da cabeça (simbolicamente a glande) do chapeleiro. A incoerência caricatural é acionada a partir da incoerência linguística da hipálage: "Meter o chapéu na cabeça". Assim, o vendedor chapeleiro é, rigorosamente, comprador através do sêmen, simbolizado pelo dinheiro. Com efeito a moeda, o dinheiro ou congêneres semânticos como o preço, conforme demonstramos à larga no trabalho *A Metáfora do Mar no Dom Casmurro*, representam o sêmen na obra de Machado. Por isso, a referência a preço deve ser entendida aí como símbolo do que indicamos, e a palavra "loja" como a potencialidade genital masculina e/ou a capacidade de sedução masculina.

As várias portas da loja que se abrem segundo o texto são concebidas caricaturescamente pela imaginação de Brás Cubas como índices do progresso do chapeleiro rival, ou seja, da capacidade deste seduzir homossexualmente os fregueses, homossexuais passivos. Buscar chapéus e, simbolicamente, sentir a funcionalidade homossexual das partes parassexuais junto à loja de um chapeleiro, eis o que o texto sugere.

Prossegue o texto narrando a contrariedade do chapeleiro, respondendo em definitivo a objeção do leitor e posteriormente concluindo as reflexões do capítulo:

> Mortifica-se naturalmente; mas vai andando, concentrado, com os olhos para baixo ou para a frente, a indagar as causas da prosperidade do outro e do seu próprio atraso, quando êle chapeleiro é muito melhor chapeleiro do que o outro chapeleiro... Nesse instante é que os olhos se fixam na ponta do nariz.
> A conclusão, portanto, é que há duas fôrças capitais: o amor, que multiplica a espécie, e o nariz, que a subordina ao indivíduo. Procriação; equilíbrio. (Ibidem)

Já aludimos à semelhança entre a reflexão de Brás Cubas no cap. XLVII, quando o narrador-personagem se refere ao Lobo Neves, e a comparação do chapeleiro. Lá, Brás Cubas reflete, fixando os olhos na ponta do nariz, como acontece aqui, com o chapeleiro. Ambos se autocontemplam. Como se sugere, esse ato confunde-se com a masturbação, um ato compensatório diante de situações frustrantes. Veja-se a conclusão, que repete ideias do meio do capítulo. As duas forças capitais (e o adjetivo está preciso por seu valor etimológico (*caput, itis*) ligar-se ao sentido latente) são o amor de sexualidade convencional de que provém a procriação, e o recurso onanista, individualista ao "nariz", que ironicamente traria o equilíbrio social.

## 2.2.1 - CONFIRMAÇÕES DO SÍMBOLO DO NARIZ

Um ligeiro levantamento do aparecimento da palavra nariz em sete capítulos das *Memórias Póstumas*, fora os três aqui explorados, e no conto "O Segrêdo do Bonzo", de *Papéis Avulsos* (1882) ratifica a representação que indicamos para aquele órgão. Apontemos os capítulos: IV, XVIII, XXVI, XXIX, XCVII, CXV, CXVII. Nas passagens "e não esteja daí a torcer-me o nariz" (*OC*, p. 514) dirigida ao leitor e "Meu pai torceu o nariz", (*OC*, p. 548) o narrador-personagem sugere, pelo contexto narrativo irônico, caricato, sensual, que o nariz seja o falo dele próprio, Brás Cubas, que pudesse receber do pensamento do leitor e do pai, respectivamente, o reproche, a contorção, e não o nariz do leitor e o do pai que se torcessem a Brás Cubas, mudando-se a perspectiva da expressão "torcer o nariz a", que, no entanto, permaneceria com o sentido acumulado de "mostrar-se desagradado com", da língua padrão e do aspecto manifesto do texto. Nos demais casos dos capítulos referidos, o símbolo fálico do nariz aparece com nitidez ora maior, ora menor.

Na "Visão do corredor", lê-se:

> – Um anjo! murmurei olhando para o tecto do corredor. E aí, como um escárnio, vi o olhar de Marcela, aquêle olhar que pouco antes me dera uma sombra de desconfiança, o qual chispava de cima de um nariz, que era ao mesmo tempo o nariz de Bakbarah e o meu. (*OC*, p. 536)

A situação da passagem suscita-nos que Brás Cubas se entregue aí ao onanismo.

O pensamento de Quincas Borba de que "descender do peito ou dos rins de Humanitas, isto é, ser *um forte*, não era o mesmo que descender dos cabelos ou da ponta do nariz", (*OC*, p. 613) pelo próprio uso desta última expressão em face do que sobre ela já comentamos, vemos que se impregna de malícia. Quando o narrador-personagem se refere ao "nariz pálido e sonolento da sociedade..." (*OC*, p. 601) depois de insinuantemente achar que certa palavra "sugeriu-lhe [ao leitor] três ou quatro reflexões", e quando escreve que no almoço do cap. CXV, com "requinte de temperos", "ternura de carnes", "rebuscado de formas", "Comia-se com a bôca, com os olhos, com o nariz", (*OC*, p. 611), esta palavra se empregaria com dualidade de sentido num dos quais estaria deliberadamente a malícia.

No capítulo intitulado "O autor hesita", no qual Brás Cubas sugere o valor latente do nome Virgília como vigilância conforme ficou explicado, declara que "traçava uma palavra, uma frase, um verso, um nariz, um triângulo". Constata-se que o nariz e o triângulo junto às palavras *Arma virumque cano*, *vir* e "Virgília" têm um importante e curioso significado. Confirma-se que o nariz é o símbolo do falo; e o triângulo, da parte externa dos órgãos genitais femininos. Esboça-se ali, naqueles rabiscos de Brás Cubas, toda a problemática da sexualidade humana com as duas peças principais representadas pelos dois sexos e os tormentos da batalha psíquica, que tal sexualidade pode acarretar. Para Brás Cubas, a batalha, pela própria necessidade de travá-la, necessidade que ele se teria imposto, e por muitas decepções, em vez de se tornar uma epopeia virgiliana, tornou-se uma tragédia. Mas atentemos bem na curiosidade das representações: acumula-se no triângulo feminino o "V" de *vir*, de Virgília, de vigilância. Posto ao contrário, lembra o "A" de arma e o esfíngico da pirâmide. Ao falar sobre a conflitante ideia fixa do emplasto, Brás Cubas compara em dúvida a fixidez dessa ideia, entre outras coisas, à das pirâmides do Egito. E esfíngicas são as próprias *Memórias Póstumas*.

Reparemos, ainda, no símbolo do nariz empregado em "O Segredo do Bonzo", conto que traz o subtítulo: "Capítulo Inédito de Fernão Mendes Pinto". Isso justifica o tom inverossímil da narrativa, que se valoriza com o *humour* e o simbólico. Na "doença que consistia em fazer inchar os narizes" vemos a representação caricata da ereção.[30] Diogo Meireles propôs-se substituí-los por narizes metafísicos. Já conhecemos a funcionalidade de latência sensual da desmontagem da palavra "metafísicos" sob o apelo fonológico e não etimológico. Isso e a maneira de Diogo Meireles (Demônio de Meio Reles?)[31] agir com outras personagens do conto são elementos que o sugerem como pessoa de comportamento não convencional a eliminar a inchação dos falos, masturbando-os. A substituição seria imaginária, metafísica (reassumindo esta palavra o seu sentido próprio dentro da nova perspectiva). A substituição se daria por se trocar enganadora e risivelmente o estado do falo ereto pelo da satisfação repousante. Vamos ao texto e observemos a palavra cópia (abundância) com o sentido de reprodução, retrato, imitação (do órgão sexual feminino) num recurso do autor à potencialidade polissêmica, confirmando-se o intuito subjacente de Machado no conto em análise:

> A assembléia aclamou a Diogo Meireles; e os doentes começaram de buscá-lo, em tanta cópia, que êle não tinha mãos a medir. Diogo Meireles desnarigava-os com muitíssima arte; depois estendia delicadamente os dedos a uma caixa, onde fingia ter os narizes substitutos, colhia um e aplicava-o ao lugar vazio. (*OC*, V.2, p. 328)

Verifiquemos ainda a ambiguidade da palavra "atrás" em dois passos do conto, querendo-se designar com um dos sentidos o lugar

30 A propósito desse símbolo, veja-se o da anasarca do Torres Nogueira, personagem do conto "José Matias", de Eça de Queirós, conto por nós analisado. Cf. LINHARES FILHO, op. cit., nota 4, p. 162-163

31 Tanto a designação popular do Diabo como a etimologia de Diogo ("do latim, o que suplanta, o que vence") ajusta-se à latência sensual das atitudes do efeminado satânica e humoristicamente triunfador, que é Diogo Meireles.

(permita-nos dizê-lo o leitor) do traseiro da personagem,[32] que o teria usado antes em ato sexual não convencional:

> Diogo Meireles, que desde algum tempo praticava a medicina, segundo ficou dito atrás, estudou a moléstia e reconheceu que não havia perigo em desnarigar os doentes [...]. (*OC*, v.2, p. 327)
> Foi então que alguns filósofos, ali presentes, um tanto envergonhados do saber de Diogo Meireles, não quiseram ficar-lhe atrás e declararam que havia bons fundamentos para uma tal invenção [...]. (*OC*, v.2, p. 328)

## 2.2.2 - CONFIRMAÇÕES DO SÍMBOLO DO CHAPÉU

Com maior ou menor vigor, conforme a relação com o contexto, encontramo-lo, em ligeiro levantamento, presente a nove capítulos das *Memórias Póstumas*, tirante o cap. "A ponta do nariz", a saber: XI, LIX, LXXVII, LXXXVIII, CIV, CXVI, CXXVII, CXXXVII, CXLII. Além disso, achar-se-ia a palavra "chapéu" com a insinuação indicada, entre outros textos, na crônica de 4 de julho de 1883, publicada em *Balas de Estalo* e no conto "Capítulo dos Chapéus", das *Histórias sem Data*.

Destaquemos algumas passagens. Falando sobre o traje desprezível de Quincas Borba, escreve Brás Cubas: "As roupas, salvo o feitio, pareciam ter escapado ao cativeiro de Babilônia; o chapéu era contemporâneo do de Gessler". (*OC*, p. 571) As roupas suscitam a servidão desordeira, anárquica do autor da caricata teoria do benefício, de quem tinha o "orgulho da servilidade". E havendo Gessler obrigado os suíços a saudar o chapéu ducal arvorado por uma vara na praça pública,[33] existiria naquela alusão ao bailio do imperador germânico Alberto I, em face

32 Veja-se caso semelhante, por nós explorado, em relação à palavra "trás", pronunciada pelo Vilaça no cap. XII -"Um episódio de 1814". Cf. LINHARES FILHO, op. cit., nota 4, p. 55

33 PETIT LAROUSSE. Paris, Libraire Larousse, 1962. p. 1729

do contexto, uma sugestão de que as partes parassexuais do Quincas Borba fossem cortejadas por muitos. Quando Quincas Borba, tirando um livro de Pascal da estante, fala com Brás Cubas, deve entender-se que o "chapéu", a que se refere o narrador-personagem, representa as partes parassexuais da primeira personagem, ligadas ao falo da outra ao menos na imaginação de uma das duas ou de ambas nesta frase: "E, chapéu na cabeça, bengala sobraçada, apontava o lugar com o dedo". (*OC*, p. 628)

Sobre a formalidade, a propósito do enterro de Nhã-loló, afirma o narrador-personagem: "A estima que passa de chapéu na cabeça não diz nada à alma; mas a indiferença que corteja deixa-lhe uma deleitosa impressão". (*OC*. p. 620) Explica-se latentemente esse pensamento metonímico pelo fato de a estima passar comprometida com a glande de alguém, e a indiferença encontrar-se em disponibilidade sedutora.

Acerca das barretinas (espécies de chapéus militares) já falamos. Adicionemos algo ao já comentado. À semelhança do que ocorre no cap. "A ponta do nariz", no qual o uso não-convencional do que se representa por esse órgão poderia extinguir o gênero humano, no cap. CXXXVI se teme que o tamanho das barretinas venha "a arriscar a saúde e a vida, e consequentemente o futuro da família". (*OC*, p. 624) Esse exagero é caricato e insinuante de malícia. A exploração do sensual pela motivação fonológica está em achar Brás Cubas que o "cidadão [...] tinha direito a que se lhe diminuísse o ônus". Atente-se ainda para o sentido de ação sexual grosseira ligada à palavra "corte" na leitura subjacente do seguinte trecho: "O tamanho das nossas barretinas estava pedindo um corte profundo, não só por serem deselegantes, mas também por serem anti-higiênicas." (Ibidem)

Tratando-se de um texto pleno de *humour*, o da referida crônica de *Balas de Estalo*, na qual Machado de Assis apresenta um diálogo para uso dos que frequentam *bonds*", em vista da data da crônica, contemporânea da chamada segunda fase ficcional do escritor e devido ainda ao relacionamento de certas palavras, embora mais raras, de possíveis sugestões sensuais, achamos que nesta passagem a palavra "chapéus" representa o que, em outros textos, com ela temos mostrado, mais que aqui, como no cap. "A ponta do nariz", os chapéus se encontram ligados a esse órgão, aqui referenciado sob a palavra "ventas":

> Art. III – Da leitura dos jornais
>
> Cada vez que um passageiro abrir a fôlha que estiver lendo, terá o cuidado de não roçar as ventas dos vizinhos, nem levar-lhes os chapéus. Também não é bonito encostá-los no passageiro da frente. (*OC*, v.3, p. 415)

O conto "Capítulo dos chapéus" traz no enredo patente um realismo derivado da observação de desavença conjugal na sociedade pequeno-burguesa. Conta-se uma desarmonia por causa do chapéu do advogado Conrado Seabra, entendendo a mulher Mariana e o pai desta que um homem da posição social do marido e genro respectivamente devia usar um chapéu alto, mais elegante. São decerto ridículos a implicância da mulher pelo motivo banal da formalidade e o filosofar de Seabra sobre o uso do chapéu, um objeto que passa a comandar indiretamente as pessoas. Depois de Mariana angustiar-se muito e ter ido contar à amiga Sofia a desavença, e depois de apaziguar-se com a situação e com a rotina de sua casa, voltando do ruge-ruge da rua com o qual não se compatibilizava o seu espírito, surge a surpresa: o marido, submisso, troca de chapéu, chega a casa com outro, e Mariana já prefere o antigo...

Analisemos em resumo o aspecto subjacente, que intensifica o risível do conto. O sobrenome Seabra, desmontado em "se abra" indicia o advogado Conrado (etimologia: do germânico, conselheiro prudente) como pessoa que defendesse, protegesse (porque advogado) em seu chapéu baixo (isto é, partes parassexuais que ficassem por baixo em ato sexual não convencional) alguém. Pelo contexto do conto e da obra machadiana, o chapéu como símbolo daquelas partes surge na ocasião em que os "fregueses" o recebem do chapeleiro, elemento sexual ativo. É como se aquelas partes começassem a ser chapéu a partir da relação sexual. E como que levariam elas a marca da maneira ou posição que tiveram no ato. Daí haver chapéus baixos e altos na concepção latente.

Assim como em *Dom Casmurro* Bentinho afirma que "as chinelas são ainda uma parte da pessoa", (*OC*, p. 868) sabendo-se que calçados em geral na obra machadiana podem simbolizar as partes sexuais passivas ou parassexuais, lê-se no conto em exame esta declaração de Conrado: "O princípio metafísico é este: – o chapéu é a integração do homem, um prolongamento da cabeça, um complemento decretado *ab-eterno*". (*OC*, v.2. p. 403) Essa concepção refere-se caricaturescamente, em sua latência, à necessidade sexual dos homens desde os nossos primórdios. E acrescenta Conrado adiante: "Quem sabe? pode ser até que nem mesmo o chapéu seja complemento do homem, mas o homem do chapéu..."(Ibidem) A última reflexão explica-se: é o homem que preenche o vazio do chapéu, é o elemento sexual ativo que penetra na parte receptora. Veja-se a sugestão do nome "metafísico" desmontado sotopostamente como verbo ("meter") e substantivo ("físico"). Outras insinuações de latência sensual encontram-se particularmente nestes passos:

> Acontecera-lhe, [ao pai de Mariana] porém, naquele dia, vê-lo de relance na rua, de palestra com outros chapéus altos de homens públicos. (Ibidem)
>
> Mariana achou-lho, [o chapéu do marido] na verdade, torpe, ordinário, vulgar, nada sério. (Ibidem)

No primeiro trecho, a metonímia (digamos, prosopopeica) e insinuante da privança do Seabra com uma espécie de pederastas aristocratas articula-se com processos que há nestas passagens:

> Recostou-se; Sofia veio ter com ela. Alguns chapéus masculinos, parados, começaram a fitá-las; outros, passando, faziam a mesma cousa. Mariana aborreceu-se da insistência; mas, notando que fitavam principalmente a amiga, dissolveu-se-lhe o tédio numa espécie de inveja.

> Sofia, entretanto, contava-lhe a história de alguns chapéus –, ou, mais corretamente, as aventuras. [...] (*OC*, v. 2, p. 406)
> Mariana ouvia aturdida. Na verdade, o chapéu era bonito, trazia uma linda gravata, e possuía um ar entre elegante e pelintra, mas...
> – Não juro, ouviu? replicava a outra, mas é o que se diz.
> Mariana fitou pensativa o chapéu denunciado. (*OC*, v.2, p. 406-407)

Esses trechos comprometedores dos "chapéus" confirmam suspeitas sobre Sofia, por quem os "chapéus se interessavam mais, e que seria um tipo semelhante a Eugênia e Marcela, das *Memórias Póstumas*: mulher caricaturescamente masculinizada ou hermafrodita ao menos na psique ou homem disfarçado em mulher. Em abono dessas suspeitas, vejamos o caráter de Sofia:

> O chapéu aumentava-lhe o ar senhoril, [...] dominava desde logo [...] tinha consciência da superioridade [...] tinha o dom de fascinar, virtude de Bonaparte [...] (*OC*, v.2, p. 405)
> Honesta, mas namoradeira; o têrmo é cru, e não há tempo de compor outro mais brando. Namorava a torto e a direito, por uma necessidade natural, um costume de solteira. Era o trôco miúdo do amor, que ela distribuía a todos os pobres que lhe batiam à porta: – um níquel a um, outro a outro [...] (*OC*, v.2, p. 404-405)
> Mariana respirou. A rola estava livre do gavião. (*OC*, v.2, p. 410)

O caráter masculinizado de Sofia está bem insinuado nessas citações. A expressão "o têrmo é cru" além de significar que "o vocábulo é grosseiro", pode sugerir, através da homônima de "termo", que o fim, o limite a que chega a namoradeira é o órgão designado pelo termo chulo, que seria lembrado pela motivação fonológica do adjetivo. O verbo "compor", significando "produzir, inventar", significaria latentemente "pôr em ordem, ajeitar". O fato da personagem ser solteira favorece a suspeita. O níquel ou troco miúdo pode ser símbolo de esperma ao menos imaginário conforme demonstrações nossas sobre o significado do dinheiro em geral, no livro *A Metáfora do Mar no Dom Casmurro.* A superioridade, a comparação com Bonaparte e a metáfora do gavião confirmam nosso juízo.

O que estamos fazendo com o "chapéu" supriria, embora sem sapiência, mas com curiosidade, o estudo que para ele o próprio Conrado reclama dos sábios neste trecho insinuante do sensual, a partir do símbolo fálico da palavra "Minhocas":

> Os sábios têm estudado tudo desde o astro até o verme, ou, para exemplificar bibliograficamente, desde Laplace... Você nunca leu Laplace? desde Laplace e a Mecânica Celeste até Darwin e o seu curioso livro das Minhocas, e, entretanto, não se lembraram ainda de parar diante do chapéu e estudá-lo por todos os lados. Ninguém advertiu que há uma metafísica do chapéu. (*OC*, v.2, p.403)

Embora Conrado havendo afirmado sobre o chapéu que "ninguém o pode trocar sem mutilação", (ibidem) chega a casa com o chapéu trocado, "o que a mulher lhe tinha pedido de manhã", (*OC*, v.2, p. 410) suscitando-se humoristicamente com isso que o marido mudasse na rua a posição da relação sexual não convencional, sem deixar de ser elemento sexual passivo. O chapéu que era baixo teria ficado alto de acordo com a posição dos participantes do ato.

Se Mariana aceitava o marido apesar de tudo, e até mesmo já o queria com o antigo "chapéu baixo" e privava com uma possível mulher de sexualidade não convencional (Sofia), infunde-nos suspeitas sobre a sua real identidade sexual no enredo subjacente. Sua versatilidade sexual não estaria insinuada nestas palavras: "era, de ordinário, uma criatura passiva, meiga, de uma plasticidade de encomenda, capaz de usar com a mesma divina indiferença tanto um diadema régio como uma touca"? (*OC*, v.2, p. 402) Mas o que aviva mais as referidas suspeitas, fazendo-nos desconfiar que o autor no-la quisesse suscitar como alguém da estofa da amiga, verifica-se nesta passagem:

> De uma das vêzes que foi à janela, viu passar um rapaz a cavalo. Não era inglês, mas lembrou-lhe a outra, que o marido levou para a roça, desconfiado de um inglês, e sentiu crescer-lhe o ódio contra a raça masculina –, com exceção, talvez, dos rapazes a cavalo. Na verdade, aquêle era afetado demais; esticava a perna no estribo com evidente vaidade das botas, dobrava a mão na cintura, com um ar de figurino, Mariana notou-lhe esses dous defeitos; mas achou que o chapéu resgatava-os; não que fosse um chapéu alto; era baixo, mas próprio do aparelho eqüestre. (*OC*, v.2, p. 405)

O ódio contra a raça masculina não é nada feminino. A simpatia ao rapaz de modos efeminados, vaidoso das botas, que podem simbolizar partes parassexuais, e de "chapéu baixo", em face do contexto de malícia, torna-se comprometedora. Ademais, como vimos, enquanto o autor compara a amiga ao gavião, compara Mariana à rola, que, não obstante o motivo da passividade da personagem no enredo patente, compatível com o modo de ser da ave, pode, no enredo latente, ser sinédoque em que se tome, em vez da pessoa, o seu órgão sexual, ao menos atrofiado ou de existência apenas psíquica, representado pela palavra chula.

A propósito de chapéu, não podemos deixar de relacionar o raciocínio da hipálage –, que o explica como símbolo sexual ligado à cabeça (no caso a glande), com o que ocorre com a palmatória do mestre de Brás Cubas, Ludgero Barata, sugerido ainda como efeminado. Importante a etimologia de "Ludgero" vinculada ao sobrenome: "do germânico, guerreiro célebre". Guerreiro por usar a arma da palmatória, símbolo de suas próprias nádegas de "ossudo e calvo". Com elas, simbolizadas na palmatória, realizava, lembrando o relacionamento do chapéu com a cabeça, o *compelle intrare* das lições que "incutiu no cérebro" (símbolo da glande) de Brás Cubas. Note-se, porém, que a ligação homossexual entre Ludgero e Brás Cubas devia acontecer apenas na mente do travesso menino e refletir-se depois na do narrador-personagem, isto é, só na mente do Brás Cubas adulto. A barata, que se prende ao nome de Ludgero, constitui-se no símbolo caricato da passividade ativa da personagem, pois tal inseto, mesmo o macho, se relaciona sexualmente por suas partes traseiras. Atentemos também para o fato de denominar-se a vulva com a gíria "barata". E é o menino Quincas Borba –, sugerido já como homossexual, e que faria depois a apologia da luta como "a grande função do gênero humano" (*OC*, p. 613) –, quem zombava do velho lutador da palmatória, do "guerreiro célebre", colocando barata morta "na algibeira das calças –, umas largas calças de enfiar -" de Ludgero, "ou na gaveta da mesa, ou ao pé do tinteiro". (*OC*, p. 530) Lê-se:

> Ó palmatória, terror dos meus dias pueris, tu que fôste o *compelle intrare* com que um velho mestre, ossudo e calvo, me incutiu no cérebro o alfabeto, a prosódia, a sintaxe, e o mais que êle sabia, benta palmatória, tão praguejada dos modernos, quem me dera ter ficado sob o teu jugo, com a minha alma imberbe, as minhas ignorâncias, e o meu espadim, aquele espadim de 1814, tão superior à espada de Napoleão! (Ibidem)

Esse último conceito é repetição do que se acha no capítulo anterior àquele em que esse trecho se insere e que, na sua simbolização humorística, sendo o espadim a representação do falo, encerra uma profunda e individual verdade: "Nunca mais deixei de pensar comigo que o nosso espadim é sempre maior do que a espada de Napoleão". (*OC*, p. 527)

Vejamos também o significado implícito de luta na palavra "espadim", significado que se articula com o que afirmamos acerca da frase *Arma virumque cano* (cap. XXVI). Observemos, ainda, nos símbolos do último trecho citado em destaque e de todo o cap. XIII, outros aspectos representativos do homossexualismo ativo do Brás Cubas menino, capítulo em que se refletem facetas, nos planos patente e latente, do "Conto de Escola" (*OC*, p. 548-554).

Examinemos novo trecho do cap. “Um salto”:

> Que querias tu, afinal, meu velho mestre de primeiras letras? Lição de cor e compostura na aula; nada mais, nada menos do que quer a vida, que é das últimas letras; com a diferença que tu, se me metias mêdo, nunca me meteste zanga. Vejo-te ainda agora entrar na sala, com as tuas chinelas de couro branco, capote, lenço na mão, calva à mostra, barba rapada; vejo-te sentar, bufar, grunhir, absorver uma pitada inicial, e chamar-nos depois à lição. (*OC*, p. 530)

A passagem que acabamos de ler confirma, no seu *humour*, na sua ironia, na sua tragédia e no seu simbolismo, o intuito do narrador-personagem sugerir o comportamento sexual de Ludgero. Atente-se no verbo “meter” apropriado à atitude de sexualidade não convencional de um “Barata”; nas “chinelas de couro branco”, possíveis símbolos dos quadris; no “lenço”, indicador de higiene íntima, e nos verbos “bufar, grunhir, absorver” como insinuadores de baixeza, animalidade, homossexualismo em face do contexto da obra.

# 3 - Conclusão

Chegando ao término desta análise, compreendemos as razões de Brás Cubas haver escrito o tão trágico capítulo "Das negativas", com o qual encerra as *Memórias Póstumas.* A suprema negativa "Não tive filhos, não transmiti a nenhuma criatura o legado da nossa miséria" (*OC*, p. 637) reflete a racionalização de uma personagem que conheceu intensamente a amargura, e que riu dolorosamente da vida por causa do constante espetáculo de morte que essa vida lhe foi.

A suprema negativa, ligada ao bloqueio genético, constitui o grande eco das adversidades e sofrimentos sexuais velados da personagem, os quais representam no livro todos os padecimentos do mundo.

Concluímos que a latência sensual consciente sublinha e redimensiona a ironia e o *humour* do escritor.

Comprova-se a grande experiência psicológica de Machado de Assis, humorista e trágico, que como poucos soube compreender a condição humana, interpretar a Dor existencial, manipular com tamanho arrojo e destreza o simbólico; enfim, manifestar-se com tanta grandeza e verdade artísticas quer no espaço da fala quer no do silêncio.

# 4 - BIBLIOGRAFIA

ANDRADE, Carlos Drummond de. *Poesia e prosa*. Rio de Janeiro: Nova Aguilar, 1988.

ANDRADE, Janete de. *Étimo dos nomes próprios*. São Paulo: Editora Thirê, 1994.

ARISTÓTELES. Poética. Trad. *Eudoro de Sousa*. Rio de Janeiro: Globo, s.d.

ASSIS, Machado de. *Obra completa*. Rio de Janeiro: Aguilar, 1962.

AZEVEDO FILHO, Leodegário A. de. *As cantigas de Pero Meogo*: estabelecimento crítico dos textos, análise literária, glossário e reprodução fac-similar dos manuscritos. Rio de Janeiro: Gernasa, 1974.

BARRETTO FILHO. *Introdução a Machado de Assis*. Rio de Janeiro: Agir, 1947.

BERGSON, Henri. *O riso*. Trad. Nathanael C. Caixeiro. Rio de Janeiro: Zahar, 1980.

COUTINHO, Afrânio. *A filosofia de Machado de Assis e outros ensaios*. Rio de Janeiro: São José, 1959.

______________. *Machado de Assis na literatura brasileira*. Rio de Janeiro: São José, 1966.

______________. *Crítica & críticos*. Rio de Janeiro: Simões, 1969.

______________. *Da crítica e da nova crítica*. Rio de Janeiro: Civilização Brasileira, 1975.

ECO, Umberto. *Obra aberta*. São Paulo: Perspectiva, 1971.

GOMES, Eugênio. *Machado de Assis*. Rio de Janeiro: São José, 1958.

FERREIRA, Aurélio Buarque de Holanda. *Novo dicionário da língua portuguesa*. Rio de Janeiro: Nova Fronteira, s.d.

FREITAS, Mário de. *Dicionário de nomes próprios*. Rio de Janeiro: Tecnoprint, 1965.

FRYE, Northrop. *Anatomia da crítica*. Trad. Péricles Eugênio da Silva Ramos. São Paulo: Cultrix, 1957.

IVO, Lêdo. *Poesia observada*: ensaio sobre a criação e matérias afins. 2. ed. São Paulo: Duas Cidades, 1978.

LINHARES FILHO. Linguagem e filosofia de Machado de Assis. In: *O caboré*. Fortaleza, 2 (2): 48-56, jun. 1967.

______________. *A metáfora do mar no Dom Casmurro*. Rio de Janeiro: Tempo Brasileiro, 1978.

______________. *O amor e outros aspectos em Drummond*. Fortaleza: Editora UFC,2002.

______________. *Eça de Queirós contista*. Fortaleza, UFC, 1971 [ensaio mimeografado].

MAGGI, Nadia. Origens e significados de nomes para o seu bebê: mais de 8 mil. São Paulo: Nova Sampa, 1994.

MEYER, Augusto. *Machado de Assis*. Rio de Janeiro: São José,1958.

MOISÉS, Massaud. *Dicionário de termos literários*. São Paulo: Cultrix, 1974.

PORTELLA, Eduardo. *Fundamento da investigação literária*. Rio de Janeiro: Tempo Brasileiro, 1974.

SCHOPENHAUER, Artur. *Dores do mundo*. Trad. A. F. Rocha. Rio de Janeiro: Simões, 1958.

______________. *O mundo como vontade e representação*. Rio de Janeiro: Edições de Ouro, s.d.

SILVA, Gastão Pereira da. *Para compreender Freud*. Rio de Janeiro: Renascença, 1932.

TODOROV, Tzvetan. *Introdução à literatura fantástica*. Trad. Maria Clara Correa Castello. São Paulo: Perspectiva, 1975.

# 5 - APÊNDICE

## O *HUMOUR* E O LATENTE NA "TEORIA DO MEDALHÃO"

O conto "Teoria do Medalhão" constitui uma das mais *abertas* e simbólicas produções de Machado de Assis. O risível encontra-se já mesmo na parte manifesta dessa narrativa pelos conselhos maquiavélicos dados pelo pai ao filho, conselhos que propõem um anseio e uma luta contínuos pela conquista de uma situação social elevada, mas sem mérito real, devendo o filho lançar mão de muitos meios, vários deles escusos, para alcançar essa posição, impressionando-se beneficamente a opinião dos participantes da sociedade em favor daquele que deveria tornar-se medalhão. O fingimento, a frivolidade e o afã em subir socialmente destacam-se como propostas que por si sós inserem no conto o ridículo. Antes de tudo, devemos perceber uma crítica psicossocial nesse conto, crítica que pode, como outros aspectos da obra machadiana, produzir efeitos moralizantes, embora estes, conforme assinalamos em outro lugar, não estejam nos desígnios do autor, que, com a sua arte de verdade humana, reflete um espírito de ludismo, destruição de valores morais e revolta contra a vida, o Absoluto e/ou a Natureza.

A latência sensual consciente não só corrobora, mas aprofunda o *humour* da narrativa. As sugestões desta não são apenas de, através do homossexualismo ativo, o filho chegar a ser um medalhão, mas de chegar a ser um medalhão do próprio homossexualismo ativo. Suscita-se este como finalidade, não apenas como meio. A política que o pai prega é a do homossexualismo ativo e não do passivo, havendo nisso uma exceção, pois mostramos que o costume da ficção machadiana é tomar a política como símbolo do segundo tipo de homossexualismo.

A subjacência em análise ocorre no conto mediante três aspectos: pelo clima; pelas ideias filosofantes ligadas a uma semântica sugestiva, comprometedora do caráter das personagens; pelas insinuações de atos que se esboçam no curso do diálogo-narrativa, como se alguns ângulos da teoria que se ensina se fizessem acompanhar de demonstrações práticas.

Verifiquemos o clima. A falta de sono no adiantado da hora e o ambiente de solidão ("– Saiu o último conviva do nosso modesto jantar") (*OC*, p. 288) aliados à reserva ("Fecha aquela porta; vou dizer-te coisas importantes") (ibidem) preparam o leitor para um contexto sugestivo de malícia. Depois desse exame da atmosfera do conto, agravada com a omissão de qualquer referência à figura da mãe (viva ou falecida) numa festa importante como a da maioridade de um filho, o que mais chama a atenção é o pensamento: "e com os suspiros de uma geração é que se amassam as esperanças de outra". (Ibidem) As duas gerações estão representadas patente e latentemente pelo filho e pelo pai. No plano patente do conto, os suspiros figuram os sonhos do pai, a preparar as esperanças futuras do filho. No plano subjacente, os suspiros são os desejos e esforços do filho; as esperanças, os sentimentos do pai. O verbo "amassar", por adaptar-se, propriamente, no plano sintagmático, a ação concreta, mas aparecer ligado a significado abstrato e ainda por causa do gosto naturalista que sugere, no contexto de forte ambiguidade, destoa numa frase que se pretendesse concebida sem malícia. Somos induzido  a distinguir um plano paradigmático, que se reforça com o contexto do conto e em que o "amassar" traduz ação sexual bem adaptada a "suspiros", vocábulo que deve ser entendido como ofegos de prazer, ficando a palavra "esperanças" com o sentido, mais pragmático e chão, de esperas.

Depois do pensamento analisado, o que mais interessa é o desfecho do conto, a partir de quando o pai recomenda ao filho o uso da chalaça e não da ironia. Esta se define como "êsse movimento ao canto da bôca, cheio de mistérios, inventado por algum grego da decadência". (*OC*, p. 294) Aprova-se a outra forma humorística:

> Usa antes a chalaça, a nossa boa chalaça, amiga, gorducha, redonda, franca, sem biocos, nem véus, que se mete pela cara dos outros, estala como uma palmada, faz pular o sangue nas veias, e arrebentar de riso os suspensórios. Usa a chalaça. (Ibidem)

A ironia, reprovada pelo pai e definida como "movimento ao canto da bôca", é sugerida como a prática da felação, que o filho não deveria consentir que com ele alguém praticasse. Apropria-se a ironia como símbolo dessa prática, porque, querendo-se dizer com a ironia o contrário do que se diz, a felação pode ser, contraditoriamente, um ato que envolve uma atividade de homossexual passivo. Daí se considerar a ironia algo da "feição própria dos cépticos" e ligar-se à decadência: o pederasta passivo completo, sem dúvida nenhuma, sem nenhuma reação ativa, não deveria usar a "ironia". Os adjetivos empregados para designar a chalaça sugerem as partes parassexuais, pois a estas se adaptam. Tais partes, que seriam a causa do ato que se tornaria uma chalaça, isto é, "gracejo de mau gosto ou insolente; caçoada, troça, zombaria", designam-se metonimicamente por chalaça. Por hipálage é que o quadril "se mete pela cara dos outros". O estalar como uma palmada, o fazer pular o sangue nas veias e o arrebentar de riso os suspensórios constituem expressões assaz sugestivas do ato sexual não convencional, pois é na nádega que mais propriamente se usa a palmada, com a ereção o sangue pula nas veias e, sendo a palavra "suspensórios" sinônima de alças, que podem designar também parte da região intestinal (a parte terminal do cólon), vê-se que o "arrebentar de riso os suspensórios simboliza humoristicamente uma grosseira explosão do prazer finalizador do ato sexual não convencional.

Atravessa todo o conto uma sutil sugestão de referência ao fenômeno da ereção, como se o pai quisesse excitar o filho:

> [...] o meu desejo é que te faças grande e ilustre, ou pelo menos notável, que te levantes acima da obscuridade comum. (*OC*, p. 288) [...] e acabo, como vês, sem outra consolação e relevo moral além das esperanças

> que deposito em ti. (*OC*, p. 289) [...] de modo que aos quarenta e cinco anos possas entrar francamente no regime do aprumo e do compasso (ibidem) [...] contanto que ponham em relevo a tua pessoa. (*OC*, p. 293) Estás definitivamente maior. (*OC*, p. 295)

A segunda passagem acima citada compromete moralmente o pai de modo mais claro, o pai que aconselha este ditame ao filho: "Antes das leis, reformemos os costumes!" (*OC*, p. 292) Suscita-se que essa reforma dos costumes aprovaria o que se coloca contra a natureza. O último passo citado em destaque, escrito após a frase "Entras nos teus vinte e dois anos" (ibidem) sugere, por especial metonímia, a preparação definitiva do rapaz para um ato sexual, preparação ocorrida por causa da excitação da conversa daquela noite, podendo-se ler latentemente a palavra "anos" da frase supracitada com o sentido da homófona correspondente e a expressão "vinte e dois" como uma espécie de hipérbole valorizadora da homófona. Com o convite do pai ao filho "Vamos dormir, que é tarde", seguido do conselho "Rumina bem o que te disse, meu filho" (ibidem) parece, diante do contexto, que se pretende que o filho ponha em prática, na cama, com o pai, ao menos em termos de um repasse de imaginação homossexual, o que esse acabou de explicar. O verbo "rumina", condizente com o naturalismo subjacente, como as palavras "faro" e "farejar", que se encontram no texto, salienta, como tais palavras, o animalesco, a baixeza moral. O verbo "entrar", que cerca de outras quatro vezes se repete no texto, sublinha, em face da sistemática simbólica, a intenção de latência sensual, como nestas passagens: "e felizes os que chegam a entrar na terra prometida!"; (*OC*, p. 293) "há grande conveniência de entrar por elas [as livrarias] de quando em quando, não digo às ocultas, mas às escâncaras". (*OC*, p. 291) Sabendo-se que em Machado o livro simboliza partes parassexuais como já temos explicado, diante do contexto do conto, entrar desse modo pelas livrarias seria, talvez, por especial critério metonímico, penetrar nessas partes parassexuais ou estariam as livrarias sendo sugeridas como espécies de prostíbulo não por uma correspondência a uma realidade social (as livrarias não se prestam à corrupção), mas por força de uma ampliação do sentido latente do signo livro, correspondente em Machado a partes parassexuais. Ou a ideia de coleção destas, representada pelas "livrarias", signo que traz a ideia de lugar onde se vendem livros, sugere a concepção de espécies de prostíbulo. As palavras "aprumo" e "compasso" da antepenúltima passagem citada em destaque significam, subjacente e respectivamente, a ereção e o movimento da cópula. Ou o compasso representaria a própria pulsação da ereção.

O relacionar a atitude do medalhão com o corpo e não com o espírito constitui um índice da latência sensual da teoria que o pai expõe ao filho. Lê-se:

> O sábio que disse: "a gravidade é um mistério do corpo", definiu a compostura do medalhão. Não confundas essa gravidade com aquela outra que embora resida no aspecto é um puro reflexo ou emanação do espírito; essa é do corpo, tão-somente do corpo, um sinal da natureza ou um jeito da vida. (*OC*, p. 289-290)

Embora a frivolidade do medalhão possa fazer relacionar-se a gravidade com exterioridades, detalhes do trecho citado sugerem malícia. E a gravidade, que é uma qualidade espiritual, mais adiante designada como "circunspecção" de que o silêncio "é a forma mais acentuada", (*OC*, p. 290) aparece no medalhão da narrativa não como uma qualidade fingida pelo corpo do incompetente e frívolo bem-sucedido, mas como "um mistério do corpo" "um sinal da natureza ou um jeito da vida". Essas expressões sugerem ainda a ereção, sendo para nós estranho o emprego delas. No plano latente, a gravidade seria a de quem se mostrasse frequentemente com o falo grávido, ponderoso, pesado, cheio pelo intumescimento da ereção.

O "regímen debilitante" (ibidem) a que o pai se refere, simboliza o ato sexual ou mais propriamente homossexual e compreende as seguintes formas de representação específica: a leitura de compêndios de retórica, a audição de certos discursos, o voltarete, o dominó, o *whist*. Todos esses expedientes recomendam-se pelo pai, talvez porque pressuponham a companhia de outrem. No caso dos compêndios de retórica, tal companhia acontece por transmitirem a mensagem de outrem, que representaria o parceiro na conjunção carnal. Desaprovam-se a natação, a equitação e a ginástica, que talvez simbolizem a masturbação por se praticarem, quase sempre, pelos indivíduos desacompanhados. O bilhar é bastante recomendado pelo pai ao filho como prática a que deva recorrer um "medalhão completo", porque, embora seja um "exercício corporal", "há coisas em que a observação desmente a teoria" (ibidem), e "as estatísticas mostram que três quartas partes dos habituados do taco partilham as opiniões do mesmo taco". (*OC*, p. 291) Na camada manifesta da narrativa, sugere-se que o bilhar uniria muitas opiniões em torno de um determinado tipo de jogada, do que resultaria a concordância dos companheiros com o modo de ser do medalhão, que sobre eles exerceria influência. Na camada paradigmática do conto, o partilhar das opiniões do mesmo taco significaria a concordância dos companheiros ("três quartas partes dos habituados do taco") com o modo de o homossexualismo ser praticado pelo medalhão, elemento ativo, a que aqueles se adaptariam como elementos passivos. Em ambas as camadas a palavra "taco" se emprega metonimicamente e, diante do contexto, o instrumento que ela designa torna-se um símbolo fálico, como a técnica do bilhar –, com o taco roçando os dedos da mão esquerda do jogador e impulsionado contra as bolas, que lembram quadris –, sugere relacionamento sexual. A frase "– Mas se eu não tiver à mão um amigo apto e disposto a ir comigo?" (ibidem) com o seu tom indefinido e ambíguo, suscita a malícia da personagem que figura como filho no diálogo do conto, pois que tal personagem parece, a essa altura do diálogo, superar na medida justa, isto é, um pouco, a "inópia mental" que o pai vislumbra no interlocutor momentos antes, aliás considerada louvável pelo mesmo pai na personalidade de um medalhão, mas numa circunstância que implica, como tudo no conto, latência sensual e *humour*.

Observemos as duas publicidades apontadas como expedientes para formar o conceito do medalhão: "a de todos os dias" (lembrando o nome) e a da "reprodução das feições de um homem amado ou benemérito" (através do retrato exposto, por exemplo, "em qualquer casa pública" pelos amigos). Quanto ao segundo tipo de publicidade, leiamos o seguinte trecho:

> os que houverem lido o teu recente discurso (suponhamos) na sessão inaugural da União dos Cabeleireiros, reconhecerão na compostura das feições o autor dessa obra grave, em que a "alavanca do progresso" e "o suor do trabalho" vencem as "fauces hiantes" da miséria. (*OC*, p. 293)

O respeito que Machado de Assis infunde nas personagens à opinião pública foi por nós suficientemente comentado, ao analisarmos as *Memórias Póstumas*. Esse respeito relaciona-se à política e à publicidade, e tudo envolve subjacência sensual. Sugere-se uma caricaturesca publicidade das qualidades do homossexual ativo, que seria aplaudido e escolhido como favorito pelos homossexuais passivos. Veja-se o lugar indicado como exemplo de ambiente onde se fazer a publicidade do medalhão: a União dos Cabeleireiros. Sabemos que ainda hoje tal ambiente tende a ser escuso, com honrosas exceções, podendo grassar aí a pederastia passiva, e isso corrobora as ideias que defendemos como sotopostas e caricatas. As expressões "alavanca do progresso" e "o suor do trabalho" apresentam, risível e respectivamente, um símbolo fálico e um símbolo do esforço do elemento agente em ato sexual, ao passo que a passagem "vencem as 'fauces hiantes' da miséria" traduz uma humorística compreensão de luta ou agressão no ato sexual (veja-se a citação latina do texto *Si vis pacem para bellum*) contra as partes parassexuais, ferozes e miseráveis em face do desmedido desejo de sexualidade não convencional dos homossexuais passivos.

As irmandades e comissões equivalem a grotescas organizações como a União dos Cabeleireiros no plano subjacente: "elas virão ter contigo, com o seu ar pesadão e cru de substantivos desadjetivados, e tu serás o adjetivo dessas orações opacas". (Ibidem) Os homossexuais passivos estão bem representados como substantivos, e o medalhão, favorito daqueles, bem simbolizado como adjetivo. O "ar pesadão e cru" chama a atenção, em vista do contexto malicioso, para as partes parassexuais, que podem ser pesadas (hipálage), que emitem ventosidades ou ar, e podem ser designadas pela palavra chula lembrada, numa aproximação fonológica, pelo segundo adjetivo da expressão. Os adjetivos substantivados com que se designa o medalhão apresentam maliciosos, risíveis e sugestivos predicados do homossexual ativo, eleito pelos passivos, e as metáforas usadas para substantivos e adjetivos simbolizadores dos indivíduos suscitam, em seu poder, quase genericamente sensorial, a penetração de uns nos outros:

> o *odorífero* das flôres, o *anilado* dos céus, o *prestimoso* dos cidadãos, o *noticioso* e *suculento* dos relatórios. E ser isso é o principal, porque o adjetivo é a alma do idioma, a sua porção idealista e metafísica. O substantivo é a realidade nua e crua, é o naturalismo do vocabulário. (Ibidem)

Note-se que o entusiasmo caricato do pai na exposição da sua teoria deforma num sofisma uma verdade linguística: o verbo é que é considerado a alma do idioma ou mesmo o substantivo por sua essência e não o adjetivo. Mas a intenção sensual da teoria no plano latente sugere que o ente, que se representa pelo adjetivo, seja considerado como o que, *lançado* junto ao que se representa pelo substantivo, o complemente, fique dentro dele como a alma, pois o pai preconiza: "entra pelos espíritos como um jôrro súbito de sol". (*OC*, p. 292) Isso equivale a dizer-se, dado o jogo de equivalência semântica do texto: entra pelas pessoas como um jacto luminoso, repentino, que se unisse ao seu íntimo. O "jôrro súbito" sugere a ejaculação e, porque o sêmen é naturalmente criador, embora a sua potencialidade de fecundação no ato homossexual resulte inútil, escreve-se "de sol" e por ser este criador.

Prega a teoria em análise o espírito prático, a atualidade com o científico, mas sempre com a superficialidade e o fingimento dos astutos interesseiros. Assim, afirma o teorista que "o rasgo peculiar do medalhão seja uma certa atitude de deus Término". (Ibidem) E as leis e fórmulas seriam empregadas pelo filho, transformado em medalhão, "com um tal ou qual comedimento, como a costureira – esperta e afreguesada –, que, segundo um poeta clássico, // *Quanto mais pano tem, mais poupa o corte, / Menos monte alardeia de retalhos*". (Ibidem) No plano paradigmático, o rasgo da penúltima citação equivale ao corte da última (não significa "arroubo, ímpeto") pela mesma compreensão de agressão ou violência no ato sexual já referida neste trabalho. Na verdade, a maior quantidade do pano das vestimentas, a isolar o elemento ativo do passivo no relacionamento sexual, mais poupa o rasgo do contato. Trata-se, apenas, no plano latente, de mais um recurso imaginário de sensualidade humorística. Quanto ao deus Término, sabe-se que é o deus das fronteiras. Protegia os limites dos campos e representa-se sob forma de pedra quadrangular. Explica-se que o medalhão tome certa atitude desse deus em face das partes parassexuais caricaturescamente protegidas por ele constituírem limite do corpo humano. No enredo manifesto, a alusão ao deus Término leva-nos ao entendimento de que o medalhão deve figurar como limite, sendo a última palavra para as normas, as questões.

A explicação a respeito do corte faz-nos pensar na possibilidade de malícia da expressão "corte de um colête", sobretudo quando verificamos que se encontra junto a outros símbolos machadianos já estudados por nós (chapéu, botas) e por nós mostrados como índices de sensualidade: "as tuas simpatias ou antipatias acêrca do corte de um colête, das dimensões de um chapéu, do ranger ou calar das botas novas". (*OC*, p. 290)

Examinemos a simbólica ligada ao estilo a ser usado pelo medalhão. Parte-se latentemente da exploração do significado de estilo como instrumento material que originou o sentido de maneira de escrever ou expressar algo. Ocorre tal exploração por causa do aspecto fálico desse instrumento. Recomenda-se a serenidade, a contenção estilísticas. O vocabulário "há de ser naturalmente simples, tíbio, apoucado, sem notas vermelhas, sem côres de clarim. . ." (*OC*, p. 291) Ao lado da agressão já mencionada, prega-se a cautela não só aí, mas em outros pontos da teoria, pois no ato sexual podem-se alternar as duas atitudes. Ao lado da frase *Si vis pacem para bellun* ("Se queres a paz, prepara a guerra"), sugere-se este "excelente fecho de artigo político: *Caveant consules* " (ibidem) ("Acautelam-se os cônsules"). Também o medalhão devia, conforme vimos, empregar as leis e fórmulas "com um tal ou qual comedimento" como a costureira que "poupa o corte".

Observemos o exemplo de "figuras expressivas com que o medalhão podia "adornar o estilo", e penetremos a sugestão sensual que transmitem em face do contexto do conto: a hidra de Lerna, a cabeça de Medusa, o tonel das Danaides e as asas de Ícaro. A hidra de Lerna, serpente de sete cabeças, simbolizaria o falo que, em sua capacidade de modificar-se, renovando-se numa como multiplicação através de ereção, que se repete a intervalos, se compara com as múltiplas cabeças que lembram a glande. A interpretação da referência à cabeça de Medusa assemelha-se à do mito anterior, pois, segundo se sabe, Minerva transformou os cabelos de Medusa em serpentes. O tonel das Danaides simboliza o trabalho inútil, porque Júpiter, em vista das Danaides haverem degolado os maridos na noite de núpcias, as condenou a despejar eternamente água num tonel sem fundo. É também trabalho inútil, porquanto infecundo, o derramar o esperma no tonel de partes parassexuais. Acerca das asas de Ícaro, que voou tão alto que o Sol derreteu a cera delas, caindo o deus no mar, podemos afirmar que sugerem a ereção do falo com o prazer e a consequente queda após o orgasmo. O calor do Sol retrata a ardência sexual; e a cera, a derreter-se, a fragilidade física e a efemeridade do movimento da ereção.

Relacionemos a ideia da queda de Ícaro com a seguinte passagem:

> Se caíres de um carro, sem outro dano, além do susto, é útil mandá-lo dizer aos quatro ventos, não pelo fato em si, que é insignificante, mas pelo efeito de recordar um nome caro às afeições gerais. Percebeste?
> – Percebi. (*OC*, p. 293)

O cair de um carro constituiria um símbolo caricaturesco, diante do contexto, de fracasso no ato sexual ou de término desse ato. Os quatro ventos, no plano subjacente, não significariam as várias partes dos pontos cardeais, mas os vários homossexuais passivos, tomando-se, metonímica e burlescamente, a homônima "ventos" (com sentido de ventosidades) pelas pessoas, porque tais ventosidades chamam a atenção para as partes parassexuais. Recordemos a expressão "ar pesadão e cru" já focalizada, que se referiria latentemente a ventosidades de comissões, irmandades. Finalmente, entendemos que o emprego indefinido, sem objeto direto, do verbo "perceber" do último trecho destacado, ocorrendo perto da alusão a "ventos", carrega-se de grande ambiguidade, sugerindo sutilmente que o pai ventasse na ocasião, esclarecendo-se mais, com muito humorismo, o sentido subjacente da expressão "quatro ventos".

Um ponto curioso da teoria do medalhão é preconizar a vulgaridade, a falta de originalidade e de imaginação. Isso se afina com a figura grotesca do medalhão mesmo no plano do enredo patente. Na parte subjacente, condiz com a prática em princípio corriqueira, monótona do homossexualismo, e procura afastar, particularmente, o onanismo, tido como engenhoso, imaginativo. Demonstremos essas ideias com três passagens. Numa primeira, lê-se: "Alguns costumam renovar o sabor de uma citação intercalando-a numa frase nova, original e bela, mas não te aconselho esse artifício: seria desnaturar-lhe as graças vetustas". (*OC*, p. 294) Noutra passagem, lê-se: "Em todo caso, não transcendas nunca os limites de uma invejável vulgaridade. / – Farei o que puder. Nenhuma imaginação? /– Nenhuma; antes faze correr o boato de que um tal dom é ínfimo". (Ibidem) Mais adiante, encontra-se: "Foge a tudo que possa cheirar a reflexão, originalidade, etc, etc." (Ibidem)

Este um dos trechos que mais suscitam as escabrosas intenções de homossexualismo passivo do pai em relação ao filho:

> – Entretanto, assim como é de boa economia guardar um pão para a velhice, assim também é de boa prática social acautelar um ofício para a hipótese de que os outros falhem, ou não indenizem suficientemente

> o esfôrço da nossa ambição. É isto o que te aconselho hoje, dia da tua maioridade. (*OC*, p. 289)

A última oração não deixa dúvida, no plano patente, de que o que se afirma pouco antes se refere a providências a serem tomadas pelo filho em relação ao seu futuro. Nesse caso, os que venham a falhar (morrer ou fracassar financeiramente) são os responsáveis pelos que têm sob sua tutela. No entanto o contexto ambíguo da narrativa pode transmitir ao leitor a consciência de que há nesse trecho uma potencialidade sugestiva, estribada sobretudo nas formas indefinidas, que parecem industriosamente escolhidas: "guardar", "acautelar" e "outros". De tal forma que o pai insinuasse ao filho tomar providências também em relação ao futuro dele próprio, pai, mas em termos de prática homossexual. Nesse caso, o homossexualismo ativo do filho começaria pelo relacionamento com o próprio pai, que guardou "um pão para a velhice". Atente-se para o símbolo fálico e de gastronomia sensual. A falha dos outros, nessa hipótese, seria a morte, o abandono ou o fracasso sexual de homossexuais ativos, que mantivessem contatos com a personagem. Esta teria no filho alguém que praticasse para com ela a "arte difícil de pensar o pensado" (*OC*, p. 291), isto é, curar de novo o reativado desejo "mórbido"(?) já curado por outros. Estamos com isso desvendando o sentido latente com que a certa altura do conto se emprega o verbo "pensar", explorado a nosso ver em sua potencialidade polissêmica pelo autor. Não parece que o pai, na camada subjacente, se refira à providência do filho em relação à velhice deste. Se isso acontece, dever-se-á entender que o pai aconselha ao filho desfrutar de modo ativo o prazer sexual na velhice, e o "ofício" a "acautelar" seria qualquer prática substitutiva do relacionamento homossexual, a masturbação, por exemplo, sugestivamente reprovada em outro lugar do conto; ou, noutra mais segura hipótese, o "ofício" seria o aliciamento de determinada pessoa passiva, que representaria para o filho o guardado "pão para a velhice", enquanto "os outros falhem", por não quererem submeter-se a um velho.

Rematemos nossas considerações com o exame desta afirmação do teórico: "Guardadas as proporções, a conversa desta noite vale o *Príncipe* de *Machiavelli*". (*OC*, p. 295) Se a mensagem desse livro é chegar aos resultados não importando os meios, nas regras políticas que se expunham naquela noite os meios seriam, dadas as sugestões, não apenas caricatos e escusos, mas imorais. Por trás de tudo, a habilidade extraordinária do *humour* e da arte de Machado de Assis, que, no seu objetivo mais lúdico, irônico e humorístico do que moralizante e reparador, pretende ridicularizar ao extremo a figura, por si mesma caricata, do medalhão.

# FORTUNA CRÍTICA SOBRE TEXTOS MACHADIANOS E ECIANOS

# UM ESTUDO DE LINHARES FILHO*

**José Valdivino**

Linhares Filho (José Linhares Filho, cearense, das Lavras da Mangabeira) foi aluno da Faculdade de Letras da UFC, da qual, hoje, é docente, além de sê-lo em vários colégios de Fortaleza, e, ainda, é um estudioso beneditinamente.

Poeta, crítico literário, Linhares só poderia ser mesmo um artista, que os pais (Dr. José Linhares e D. Conceição Esteves Linhares) já o foram e com gosto.

Já publicou um livro de poesias, dentro do conceito moderno do verso, pois o ritmo que a mocidade ouve, agora, é esse, e escreve em *Clã*, a revista dos modernos no Ceará.

Recebi, por esses dias, um trabalho do prof. Linhares Filho, sob o título: EÇA DE QUEIRÓS CONTISTA, em mimeógrafo, espaço 3, com 28pp.

O escritor português foi para a prosa lusitana e brasileira o que Camões, o grande bruxo – foi para a poesia das duas pátrias amigas.

Eça renovou, arejou, enriqueceu a expressão literária, no mistério de sua dinâmica formal.

A literatura sobre sua pessoa é riquíssima em ambos os países, dado o interesse causado pela sua mensagem aos contemporâneos, porque, filho do século 19, trouxe, para dentro de suas páginas eternas, a lição corrosiva de Balzac e Rousseau, vozes tão do sabor da civilização daquele tempo, bem assim o cinismo voltairiano que poluiu a atmosfera espiritual do tempo.

Linhares não focaliza todas as facetas ecianas. Percuciente e sereno, (utiliza-se) "de métodos linguístico-estilístico-literários" (Advertência) para o exame magistral a que submeteu o *modus discendi* do Eça-contista.

E confirma o espírito de seu trabalho, escrevendo que "Embora aos olhos dos críticos em geral Eça não apresente aquela [latência] sensual, própria da ficção machadiana, persistimos em achar que, numa escala muito menor, tomada a obra em sentido horizontal, podemos descobrir nele palavras sensualmente simbólicas e, quase sempre, de grande carga irônica."

Na página 9 explica que procurará analisar certos aspectos e comportamentos de personagens dos contos ecianos que agem com poder de sugestões, "baseadas em recursos etimológicos, fonológico-semânticos, alguma homonímia, espécies de criptossemia, ambiguidades expressivas, silepses de retórica, etc., o qual teria histórias mais chocantes para contar-nos e, antes por enriquecer a sua arte que por deliberado respeito à Moral, substituiu enredos, suavizando-lhes a crueza."

E explica francamente: "... o que pretendemos é valorizar esteticamente escritos de Eça, apresentando outra maneira de enxergá-los."

Foi feliz na empresa. O escafandrista insinuou-se pelos mares da linguagem queirosiana, procurou, analisou, investigou com a ferramenta da linguística moderna, com a hermenêutica nova da pesquisa da composição daquela imagem, daqueles termos usados, examinou um dito, uma "armação" expressional, para trazer à flor das águas o que estava escondido por trás da palavra, o jogo semântico.

A dinâmica sensual de Eça de Queirós, filha autêntica de seu século, foi descoberta pelo analista cearense, surpreendido o seu trabalho oculto, dentro da política balzaquiana, de dizer o fato no clima do erótico.

Afora, estou a perguntar-me: este trabalho inteligente è do prof. José Linhares Filho ficará assim mesmo: na datilografia? Da Imprensa Universitária sai muita coisa boa para o acervo cultural do país. Pois bem; a UFC não vai dispor em letra de forma o "Eça de Queirós Contista", de Linhares Filho? ...É a demonstração de um labor intelectual, exposição de poder exegético invejável. Junta-se à cultura moderna cearense mais um documento.

---

* *O Povo*, Fortaleza, 22/ abr./1972.

# LINHARES FILHO E A METÁFORA DO MAR EM MACHADO DE ASSIS*

**Artur Eduardo Benevides**

Linhares Filho, que alia à sua condição de excelente poeta e professor de literatura a de estudioso e pesquisador da problemática literária, acaba de publicar, pela Editora Tempo Brasileiro, um circunstanciado ensaio sobre "A metáfora do mar no Dom Casmurro", em que revela a apreciável cultura humanística que o distingue entre outros valores de sua geração.

Baseando-se em rica e numerosa bibliografia, em que se destacam Aristóteles, Heidegger, Dámaso Alonso, Afrânio Coutinho, Umberto Eco, Eduardo Portella, Eugênio Gomes, Greimas, Wolfgang Kayser, Emil Staiger, Jakobson, René Wellek e Austin Warren, além de outros, Linhares Filho amplia o universo de interpretações e análises machadianas, chegando a conclusões muito expressivas através de reflexões que denotam sua maturidade intelectual.

Propondo-se atingir a "latência sensual consciente de Machado de Assis em torno da metáfora do mar", através da penetração no *entre-texto* de DOM CASMURRO, para usar terminologia portelliana, o autor disseca a matéria escolhida, examinando-lhe os ângulos mais indutores, ou sua verdade mais secreta.

Inicialmente, estuda o conceito de metáfora, partindo, evidentemente, da POÉTICA e da RETÓRICA aristotélicas e separando-a das noções de metonímia e de sinédoque, sobretudo porque a grande figura (METAPHORÁ, do grego) é um princípio onipotente da linguagem, no entender de Richards. É realmente através do poder da metáfora que chegamos à transcendência ou à inefabilidade da frase ou do verso, engrandecendo o discurso literário. E pode ocorrer que muitas obras, graças ao seu elemento místico ou simbólico, sejam, em si mesmas, uma metáfora geral, como é o caso de IRACEMA, citado.

Mas, o que seria essa metáfora do mar na obra machadiana, principalmente se tivermos em mira que Linhares Filho parte do princípio da intencionalidade sensual do grande romancista brasileiro? Estaria ligada efetivamente ao corpo de Capitu e aos seus olhos de ressaca, ou significaria outras cousas menos eróticas, nos elos comparativos do tropo, pelo subentendimento das imagens, nos recursos indiretos?

Na realidade, Machado utiliza, talvez até excessivamente, a ideia do mar e de seus elementos (onda, maré, vaga, ressaca, etc.) nas páginas de DOM CASMURRO. Fá-lo, evidentemente, por necessidade comparativa, mas cria, com isso, uma metáfora de longo espectro em todo o entrecho. E no plano sensual o criador de Bentinho e Capitu tira excelente proveito desse material conotativo, o que Linhares Filho examina em profundidade, com abundantes exemplos.

O assunto é, sem dúvida, dos mais interessantes e sugestivos, muito embora não nos filiemos às modernas correntes que procuram enxergar em tudo, na obra literária, aspectos lascivos, sensuais e eróticos. O autor, por sinal, teme ser incluído nessa categoria e nos adverte (página 23) que condena a crítica "que se baseie essencialmente em critérios extraliterários, como os métodos psicanalíticos".

A prevalência de tal ideia seria terrível, em termos de interpretação da obra de arte, mesmo as surrealistas. Seria uma distorcida forma de visualização interior do romance, do conto ou do poema. Que haja, nas criações de qualquer autor, a presença dissimulada de tais elementos, em uma ou outra passagem, é inegável, mesmo porque tais cousas fazem parte da condição humana. Generalizar, porém, em nome de discutíveis pressupostos, é desastroso.

A verdade é que Linhares Filho realizou um excelente trabalho, como um analista que é da complexa obra machadiana, desde os tempos de estudante de Letras. Agora, como professor universitário, esse interesse se tornou mais forte e mais agudo, quase como um desafio à sua percepção crítica. E, movido por ele, produziu um ensaio de magnífica feitura, tomando como ponto de apoio a metáfora do mar no *DOM CASMURRO*. E temos a impressão de que se saiu muito bem dessa empresa, graças aos seus conhecimentos literários.

Livro desse porte, diga-se de passagem, honram a cultura do Ceará e podem ser equiparados aos melhores estudos feitos no Brasil sobre a obra do criador de QUINCAS BORBA e das *MEMÓRIAS PÓSTUMAS DE BRÁS CUBAS*. Uma obra, como se sabe, muito densa e rica de substância, pelo realismo psicológico do autor, pelas imagens e metáforas, pelas intenções, pelo intelectualismo flagrante e tudo mais que transforma Machado numa autêntica ilha dentro da Literatura do Brasil.

---

* *Correio do Ceará*, Fortaleza, 10/ fev./1979.

## Trecho de Carta de Parsifal Barroso

Caro amigo e meu excelso poeta Linhares Filho:

[...]

Avalio a distância quantos bofes lançou pela sua boca egrégia, para decifrar à justa, como o fez, o desafiante enigma machadiano. Necessitei de ler sua tese duas vezes, para que a entendesse por inteiro, como o fiz.

Confesso-lhe que, não obstante sua erudita citação, prefiro ficar somente com a metodologia decorrente da "Obra Aberta" de Umberto Eco, aliada à sua prodigiosa intuição para observar toda a latência sensual consciente do bruxo do Cosme Velho, através do "leit-motiv" interno do *Dom Casmurro*, o motivo do mar, radiografado espectralmente, em toda a sua subjacência intencional.

Deixo de lado, consequentemente, o "*entre-texto* de uma retórica em desvio" como o estado de tensão de que surge a ambiguidade, para ficar somente com a abertura de Umberto Eco, e sua característica intuição ultra-introspectiva e intimista concordando 100% (cem por cento) com suas conclusões.

Havia necessidade de uma tese como a sua, após o hiato que se criou, após a publicação do magistral livro do meu velho amigo Barretto Filho, há mais de trinta anos.

Louvo, de modo especial, uma frase-síntese sua, quando deixa fora de forma os intérpretes freudianos: "A disciplina afasta a prevalência do inconsciente".

Porque, não há negar, Machado de Assis é consciente no uso de símbolos sensuais, de valor metafórico, como os utilizados pelo meu Poeta no trato dos órgãos e relações sexuais.

---

*O Povo*, Fortaleza, 9/dez./1979.

## Machado de Assis na Visão de Linhares Filho*

**Luiz Tavares Júnior**

O Náutico Atlético Cearense, por seu empreendimento de dar abrigo aos escritores e artistas do Ceará, tornou-se o grande salão, através do qual a sociedade dos homens de Letras e das Artes encontra-se, em momentos de celebração das festas da inteligência e da sensibilidade.

São lançamentos de livro, exposição de pintura, audiências de música, que aqui acontecem, a evidenciar a pujança daquelas criações que estão além da técnica e muito além das reuniões sociais, dos encontros de negócios e de momentos de folguedo. Este fato dá ao Náutico uma outra face, fazendo-o espaço privilegiado da sociedade cearense, onde todos, indistintamente, do escritor, do artista ao homem de negócios, dos imaginativos aos pragmáticos, encontram o abrigo necessário no horizonte de cada um dos que acabamos de enunciar.

E nesta noite, o Náutico abre seus pórticos para mais um lançamento de livro, hoje, para alegria nossa, dos familiares, dos amigos, da Universidade Federal do Ceará, do Curso de Mestrado em Letras, pela autoria do Prof. José Linhares Filho.

Quando digo professor José Linhares Filho é porque, intencionalmente, quero qualificar meu colega naquilo em que sua personalidade muito se projeta e se afirma.

Docente no topo de sua carreira, como titular que é, José Linhares Filho se nos apresenta naquela categorização que resume todas as potencialidades do professor – a de *scholar*, no sentido acadêmico do termo, com aquela auréola da maturidade do saber, na esfera de sua atuação.

E a este grau chega José Linhares Filho, após percorrer todos os escalões da hierarquia do magistério, do primário ao universitário, de militância no 2º e no 3º graus, ostentando os títulos de mestre, de doutor e de professor titular, alcançados todos em brilhantes teses e trabalhos técnicos de méritos reconhecidos, em suas dissertações sobre o fenômeno da criação literária, materializado nas realizações poéticas e romanescas das maiores figuras das literaturas portuguesa e brasileira, como Fernando Pessoa, Miguel Torga, Machado de Assis.

E para completar seu perfil de homem de Letras, não poderia olvidar, deixar de lembrar aos presentes, que bem o sabem, sua alma de poeta que, vez por outra, se expande nos versos que cantam o ser humano, problematizando-lhe a passagem no mundo, em pequenos e grandes fragmentos existenciais.

Acredito ter, nestes termos, sumarizado a personalidade do Professor Linhares Filho, ao trazer à lembrança dos que aqui estão, sua figura de docente, em sua medida plena; de crítico, que pôde enriquecer a história da literatura luso-brasileira; e de poeta, que soube iluminar a vida.

E como testemunho do que, em parte, acabo de dizer aqui está *Ironia, Humor e Latência nas Memórias Póstumas*.

Como sabemos, a fortuna crítica da obra machadiana é uma das mais vastas e completas, das mais ricas na história da Literatura Brasileira, mercê da grandeza e das potencialidades criadoras de Machado de Assis, com um poder desafiador, a cuja sedução o crítico, o leitor acabam se rendendo.

E a impressão que se tem é a de que não há mais o que esquadrinhar, o que garimpar no texto machadiano, palmilhado que foi em toda a extensão de seu enunciado e percorrido nos meandros labirínticos de sua enunciação.

Mas o professor Linhares Filho, como poeta, como crítico, como teórico, na qualidade de professor, sabe que a literatura, seja a poesia, seja a ficção romanesca, é um produto inesgotável, indecifrável, um eterno mistério, elaborado na linguagem e pela linguagem, posto diante do homem que, paradoxalmente, o constrói para seu eterno prazer e tormento, para seu apaziguamento e desafio, na transparência e opacidade de "claro enigma".

Essa é a lição que se pode aprender e aprofundar do texto de *Ironia, Humor e Latência nas Memórias Póstumas*, que submete o fenômeno literário a um processo de esclarecimento, a partir das luzes postas à disposição do estudioso da criação literária nas obras dos grandes criadores, dos teóricos, dos filósofos, como Homero e Platão, Horácio, Aristóteles, Dante, Camões, Hegel, Fernando Pessoa, Sartre, Heidegger e, no caso particular, Machado de Assis, para quem, como nos transcreve Linhares Filho: "há um falar e dois entenderes" que fatalmente corresponde "ao princípio do sentido múltiplo, ou polissemo como Dante o chama", que "não é mais uma teoria, ainda menos uma superstição desacreditada, mas um fato estabelecido". (Freye, Northop. *Anatomia da Crítica*).

Linhares Filho, ciente e consciente desse axioma da Teoria da Literatura, aventura-se no texto romanesco de Machado, cujos fundamentos se assentam em três grandes motivos: "o humorismo, a tragicidade e a simbologia", no dizer de Afrânio Coutinho.

Sem negar a validade de estudos anteriores ao seu, Linhares Filho, contudo, procura um caminho novo, um significado desconhecido na ambiguidade da linguagem machadiana, no intrinsecamente literário do texto ficcional de *Memórias Póstumas* e do conto – "Teoria do Medalhão", e levanta uma tese, propõe a descoberta de um grande motivo, insondado por qualquer outro crítico e de extrema audácia de interpretação, revolucionário em seus termos e em seu alcance: o da "latência sensual consciente".

Podemos surpreender-nos diante da crueza das conclusões, mas não podemos deixar de confessar que elas brotam do texto, surgem dos símbolos disseminados ao longo das duas narrativas, tão bem analisadas ao nível subjacente do discurso.

Tendo como motivo da temática do romance *Memórias Póstumas* – a DOR HUMANA, alçando a narrativa aos píncaros da universalidade, Linhares Filho propõe uma nova explicação, baseado no caráter metonímico, de que essa dor é representada por uma dor específica – a do conflito sexual, desfocado de caráter edipiano, para assentar-se no conflito das práticas homossexuais.

A personagem ou as personagens de *Memórias Póstumas* e do conto "Teoria do Medalhão" (analisados por Linhares Filho) – representantes metonímicos do ser humano, ao nível do patente, assumem o papel que lhes cabe, na linha do discurso manifesto, de comportarem-se como seres imunes ao tormento do sexo, submetidos apenas às agruras, digamos, metafísicas do ser, no caso de *Memórias Póstumas*, e do cotidiano do viver de aparências do conto – "Teoria do Medalhão".

Mas se mergulharmos um nível abaixo da linha do discurso e descermos, nas cordas dos símbolos, a camadas mais profundas da narrativa em acompanhamento, nos caminhos da "latência sensual consciente", veremos Machado de Assis, nas ponderações do Prof. Linhares Filho, amargurado, irônico, humorista diante dos problemas que atormentam este ou aquele homem, esta ou aquela mulher, em decorrência do conflito homossexual, não resolvido ao nível da sociedade e, a *fortiori*, ao nível do indivíduo.

A ironia, do conhecimento de todos, é uma força produtora do texto machadiano, responsável, em grande parte, por "um falar e dois entenderes". Compreendendo-lhe a função geratriz de significação, percebeu o Prof. Linhares, ao rastrear na camada subjacente do texto, que o segundo entender elaborava-se, muitas vezes, latente mas de modo consciente pelo romancista, na utilização dos símbolos, nos recursos metafóricos e metonímicos da linguagem, em torno do conflito homossexual, que parecia necessário ao ficcionista velar na camada patente do discurso narrativo, isentando de vexames a personagem e o leitor, permitindo àquela cumprir seu papel ao nível do entender primeiro e instigando a inteligência deste a resolver o entender segundo, que, de modo geral, escapa ao leitor que se contenta com o engodo aliciante do cenário, por vezes deslumbrante, das camadas superficiais da narrativa.

Para que os Senhores me compreendam melhor, só há um remédio: entregarem-se à leitura reveladora, inusitada e perturbadora do texto de *Ironia, Humor e Latência nas Memórias Póstumas*, o qual revela "a grande experiência psicológica de Machado de Assis, humorista e trágico" que, como conclui Linhares Filho, "soube como poucos compreender a condição humana, interpretar a Dor existencial, manipular com tamanho arrojo e destreza o simbólico; enfim, manifestar-se com tanta grandeza e verdade artísticas quer no espaço da fala quer no do silêncio".

---

***Notícias Culturais*, Fortaleza, Jul/1992. [Palavras proferidas no NAC, quando do lançamento do livro *Ironia, Humor e Latência nas Memórias Póstumas*].

## CARTA DE DRUMMOND DE ANDRADE

Rio de Janeiro, 12 de fevereiro, 1979

A Linhares Filho,

meu cordial agradecimento pela amável oferta de "A Metáfora do Mar no Dom Casmurro", em que finamente investiga o mundo reticente da criação machadiana, trazendo novas luzes à leitura da obra. O apreço intelectual e o abraço de Carlos Drummond de Andrade.

# O Erotismo da Obra de Machado de Assis*

**Carlos Augusto Viana**

O professor Linhares Filho lança hoje *Ironia, Humor e Latência nas Memórias Póstumas*, livro que investiga a sensualidade na obra de Machado de Assis.

A respeito de Machado de Assis, Carlos Drummond de Andrade disse em poesia: "Todos os cemitérios se parecem / e não pousas em nenhum deles, mas onde a dúvida / apalpa o mármore da verdade, a descobrir / a fenda necessária; / onde o diabo joga dama com o destino, / estás sempre aí, bruxo alusivo e zombeteiro, / que revolves em mim tantos enigmas." O poema de onde se extraiu esse excerto, é, curiosamente, intitulado "A um bruxo, com amor". Ora, a cultura cristã-ocidental vê no bruxo um ser sexuado, por isso, ligado à desordem e ao demoníaco; a nomeação de bruxo é sempre sexual, pois o que é uma bruxa senão aquela que dorme com o diabo?

O erotismo na obra de Machado de Assis permaneceu, e por muito tempo, apenas como uma visão do poético. Os críticos já numerosos do ficcionista da Rua do Cosme Velho, no Rio de Janeiro, acostumaram-se a ver nele, de um lado, o refinamento linguístico, a forma trabalhada, limpa, perfeita, o domínio gramatical, a quebra da estrutura linear da narrativa; de um outro, aquele que denunciou a decomposição moral da família patriarcal e os interesses da nova moral burguesa em relação ao amor e ao casamento, desnudando, através dos conflitos suscitados, as conveniências da moral tradicional do patriarcalismo.

*Ironia, Humor e Latência nas Memórias Póstumas*, do ensaísta e poeta Linhares Filho, (Imprensa Universitária, 71 páginas) traz, antes de tudo, o pioneirismo em investigar o sensualismo na obra de Machado de Assis, preenchendo, assim, aquele vazio aludido pelo não-saber-

-sabendo da poesia. O livro será lançado hoje, às 20h30 no Náutico Atlético Cearense.

Em seu livro, o professor Linhares Filho realiza um prolongamento de dois outros trabalhos seus: "Linguagem e Filosofia de Machado de Assis" e *A Metáfora do Mar no Dom Casmurro*. Neles, já relaciona os aspectos humorísticos do ficcionista ao trágico, ao simbólico em, especial, "a uma latência sensual que pretendemos seja, em maior escala, consciente nessa obra, que é cheia de "causas secretas", de ambiguidade, de segundas intenções, o que a torna excepcionalmente *aberta*. Segundo ele, a intencionalidade dessa latência pode ser constatada por uma prosa que sugere sempre uma ocultação de processos, instigando o leitor a decifrar os enigmas, como também por um discurso, em que "se correlacionam vários símbolos, frequências essas que nos levam a crer, sem prejuízo da intuição artística, na consciência da arquitetura de uma espécie de polissignificação, a cuja interpretação chegamos, sentindo-nos dirigir pelo escritor".

Em síntese, às três características fundamentais da obra de Machado de Assis, humorismo, tragicidade e simbologia, identificadas por Afrânio Coutinho, o professor Linhares Filho acrescenta, numa óptica original, os aspectos inerentes à sensualidade: "sobretudo numa camada subjacente, a nosso ver constituída mais intencional que preterintencionalmente. O símbolo valoriza o sensual, levando este, o humorismo e a tragicidade à plenitude estética".

O livro *Ironia, Humor e Latência nas Memórias Póstumas*, em suas considerações iniciais, preocupa-se com o humorismo machadiano, muitas vezes entrelaçado à ironia, e visto aqui muito mais como um processo lúdico, por ser despido de intenções moralistas, tendo como intuito a destruição, "lançando-se indiretamente maldição contra o Autor ou o suposto Autor do universo". A perspicácia do ensaísta pode ser identificada em vários momentos, entre eles, aquele em que trata de uma passagem antológica das *Memórias Póstumas*, onde o narrador personagem apresenta-se ao leitor como "um defunto autor" e não "um autor defunto". Segundo ele, o narrador-personagem Brás Cubas, com essa observação, "apenas enfatiza a sua morte espiritual, porque Brás Cubas é em verdade um vivo morto, contando sua história de morte simbólica. As ocorrências do livro são metaforicamente póstumas, porque se prendem a essa morte simbólica de Brás Cubas, à sua morte moral".

Não menos original é a interpretação que Linhares Filho faz acerca do emplasto, "um anti-hipocondríaco destinado a aliviar a nossa melancólica humanidade", com o qual Brás Cubas esperava, na estrutura horizontal da narrativa, conquistar a glória do sucesso. Vendo em Brás Cubas "um homem preocupado, no enredo subjacente, com sua própria virilidade", o ensaísta entende que, no enredo implícito, Brás Cubas não quer aceitar isto, "o que denota, pelo absurdo da rejeição, um estado de conflito e insegurança da masculinidade", ou seja, não aceita que "o indivíduo do sexo masculino, pelo menos ele, Brás Cubas, possua partes parassexuais semelhantes às da mulher". Assim, de acordo com Linhares Filho: "tomemos consciência do efetivo significado do emplasto: 'medicamento que amolece com o calor e adere ao corpo (fig.) remendo, conserto mal feito'. Bem se vê que o narrador-personagem das *Memórias Póstumas* sugere que o emplasto seria um frustrado remendo anal, com que corrigiria a Natureza... Sabemos que ele, ao cuidar de seu invento, adoece de pneumonia e morre (quer dizer, torna-se um vivo-morto)".

O livro, em seu corpo propriamente dito, constitui-se de uma análise dos símbolos essenciais em Machado de Assis. O crítico lança, inicialmente, o seu olhar sobre o capítulo CXIII das *Memórias Póstumas de Brás Cubas*, onde é tratado o tema da solda da opinião pública. Vê, quanto ao aspecto patente da narração, o capítulo como referente "à reputação do Lobo Neves como homem que fosse respeitado pela mulher". Mas, no plano latente, "a solda relaciona-se ao bom juízo que o público deva fazer do comportamento moral do Lobo Neves, já que o narrador-personagem sugere possuir essa personagem tendências para o homossexualismo passivo." Linhares Filho comprova o comportamento da personagem Lobo Neves, a partir de trechos das *Memórias Póstumas*, dentre eles, a última frase do capítulo "A opinião": "e estava fechado o livro da vida, sem nenhuma página de sangue". Escreve o ensaísta, após considerações acerca do capítulo, que "o livro da vida" que se devia fechar sem sangue representa as partes parassexuais do Lobo Neves. "Tais partes humanas semelham as curvaturas e a concavidade de um livro aberto, as mesmas que se simbolizam pelo algarismo 3 dos números 13 e 31, assinaladores das datas de nomeação de Lobo Neves para presidente da província".

Aliás, quanto à simbologia dos números 13 e 31, é iluminada a descoberta que faz: o número 1, por seu aspecto visual fálico, metonimicamente, estaria representando Brás Cubas, "que, como secretário nomeado, acompanharia a Lobo Neves"; e o 3 estaria sugerindo a ideia de nádegas, o que, em suma, explicitaria o homossexualismo das personagens.

Segue-se a essa análise o interesse pelos múltiplos símbolos em Machado de Assis: o dedo, como um símbolo fálico; a estrela e a verruga, como a parte parassexual das pessoas; a "ordem doméstica", como a consciência ou a intimidade das partes parassexuais; "a política, como o relacionamento sexual, na obra machadiana, porque a política se dedica ao público, como, numa perspectiva burlesca, a prostituição"; a "Teoria do medalhão", como a tentativa de um pai seduzir sexualmente o filho; o chapéu, como "as partes sexuais passivas, receptoras", "esconder chapéus é ato que pode ser entendido como colocar-se alguém por cima dessas partes masculinas ou femininas, o que quase sempre constitui um gesto próprio do copulador ativo"; "a Ordem Terceira", como a prática homossexual de Quincas Borba; "olhar para a ponta do nariz", representando a prática do onanismo.

Como apêndice a *Ironia, Humor e Latência nas Memórias Póstumas* analisam-se os aspectos do humor e do latente no texto de Machado de Assis "Teoria do Medalhão".

Trata-se, a rigor, de uma obra polêmica, fruto de um espírito irrequieto, sempre preocupado com o que se esconde por trás das palavras. Apontar a latência sensual em Machado de Assis como resultado de uma intencionalidade do mestre da nossa ficção é, sem sombra de dúvidas, uma proposta corajosa, principalmente levando-se em conta os encontros entre a Psicanálise e a Literatura e o fato de que a preocupação do ensaísta reside, essencialmente, nos símbolos de que se reveste a obra machadiana. O mais importante, no entanto, é a revisitação, originalíssima, aos textos daquele escritor. E mais: a leitura de *Ironia, Humor e Latência nas Memórias Póstumas* não possibilita uma atitude de indiferença do leitor. Provoca nele, por certo, um sentimento de amor ou de ódio: como quer que seja, uma forma de reconhecimento.

---

**Diário do Nordeste*, Fortaleza, 4/jun./1992.

## Carta de Francisco Carvalho

Fortaleza, 26 de junho de 1992

Caro poeta Linhares Filho:

Acabo de ler "Ironia, Humor e Latência nas Memórias Póstumas". Não tenho a veleidade de discutir o mérito do seu trabalho. Antes de mais nada, devo dizer-lhe que me considero um leitor periférico de Machado de Assis. Eu o leio de modo mais superficial, mais linear, mais epidérmico. Não o faço como você, que desce às profundidades mais recônditas da escritura machadiana para de lá extrair toda a gama de riquezas e de intencionalidades que o autor costuma imprimir a tudo o que escreve.

Até mesmo para uma pessoa desacostumada às vertigens do mergulho em textos literários, é mais do que fascinante acompanhar suas peripécias de analista lúcido, que se compraz em decifrar complicados enigmas nos sinuosos labirintos da semântica machadiana. Impossível não reconhecer-lhe a extraordinária capacidade em navegar nesses abismos da criação literária, de forma tão lúcida e equilibrada. Impossível reprimir a admiração em face da maestria com que você manipula elementos aparentemente contraditórios.

Suas análises dos textos e contextos machadianos são tão convincentes que dificilmente nos sentimos com autoridade suficiente para contestá-las. A parte do livro intitulada "Análises de Símbolos Essenciais" dá a exata dimensão do seu talento e de sua capacidade de investigar a fundo as múltiplas e variadas facetas assumidas pela palavra na contextualização do fato literário.

Pode ser que você não tenha razão em tudo o que afirma sobre as intenções subjacentes na prosa machadiana. Mas é preciso admitir que as suas colocações são tão bem articuladas e tão bem fundamentadas, que um eventual opositor de suas teses ficaria em maus lençóis para demonstrar que suas leituras de Machado não correspondem exatamente às intencionalidades do escritor.

Devo dizer-lhe, caro poeta, que a leitura do seu trabalho foi motivo de grande satisfação para mim. Não sendo um especialista no assunto, muito aprendi com a sua prodigiosa erudição e sua magistral capacidade de destrinçar os labirintos da simbologia literária.

Meus mais sinceros parabéns por mais essa importante iniciativa literária, juntamente com o abraço fraterno do Francisco Carvalho.

# PARA DESNUDAR A MALÍCIA DO BRUXO DO COSME VELHO*

**Linhares Filho revela a sensualidade dissimulada na obra de Machado de Assis**

**Italo Gurgel**

Afrânio Coutinho já afirmara que "a obra de Machado de Assis é fundada sobre três grandes motivos: o humorismo, a tragicidade e a simbologia". Linhares Filho adiciona a essas características a sensualidade, sobretudo aquela dissimulada numa camada subjacente, constituída mais intencional que preterintencionalmente.

Em *Ironia, Humor e Latência nas Memórias Póstumas,* Linhares amplia o horizonte de interpretações da obra machadiana, que ele observa com instrumentos muito próprios, à caça justamente de uma sensualidade dissimulada no *entre-texto* e disfarçada numa simbologia riquíssima em angulações. É nesse terreno que o poeta e crítico cearense investiga Machado, em quem descobre aspectos jamais apontados por qualquer outro estudioso.

Sua preocupação é explorar o tragicômico. "O símbolo valoriza o sensual, levando este, o humorismo e a tragicidade à plenitude estética", acentua o autor. Para ele, o riso em Machado "não traz objetivos moralistas, não conduz à vontade de edificar, mas de destruir, revelando um ódio entranhado à existência e uma negação da vida pelo que encerra de imperfeito e infeliz".

A proposta de Linhares Filho é atingir a latência sensual consciente de Machado de Assis. Esta é uma teoria que ele formulou já nos tempos de estudante de Letras, há 25 anos, e que expôs no ensaio "Linguagem e Filosofia de Machado de Assis", publicado na revista *O Caboré.* O trabalho lhe valeu o Prêmio Esso e, incentivado, Linhares aprofundou a investigação. *A Metáfora do Mar no Dom Casmurro*, livro lançado em

1978, revelou a maturidade de sua abordagem crítica, já então baseada em parâmetros bem definidos, revelando profundidade e lucidez.

*Ironia, Humor e Latência nas Memórias Póstumas* sequencia essa linha de estudos. Mostra agora as entrelinhas da pseudonarração de Brás Cubas, em cujos símbolos essenciais Linhares descobre infinitas manifestações da subjacente malícia de Machado.

Os aspectos lascivos, sensuais, eróticos dissimulam-se por toda parte. Mas, ao desvendá-los, Linhares Filho dispensa o caminho (já aberto e bem trilhado) dos métodos psicanalíticos. Sua análise não é freudiana: baseia-se no intencional. A ideia parece discutível, mas nada aponta melhor para a intencionalidade da latência sensual machadiana do que a abundância de símbolos existentes em alguns romances e contos e a total ausência em outros. Seguindo essa trilha, Linhares dispensa os critérios extraliterários e vai fundamentar-se apenas – e rigorosamente – no que é palpável, substantivo, no que vem traduzido pela retórica, a semântica, a estilística e a etimologia.

Não vamos admitir que a latência sensual consciente seja um esquema completo, acabado, irretocável, pelo contrário é até bastante polêmico. Como todas as propostas absolutamente originais, é por vezes assimilada com dificuldade. Ou rechaçada com intransigência. Mas não é leviana. Surpreende. Assusta, até. Mas tem equilíbrio, coerência, lucidez.

Manipulando enigmas que para a grande maioria dos leitores passariam despercebidos, a latência sensual consciente joga com elementos de difícil absorção. É possível mesmo que incorra em exageros interpretativos aqui e ali. Como aliás acontece com toda corrente crítica. Mas é impossível negar que Linhares Filho operou uma ruptura importante ao esboçar seu enfoque. A latência é uma concepção inquietantemente nova. E incrivelmente reveladora.

---

***O Povo*, Fortaleza, 26/jul./1992.

# OPINIÕES SOBRE ESTUDOS MACHADIANOS DO AUTOR

A importância da contribuição de Linhares Filho reside na sua afirmação de que, em Machado, o sensualismo latente em seus textos não constitui um fenômeno inconsciente, razão pela qual ele não recorre nem a Freud nem a Lacan no questionamento de seu tema – mas plenamente consciente, ou seja: intencionalmente velado pelo grande romancista.

**Pedro Lyra**

*A Metáfora do Mar no Dom Casmurro*, ensaio dos mais instigantes, focalizando um dos mais importantes romances de mestre Machado de Assis.

**Antônio Girão Barroso**

Não cabe num trabalho desta natureza discutir as colocações feitas pelo ensaísta em relação à metáfora do mar no principal romance machadiano. Pode-se dizer, no entanto, que o ensaio é tão rico em sugestões que instiga o leitor a uma releitura não apenas do *Dom Casmurro*, mas de toda a obra da segunda fase ficcional de Machado de Assis.

**Almeida Fischer**

O que o crítico fez foi trazer a lume uma face desconhecida da ficção machadiana que só merece o nosso crédito e mais: a nossa admiração e perplexidade em frente a tanta acuidade de análise e interpretação.

**Dias da Silva**

Você fez um trabalho realmente interessante e, desculpe o pleonasmo, *trabalhoso* e deu aos psicanalistas um excelente documentário para estudo da obra de Machado de Assis.

**Newton Gonçalves**

Acabo de ler seu erudito trabalho "Ironia, Humor e Latência nas Memórias Póstumas", excelente página de prosa em que extravasa, mais uma vez, sua paixão pela obra machadiana.

Acompanhei, com vivo interesse, o sério estudo e as fluentes reflexões que faz a respeito das "Memórias Póstumas", do nosso incomparável Machado de Assis, que não é apenas um escritor do passado, porque ainda de tanta ressonância, mas também da atualidade, sem ceder lugar – permita-me que o diga – aos grandes escritores que o sucederam.

Seu trabalho, de profunda investigação, vem juntar-se a outros que o colocam em lugar distinto na literatura cearense.

**Hélio Melo**

Enfim, o assunto que corajosamente abordou chega a ter aspectos terríveis – até à repulsão, como a do capítulo final: mas o velho e impoluto Machado, de máscara austera e viver irrepreensível (pois não conhecia ele a ferocidade humana?), bem poderia dizer como Terêncio: "nada do que é humano me é alheio". Essa a lição (surpreendente, quase assustadora, pela abrangência, mas digna de ser aprofundada, e abrindo caminhos novos) do seu trabalho inteligente e honesto, pelo qual vivamente o felicita este autodidata sem génio nem talento.

Claro: Machado é, como disse e sabemos, inesgotável, e foge a todas as definições que pretendam enquadrá-lo num esquema. Que ele possa agora ser revisto a uma nova luz, eis o grande mérito do seu trabalho: a obra fica aberta a outras pistas e conclusões... jamais conclusas, não é assim?

**Luís Amaro**

Agradeço a remessa dos seus excelentes trabalhos, cuja leitura atenta somente agora pude concluir. Felicito-o particularmente pelo bem elaborado estudo machadiano. É obra de mérito.

**Arnaldo Niskier**

Meu caro Linhares Filho:

Venho aqui agradecer-lhe *A Metáfora do Mar no Dom Casmurro*, que teve a bondade de me oferecer. O velho bruxo do Cosme Velho (assim Augusto Meyer gostava de chamar Machado de Assis) conheceu com seu pretexto uns excelentes achados. O seu – pelo seu rigor e pela sua acuidade – está a reclamar, com veemência, os aplausos que aqui lhe manda o seu admirador e amigo.

15.2.79

**Josué Montello**

Nos outros dois trabalhos, [os de ensaio crítico] a um perfeito domínio da matéria e a um notável poder de análise, alia-se, como complemento, uma invejável força de argumentação que nos leva insensivelmente atrás, sem necessidade de formular objeções.

Está de parabéns.

Com os melhores cumprimentos.

**Albino de Matos**

A publicação de *O amor e outros aspectos em Drummond*, foi, com certeza, um dos mais importantes eventos comemorativos do centenário do Poeta. O substancioso estudo com que Você nos dá a conhecer, melhor e mais profundamente, essa tão mal compreendida face da criação drummondiana ombreia com *A metáfora do mar no Dom Casmurro*; são duas excelentes obras que o incluem entre os maiores e mais respeitáveis ensaístas da literatura brasileira contemporânea.

**Edmílson Caminha**

# DO AUTOR

## POESIA

*Sumos do tempo*. Fortaleza: Sin Ed., 1968.
*Voz das coisas*. Fortaleza: Imprensa Universitária da UFC,1979.
*Frutos da noite de trégua*. Fortaleza: Secretaria de Cultura e Desporto, 1983.
*Tempo de colheita*. Fortaleza: Secretaria de Cultura e Desporto, 1987 [Prêmio Estado do Ceará].
*Andanças e marinhagens*. Fortaleza: UFC /Casa de José de Alencar, 1993.
*Rebuscas e reencontros*. Fortaleza: UFC/Casa de José de Alencar, 1996.
*Itinerário*: trinta anos de poesia. São Paulo: João Scortecci, 1998.
*Notícias de bordo*: poemas selecionados pelo autor. Fortaleza: Editora UFC, 2006.
*Cantos de fuga e ancoragem*. Fortaleza: Imprece, 2007.
*Notícias de bordo*: poemas selecionados. 2ed. Fortaleza: Edições UFC, 2008.
*50 poemas escolhidos pelo autor*. Rio de Janeiro: Galo Branco, 2008.
*No limiar do inverno*. Fortaleza: Expressão Gráfica Editora, 2010.
*Momentos impressivos da Terra Santa*. Fortaleza: Expressão Gráfica e Editora, 2011.
*Junto à lareira invisível*, incluso *Momentos impressivos da Terra Santa*. Fortaleza: Expressão Gráfica Editora, 2013.
*Itinerário*: quarenta e cinco anos de poesia. Fortaleza: Expressão Gráfica e Editora, 2015.
*Consagração à Poesia*: poemas, discursos, artigos. Fortaleza: Expressão Gráfica e Editora, 2017.

*Lavras da Mangabeira*: uma cidade escrita. Fortaleza: Expressão Gráfica e Editora, 2019.

*Cantos do entardecer* (inédito).

*Itinerário: cinquenta e cinco anos de poesia* (inédito).

## ENSAIO CRÍTICO E ORATÓRIA

*A metáfora do mar no Dom Casmurro.* Rio de Janeiro: Tempo Brasileiro, 1978.

*Dois discursos acadêmicos.* Rio de Janeiro: Tempo Brasileiro, 1980 [colab. com Moreira Campos].

*A "Outra Coisa" na poesia de Fernando Pessoa.* Fortaleza: UFC/ PROED, 1982.

*Ironia, humor e latência nas Memórias Póstumas.* Fortaleza: Imprensa Universitária da UFC, 1992.

*O poético como humanização em Miguel Torga.* Fortaleza: UFC/ Casa de José de Alencar, 1997 [Prêmio Estado do Ceará].

*A modernidade da poesia de Fernando Pessoa.* Fortaleza: EUFCE, 1998 [tese defendida em concurso para Professor Titular de Literatura Portuguesa da UFC].

*O amor e outros aspectos em Drummond.* Fortaleza: Editora UFC, 2002.

*Com a palavra.* Fortaleza: Expressão Gráfica e Editora, 2009.

*Recepção do título de Professor Emérito.* Fortaleza: Expressão Gráfica e Editora, 2017 [coedição com Odalice de Castro Silva e Custódio Almeida].

*Frutos do dia de faina: estudos e opiniões* (inédito).

# O AUTOR

**LINHARES FILHO** (José). Nasceu em Lavras da Mangabeira (CE), em 1939. Poeta e ensaísta crítico. Professor de Literatura Portuguesa da Universidade Federal do Ceará, tendo chegado a Professor Titular. Mestre em Literatura Portuguesa pela UFRJ. Doutor em Letras Vernáculas (área de Literatura Portuguesa) pela mesma Universidade. Membro Efetivo da Academia Cearense de Letras desde 1980 e da Academia de Letras e Artes do Nordeste. Sócio Honorário da Academia Fortalezense de Letras (2018). Sócio da Associação Internacional de Lusitanistas, da Associação Brasileira de Literatura Comparada e da Associação Brasileira de Bibliófilos. Sócio Correspondente do Instituto Cultural do Vale Caririense. Menção Honrosa do Prêmio Estado do Ceará de Poesia (1983). Prêmio Estado do Ceará de Ensaio (1986) e de Poesia (1987). 1º. Lugar no Concurso ALANE Professor Costa Matos de Poesia (2009). Pesquisador na Universidade Clássica de Lisboa (1987). Coordenador da Casa de Cultura Portuguesa da UFC (1991). Coordenador do Curso de Pós-graduação em Letras da UFC (1993). Professor Visitante na Universidade de Colônia (Alemanha, 1995) e na Universidade Técnica de Aachen (Alemanha, 1995 e 2000). Colaborador, entre outras revistas, da *Colóquio/Letras*, de Lisboa; *Revista Brasileira*, da Academia Brasileira de Letras; *Literatura*, de Brasília; e *O Escritor*, da União Brasileira de Escritores. Comunicador em vários congressos e encontros literários como na *Kentucky Foreign Language Conference* (Lexington, U.S.A., 1999). Detentor do Diploma do Mérito Cultural, concedido pela Academia Brasileira de Filologia (Rio de Janeiro) "por sua magnífica atuação a favor do desenvolvimento cultural do Brasil" (2007). Publicou seis livros de ensaio, dois sobre Machado de Assis, dois sobre Fernando Pessoa, um sobre Miguel Torga e um sobre Drummond e *Itinerário*: trinta anos de poesia (1998), este englobando seis livros, antes editados separadamente, de poemas. Além desses livros, *Notícias de Bordo*: poemas selecionados,

*Cantos de Fuga e Ancoragem, No Limiar do Inverno, Momentos Impressivos da Terra Santa, Junto à Lareira Invisível, Itinerário: quarenta e cinco anos de poesia e Consagração à Poesia*, o primeiro, indicado para estudo no Exame Vestibular da UFC, em 2009-2010. Integrou o Grupo Sin de Literatura, da geração 60 do Ceará. Figura em treze antologias poéticas editadas no País, além de participar da Coleção *50 Poemas Escolhidos pelo Autor* (vol. 29), das Edições Galo Branco, Rio de Janeiro. Autor da letra do hino de sua cidade natal e da letra do hino da Academia Lavrense de Letras, a que pertence como Presidente de Honra. Detentor da Medalha do Centenário de Rachel de Queiroz(2010), concedida pela Associação Brasileira de Bibliófilos, por haver sido Relator do parecer de aceitação da candidatura da escritora a uma vaga da ACL. Detentor da Medalha do Mérito Cultural Joaryvar Macedo, da Secretaria de Cultura da Prefeitura Municipal de Lavras da Mangabeira (2015). Professor Emérito da UFC, título aprovado pelo Consuni em 2015. Eleito Príncipe dos Poetas Cearenses pela ACL em 2016. Homenageado pela Assembleia Legislativa do Estado do Ceará pelo transcurso do Dia da Literatura Cearense (2017). Detentor da Medalha do Mérito Educacional Gustavo Augusto Lima, da Academia Lavrense de Letras (2017). Detentor da Comenda da Ordem do Mérito Cultural Ideal Clube "por relevantes serviços prestados à cultura cearense" (2021).

---

Papel pólen soft 80g/m²

Tipologias Garamond 12 e Trajan Pro 12, 14 e 18

Impresso no outono de 2022